我 的 家 书

陆舒之 著

上海三联书店

走向教师岗位免冠照　摄于1964 年

和学生们在一起　摄于1992 年

结婚照　摄于1962 年

四口小家　摄于1971 年夏

七口之家全家福　摄于1984 年春

妻子"农转非"到煤矿团聚了　摄于1991年

老大、老二、老三都结婚了，孙子、孙女，外孙也都有了。摄于1997年春节

和女儿们在一起　摄于2013 年 10 月

小孙子也结婚了　摄于2018 年 8 月

和女儿女婿们在一起　摄于2019 年 11 月大女儿来京跑"马"时

四世同堂　摄于2020 年 7 月

晚年生活之金婚纪念　摄于2012 年

晚年生活之游在新加坡　摄于2013 年

晚年生活之明天更美好　摄于2019 年春节

晚年生活之相携去香港　摄于2012 年　　晚年生活之相携游美国黄石公园　摄于2016 年

我和儿女一起成长

其实，将散落在妻子和儿女们手中多年前的书信汇集打印成册，完全源于一个偶然的念头。有一年，我和妻一同回故乡小住。一天，我闲来无事，翻箱倒柜，意外发现许多封多年前我写给家人的信，令我喜出望外。一数，竟有 35 封之多。信，多是写给当时远在故乡的妻的。展纸阅读，发黄的信纸上跳动的文字，竟深深地吸引了我，以至于迫不及待地一封接一封地读下去……那昔日的时光，那往日的人和事，历历在目，浮现在我的眼前。当时我不知有多激动！重读给妻的信，让我重温了二三十年前的那种心境。那是个艰苦的年代，更是我家庭物资生活最贫困的年代，也是我们家庭生活极为温馨的年代；重读给妻的信，让我重温了与妻的那份相互关爱，对生活美好的憧憬；重读给妻的信，让我更增强了一个信念，因为爱，所以我们永恒；因为有憧憬，所以我们有颗不老的心。

给妻的信，内容也多是关于儿女们上学学习情况的。那时妻和我高度默契："寄希望于孩子，寄希望于未来"。不论生活何等贫困，也要含辛茹苦，让儿女们受到最好的教育。向儿女们明确表示："只要你们肯上（学），俺就供得起！"

回矿的时候，我带回了这些信，心想，若将这 35 封信集结成册，或许不失为一件有意思的事。我把这个想法告诉了我的一位同事，也是我的忘年交、会用电脑打字的闫业俭老师。他欣然答应帮忙，并让我将信件速交他手。没过多久，他就电话告诉我信件打印完毕！业俭将散发着油墨香的小册子《我的家书》递交到我的手中的时候，还深有感触地说："陆叔，读你的信，我非常感动，也可以说从中受到很大教育。我这才明白，俺那几个妹妹都能成材成器，答案就在这儿。真的，真的！"他一脸严肃，还连连表白，看样子绝非溢美。我的信，还有让别人感动的地方，是我所没有想到过的。

于是，我的心里又有了一个新的冲动：能否将写给儿女们的信都搜集起来，汇编成册，于我于孩子们岂非一件美事？很快，我的心忐忑不安起来：都这么多年了，他们还保存着么？后来的事，给了我一个极大的惊喜，除了儿子记生和大女儿文华因多次搬家信件大多丢失所存无几外，二女儿玉华、三女儿春华、四女儿向华都在电话里回答我，信全部保存完好！

玉华、春华、向华很快将她们存放的书信交到我手，共计 220 封。嗨，原来她们确实将我写给她们的信，视为至宝地珍藏着啊！

我将所有的信件排序，并一一重新标点、纠正个别错别字。在重读每一封信的过程中，又掘开了我深藏心底的记忆。

在那个没有电话的年代，只有信，让我最真切感受到与家人与远在他乡求学的儿女们的血脉相依，心心相通。因而，写信和读他们的来信，便成了我那些年生活的一个重要内容，也是我快慰和欢乐的源泉。这些，我曾不止一次跟朋友讲过，也曾多次在写给儿女们的信中表达过。确确实实，当我给家人写信的时候，大脑会进入到一个忘我的状态，心灵似乎被融入到另一个世界，一种达于灵魂飞扬的境界。的的确确，写信的时刻，也是我全身心的愉悦感、幸福感涌动荡漾的时刻。套用今天时髦的语式：写信的感觉真好！写信的时候，也是我最爱动脑的时候，根据来信的内容或提出的问题，我都一一作答：或给予肯定，或给予否定，或给予赞许，或给予批评，或给予鼓励，或给予鞭策，或劝学解惑，或指点迷津……自然，也许会发生小小的矛盾，也有过不同观点的争论，但完全是探讨式及平等对话式，坦率而求实地讨论，自由地进行思想交流和沟通；并且坚持一个原则：绝不搞"唯父独尊""唯父独是"，力求做到"真理面前人人平等"。

给儿女们的信，意在点亮生命灯火。为了让孩子们成为一个身心、精神、心理、品行健康的人，我身体力行给予孩子正向的言传身教。我对儿女的教育理念是：从劝学、励志、做人着眼，从培养正直、善良、勤劳、质朴、助人、奉献等操行品质入手。总之，那里面有渗透到骨髓里的对儿女的爱！

其实，在我同儿女们书信往来、交流沟通过程中，也是自己不断自我探索、修为和儿女共同成长的历程。

有人说，家书，是一块最少污染与污垢的精神净土，这块净土上生长的花叫真善美！我以为，家书，也可称之为穿越时空的声音。

也有一位哲人说过这样的话："你生养他们，教育他们，你的责任已尽，而你给他们最好的礼物，是一对翅膀。"我想，我送给儿女们的礼物，应该是一对能够展翅飞翔的翅膀。

我很幸运，也很自豪，在上世纪八九十年代我家生活极其艰辛的境况下，我和妻依然发愤图强、负重前行，立志为五个儿女受到更好的教育创造条件。皇天不负苦心人，我们相继供出了一名中专生、一名本科生和三名硕士研究生。

天才少女武亦姝的母亲讲到她女儿时说："任何一个优秀的孩子，都不是横空出世的奇迹，而是有迹可寻的因果。它的因在家庭，它的根在父母。"窃以为，此言不虚。

这足有 18 万字、213 封信件的《我的家书》，在这么短的时间就输入电脑，我要特别感激我的老朋友业俭，我的两位女儿玉华和向华，还有三闺女春华和女婿魏然。是她(他)们在每天紧张的工作和学习之余，下班后回到家里，拖着疲惫的身体，进入新的"工作程序"——敲打键盘。尤其衷心感谢闫业俭老师。是他不辞辛苦一派匠心，对电脑里《我的家书》的全部文字及标点，逐字逐句地细心地校对，为《我的家书》费心、费神、费力。我还衷心感谢我的忘年交刘德科先生，在书稿校编过程中所给予的技术指导。

《我的家书》让我重新找回了过去的时光，找回了那藏在记忆深处的温馨和真情，也希望捧起这本书的你，能从这本小书里找到一分感动。

2019 年 10 月 6 日于北京

序　言

为了给儿女们一对飞翔的翅膀
——为《我的家书》序

秦绪颜

在举国欢庆新中国成立 70 周年的日子里,我的老友陆舒之老师给我发来他的书稿《我的家书》,更增添了我节日的欢乐。

舒之是我们在兼任《煤浪花》文学期刊编辑时结交的文友,因为同龄,又有当过教师、坐过机关、下过矿井、搞过文学创作的相似经历,所以心灵相通,相交甚厚。他为人坦诚,行事较真、重情重义、爱憎分明。彼此性情相投,成了多年棒打不散的挚友。

一打开电脑,呵,200 多封家书,足有十七八万字,我好不惊讶! 二三十年前的书信,谁又能如此宝贝似地完好收藏着呢? 可见这些书信在他(她)们心中的价值。这简直是个奇迹! 老陆说,在那电话尚未普及的岁月,就是靠这些书信架起了他和妻子儿女们联系的桥梁。是啊,那时老陆每每与朋友交谈,总免不了透露出对妻子儿女们的牵挂。他几十年如一日奋战在数百里之外的煤海,当时,国家建设需要煤,矿上三天两头组织高产,号召献公休、打连班。老陆说为了挣那每日二元六角的工资贴补家用,也不得不下那个井;妻子远在故乡,既要照顾老人和五个儿女上学,还种着十来亩地,让他怎能不挂牵? 老陆是个性情中人,常常吟咏那"烽火连三月,家书抵万金""心绪万端书两纸,欲封重读意迟迟"这些诗句,以宣泄心中的思念。

我饶有兴致地读着老陆的这些书信,这是穿越时光隧道的回声,这是那个艰苦年代的温馨而美好的记忆。一封封书信,字字句句都饱蘸着浓浓的情怀。这是一个远离家乡的丈夫和妻子的隔空对话,这是一个常年在外的父亲对儿女们满满的疼爱和谆谆教诲。信中有问询,有叮嘱,有鼓励,有憧憬。千言万语,都聚焦于儿女的成长。他对妻子说:"寄希望于孩子,寄希望于未来。"他对子女们说:"只要你们肯学,咱就供得起。"

中国人素有"望子成龙""望女成凤"的夙愿,但老陆却有更高的思想境界。他常和妻子说,"孩子是社会的,是国家的,不是我们私有的。""要改变咱们世代面朝黄土背朝天的困境,寄希望于孩子。无论生活如何困难,也要让儿女们受到最好的教育。"

他向来行事执着。也许是因为当过教师的经历,他决心以自己的五个子女为试验田,探索一条子女教育的道路。

爱是教育的最高境界。他对孩子的爱,那是无处不在,无时不有。无论学习还是生活,他都关爱有加,体贴入微。每逢农忙时节回乡,他再忙也要挤时间烧一大锅水,为四个女儿洗一次头,边丝丝缕缕地耐心洗,边嘘寒问暖地交流谈心,使父女的亲情于无声处潺潺地融入孩子的心头。正如二女儿玉华在一篇文章中所说:"父母之爱,就是在你年轻时,指给你方向,给你行动的压力,又因其爱的无私,给了你奔跑的动力。大学四年,我没有过几天轻松的日子,没有享受青春,没有多彩的大学生活,但我却无比感恩父母,是他们在我最想偷懒、放松的时候,让我始终清楚努力的方向。"有如此亲情的驱动,何愁孩子不能成材!

青少年时期,是人生观、世界观、价值观逐步形成且最具可塑性的关键阶段,父母的教育指引十分重要。从《我的家书》中不难看出,孩子便是老陆的心尖尖。无论孩子升学到哪儿,他的心便跟到哪儿。而书信则是那个时期最好的交流渠道。他说,写信、读信,是最幸福的时刻,似乎达到忘我的状态。对孩子来信提出的问题,或肯定,或否定,或赞扬鼓励,或批评鞭策,或劝学解惑,或不同观点讨论,平等对话,宽松交流。教子求真,重在培养其自觉性和主动性,绝不搞"唯父独尊"。

波斯文学大师萨迪说过:"没有求知欲的学生就像没有翅膀的鸟。"为了给儿女一对飞翔的翅膀,他总能针对孩子学习的需求,及时录制英语磁带等资料,购买课外阅读书籍,并以此作为对孩子刻苦学习的奖赏。有时他会出题目让几个孩子习作,并认真评点。发现孩子有发表价值的文章,会及时提出意见修改,推荐至有关报刊发表,从而增强了孩子的学习兴趣和自信心。

父母是孩子最好的老师,家庭是爱国主义和信念这条长河之发端的第一源泉。请看老陆1984年7月《致记生》的这封信,他要求子女们要争做邓小平提出的"有道德、有文化、有理想、守纪律"的有用人才,并针对孩子立志不足、缺乏自信的状况,激励他们说:"将来不论干什么,都会有出息的。但关键要记住居里夫人说过的话:我们要有恒心,尤其是要有自信心。"接着,他又苦口婆心地详细论述了如何才能树立起恒心和自信心。在他二女儿作为家乡第一个考入北京的大学生后,他又特意买了本居里夫人的书送去,激励她立志成材。

二十多年过去了,功夫不负有心人。他的五个儿女个个都很争气,个个都是好样的!大儿子在职读了本科,现在是一个企业的中层干部。长女读了职业中专,学的烹饪,一直在一家企业食堂勤勤恳恳做厨师;周末喜欢到各地跑马拉松,最好成绩(PB)3个小时38分钟!三个小女儿相继考上大学、研究生,现在都在北京汇集着银行、保险机构的金融街工作,都成了国家的栋梁之材。老陆也以自己的切身体验创作出子女教育方面的文章,被《少年儿童研究》等有关期刊登载。

老陆教育孩子出名了,乡亲和朋友们都很羡慕,纷纷求教培养孩子的奥秘。

其实,只要认真读读《我的家书》这本书信集,其奥秘就不言而喻。正如美国著名教育家泰曼·约翰逊所说:"成功的家教造就成功的孩子。"我国著名作家、教育家舒天丹也说:"教育孩子如养花,精心浇水、施肥、呵护,方能成功。"

老陆夫妻正是这样如园丁般的父母,才培养出如此出色的孩子。

我为他们深深感到骄傲和自豪!

我也期望那些殷切关注孩子成长的父母们,能从《我的家书》中得到有益的启示。

2019年11月10日于枣庄

如何做一个好父亲
——读陆舒之《我的家书》随感

王德领

　　高中同学陆玉华给我打电话说,她父亲的新书《我的家书》即将出版,嘱我写一些文字。我听了很是惊讶。时隔近 30 多年,竟然还完整保存了这么多的书信,可见这些家书在儿女眼里的分量有多重。收入书中的信件共计 213 封,大都是陆舒之写给子女的,自 1984 年 7 月至 2000 年 2 月,时间跨度长达 16 年,计有17 万字之多。

　　中国人有写家书的传统。据考证,中国最早的家书是可以追溯到公元前233 年,秦人士兵兄弟黑夫和惊写给远在 400 多里远的哥哥衷的信件,这是用墨汁书写在木牍上的家书。2000 多年来,中国人留下了许多脍炙人口的家书杰作,如《曾国藩家书》《梁启超家书》《傅雷家书》等。尤其是梁启超给子女的家书,对子女的个人修养和学业进行全方位的指导,堪称典范。梁启超长大成人的 9 个子女中,有 3 人是中国科学院院士。家书的重要性可见一斑。可以说,家书对于子女的成才,起到了关键性的作用。梁启超先生曾评价曾国藩:"立德立功立言三不朽,为师为将为相一完人",曾国藩齐家治国平天下,可谓全才。曾国藩与梁启超的学识与才能超群,他们的家书是一座高峰,是普通人难以企及的。作为普通人,就对于教育子女成才的作用而言,家书同样具有不可替代的作用。陆舒之的这些家书,之所以被子女奉为至宝,是因为它对子女的成长产生过巨大的影响。

　　《我的家书》里现存最早的书信写于 1984 年。那时我在嘉祥三中读初中。1988 年我高考失利,去嘉祥一中高三年级插班复读,和陆玉华同一个班。记得玉华是坐在教室第一排,每次考试都是第一名,确实是一个奇迹。她是班里的定海神针,是我们学习的好榜样。这次读了玉华爸爸给她写的信,才恍然明白在她的背后,有爸爸做她的坚强后盾,一直在为她呐喊加油。在短暂的一年同学生活中,我没有见过玉华的爸爸,倒是经常见玉华的妈妈来看女儿,站在教室门口喊玉华的名字。玉华的妈妈个子不高,衣着朴素,声音响亮,给人以十分质朴的印象。也是通过这些书信,我了解到玉华的妈妈是一位十分勤劳的劳动妇女,独自在家耕种 10 亩地,抚养 5 个孩子,种棉花,养长毛兔,春种秋收,辛勤劳动,千方百计为孩子们筹措上学费用。

人的本性其实是懒惰的,被现实牵着走,总是回避奋斗与进取。回想我自己,高中的时候一直沉溺于文学的梦想之中,父母是农民,也不懂得提醒我,这使我一直处在野蛮生长状态之中。高考失利一下子惊醒了我,然而欠债太多,在嘉祥一中复读一年之后,我的高考成绩仍不理想,仅考上了济宁师专,而玉华那年高考失利上了北京财贸学院。我毕业后分到了一所农村中学,校门外就是一望无际的庄稼地。当时我就蒙了,决心要考出去,于是动力大增,最后考上了人民大学的研究生,后来又上了博士。可以说,是现实鞭策了我,为我提供了源源不断的动力。我一直在想,支持玉华奋勇向前的底蕴来自哪里?是什么鞭策她一直前行,一直走到今天,走上高级管理者的岗位?

读了这本家书,我找到了答案。陆舒之虽然不是名人,但是他有名人的眼光与胸怀。他总是在儿女最需要的时候,给予最为丰富的精神食粮。他关注儿女的每一次考试成绩,关注儿女的每一个进步,做儿女的良师益友,而不仅仅是高高在上的父亲。

做一个好父亲,首先是关注子女的学业,在关键时候施以援手,做子女的精神领路人。陆舒之为子女谈学习的信件占了大多数,写给女儿玉华、春华、向华的信件,有一多半是指点学习迷津,鼓劲加油的。在玉华高考前,为了缓解女儿的压力,陆舒之在信件里反复做起了心理辅导老师,他在 1989 年 5 月 31 日的信中,这样叮嘱女儿如何面对即将到来的高考:"一、永远做到心境畅快、无忧无虑,不能有半点杂念。二、放松心理,心里始终这样想:'哼! 我不会的,你们更不会;我感觉难的,你们更走投无路;考场里如果有一个天才,那便是我!'注意:这样想绝不属骄傲,而是一种伟大的战略思想,是克敌(考卷)制胜的法宝。你说对吧?三、万一出现心理紧张时,要马上将视线集中注视某一点,做深呼吸若干次,就能放松了。四、重要的是相信自己的实力……五、不要有任何心理上的压力。我和我们全家人当然对你抱极大的期望。首先是相信你的实力，但我也同样做好了'失败'的思想准备，我们允许你出现'万一'。一旦出现'万一'，我与我们全家同样地热爱你，不会发生半星半点的抱怨。……"

在高中阶段，陆舒之不止一次地鼓励玉华"弃燕雀之小志，慕鸿鹄之高翔"。在玉华上大学之后，父亲依然在信中如此鼓励女儿。在玉华大一的时候，有一次陆舒之从玉华的来信中感受到女儿的困惑，这样回信道：

你谈到想沉下心来读书却又缺乏自控力。我在信的空白处写下了下面的话："打扑克牌是一种娱乐。为了调剂一下紧张的学习生活，打几把倒也未尝不可。但打起来没完，实在是把宝贵的时间浪费得可惜。自制力对任何人都是一种无情的考验。自制力的强弱，实际上是对一个人有无大作为的一个检验。"

还记得吗？我在上次信的最后的祝愿语是怎么写的吧？"祝你永不后退！"为何这样写，你该清楚。我已经发现，上大学后，你已经失去了中学时代的那股学习的"犟劲"。不进则退，我希望你"不后退"已经是对你的过分要求了。如不改弦易辙，恐怕大有"日落西山"之势矣。

你年纪轻轻，却也有"资格"大谈"人生"了。我为你感到困惑和迷惘。我甚至不能理解我本该理解的玉华……

我理解现在的学习环境、生活环境都变了，心理（升学与就业）压力也小了。但我不能理解一个意志坚强的人、一个有远大理想的人，竟会变成目光短浅随波逐流的人，竟会变成哀叹人生"短暂"的弱者……

这是一个严父，在子女的学业上丝毫不含糊。只要他从女儿的来信中捕捉到女儿对学习的懈怠苗头，就会及时劝说，不让这种懈怠情绪蔓延开来。他对女儿的奖学金、大学英语四六级考试极为关心。玉华大二下学期第一次参加六级考试失败，陆舒之立即去信鼓劲儿：

六级考试失败，我虽有点意外，但绝没震惊，似乎亦在意料之中。我始终认为,对任何目标的追求,绝不会都是一帆风顺的。要允许失败。失败并不全是坏事。而你这些年来成功的太多了,而失败的则太少了。这次失败,在我看来,对你却是一次锻炼和考验。一次"韧性"的磨练!

陆舒之的信件,给了女儿勇往直前的勇气。陆玉华在大学四年的生活过得紧张而又充实。拿奖学金,每门功课争取优秀,通过英语四六级,选取考研的专业。1992 年 9 月 3 日,当在信中得知女儿女决心准备考研时,陆舒之情绪十分激动,送上了热情洋溢的赞许:

为了考研,为了实现你的理想,你又要付出比别人更大的牺牲,付出比别人成倍成倍的努力。

这就是一个奋发向上、积极进取的当代青年的可贵之处!

面对一大堆书,你有点害怕了,而且产生了信心不足……这也是很自然的。这恰证明了你面对现实、正视困难的正常的心理状态。压力变动力——化为你刻苦学习的自觉性便是事情成功的大半。

回首大学岁月,陆玉华充满了感激之情。她说"大学四年,我没有过几天轻松的日子,没有享受青春,没有多彩的大学生活,但我却无比感恩父母,是他们在我最想偷懒、放松的时候,让我始终清楚努力的方向,让我在追梦的路上不懈怠,让我有机会拥抱更加美好的未来。"

正是这种对子女教育的高度重视,激励子女对知识的不懈追求,陆玉华和两个妹妹都考上了大学,又都考上了研究生,研究生毕业以后都留在北京工作,在各自的工作岗位上做出了骄人的成就。回溯人生的历程,陆舒之的书信,功不可没。在书信背后,站着一位普通却又伟大的父亲。这是子女奋斗的动力之源。

其次,做一位好父亲,不做高高在上的家长,尽力做儿女的知心朋友,与儿女共同成长。陆舒之对文学十分热爱,在信中经常和女儿玉华讨论文学。这种讨论在玉华上高中时就已经开始了。每当写了作品,陆舒之就和女儿分享。他把女儿有时视作忠实的读者,有时视作评判者。他把作品寄给上大学的女儿,虚心请教,让女儿提修改意见:"随信寄去《啊,黑色的河》,望你毫不客气地提出修正——你应该知道,我有一个最大的优点,即随时否定自己的勇气。"陆舒之这一段话,是一般的父亲所做不到的。我们做父亲的,习惯板起面孔,摆起家长的架子。而陆舒之却能够跳出这一藩篱,平等地对待子女,虚心向子女请教,这一点是难能可贵的。这种谦虚好学、不耻下问的美德,深深地影响了子女。

还有,做一个好父亲,还需要有清醒的自省能力,避免一言堂,在子女面前能够勇于指出自己的缺点与不足,从而在家庭内部营造一个民主、和睦的气氛。这种自省意识,是难能可贵的。陆舒之在 1991 年 11 月 20 日给女儿玉华的信中,这样写道:

> 应该承认:我这人的性格很不好,对自己的儿女(包括对你)发起脾气来,常常是感情用事,或言之过头,或失之偏颇。批评错的情况也往往发生。但过后我常常后悔。甚至对儿女的反批评我也能正确对待,乐于接受。我并不搞一长制,也绝不搞独裁。我历来希望家庭有一个民主、和睦的气氛。

平等、坦诚的家庭氛围,对子女的成长的影响甚巨。我们从这些书信中,可以看到陆舒之一直在倡导这种民主、和睦的气息。他曾经对儿子不够节俭颇有微词,但是一旦看到儿子有了进步,就鼓励有加。他在大女儿找对象问题上有看法,但是一旦看到女婿的闪光点,态度就马上转变了。

这种民主和平等的意识,是超越于一般人之上的。陆舒之没有男尊女卑的观念。要知道,在孔孟之乡的鲁西南,男尊女卑至今依然十分顽固,虽历千年而未有实质性的改变。而陆舒之曾对妻子说:"孩子不是我们的私人财产,他们是社会的,要好好培养。"他有四个女儿一个儿子,在受教育面前一视同仁,尽管经济拮据,但是他不管男孩女孩,只要愿意读书,就全力支持。陆舒之在写给上高二的女儿玉华的信中说:"我还愿高兴地告诉你,'经济拮据'这个词不存在我们的家庭词典里。我愿透一个讯息:我是把春华、向华和你都排在供上大学之计划。"

在陆玉华的记忆里,她是村里第一个考上大学的女孩子:"记得我刚接到大学录取通知书时,村里就有很多阴阳怪气的声音,有人说'要是小生(我哥)考上大学就好啦!'有人说'女孩子早晚都要嫁人,上大学有什么用?'""看我家女孩子读书有出息,不少乡亲也学我父母的样子,供女儿上学,村里陆续走出了一些女大学生。"回望这段岁月,玉华充满了感激之情:"他们和贫穷斗争,和世俗偏见抗争;他们给儿女的,已经超越了当时的社会和那个时代。"

做一个好父亲,要把对子女的爱深深倾注在日常细节中。陆舒之在一篇文章写下了一个为女儿洗头的日常生活细节,让我们读了深受感动。他在远离家乡的矿上工作,在家的时间有限。而每次回家暂住,总忘不了为女儿们洗一次头:

> 为了亲近儿女们,每次回老家探亲的有限几天里,我会抽时间为每一个女儿洗头。天冷时,我要首先用柴禾烧一大锅热水,然后将滚开的水用舀子舀到洗脸盆里,用冷水勾兑到适宜的水温,再亲自动手给 4 个女儿一个接一个地洗头。那时洗头没有洗发水,用的是洗衣膏。为了将女儿的头发洗干净,我会用洗衣膏揉搓两遍。先将头发在温水里泡一下,抹上适量的洗衣膏,然后我一只手托住女儿的前额,一只手将头发轻轻地揉搓,越搓泡沫越多,污垢基本溶解于泡沫之中了,再用清水冲洗干净。为将头发上残留的污垢彻底洗干净,我再第二次抹上洗衣膏,再揉搓,揉搓到一定程度,用脸盆里新换的温水冲洗头部。冲洗过后,我再拿干净毛巾将头发揩干。如此这般,常是一次洗 4 个女儿另加妻子 5 个人的头发一个多小时,我给她们洗得仔细,洗得干净,洗得耐心,洗得开心。每一次女儿们都乐意让我洗,也是我向女儿们倾注爱的时候。我们都在享受这个过程。

这是一位多么优秀的父亲,既满怀豪情,又心细如发。他还有不俗的审美能力,对衣着有鉴赏能力。在 1995 年的一封信中谈到了为女儿做连衣裙的事:"较雅致的色彩——浅色、碎花,样式也选择都市流行的。简言之,保你和春华满意!毫不夸张地说,我最有资格做这方面的顾问。"能有这样一位全能型的父亲真是子女的福气。

当然,做一个好父亲,最为重要的是以身作则,具有完善的人格,做一个顶天立地、修身齐家的大丈夫。读《我的家书》,可以充分感受到陆舒之的人格魅力。陆舒之和妻子相濡以沫,辛勤持家,为子女做出了表率。因家境困难,为了多挣钱养家,陆舒之辞去了矿上的教师岗位,下矿井当掘进工,冒着生命危险挖了 18年煤。虽然没有钱,有时不得不四处借钱给孩子们凑学费,但是在给儿女的信中,陆舒之从没有说家里缺钱,在儿女的教育问题上,他和妻子都是全力支持的。对于妻子,他在信中经常表达愧疚之情。1989 年 4 月他写给妻子的信中说:"谷雨快到了,也就是说再过十几天就开始种棉花了。我们都不能回家帮忙干活,担子只好落在你肩上,请你多劳累吧。"11 月又给妻写信:"家里的活实在够你忙的。棉花柴大概还没拔吧? 麦子出的怎样? 我只能挂在心上——帮不了什么忙的。出苦力的还是你——也许你就生了个出大力的命? 不过,别伤心,我相信我们会很快好起来的,你会有出头之日。我们的向华也都十多岁了嘛! 孩子会给我们争气的。"1991 年 6 月"天气阴雨连绵,今年的麦收又会遇到许多的困难,真让你忙透了。"这种发自肺腑的爱,令人动容。

陆舒之是我的父辈,他们这一代人经历了物质最匮乏的岁月,经历坎坷,但是他们的淳朴与善良,乐观与开阔,他们对于知识的虔诚,对于理想的守望,对于未来的期许,是我们这一代人所匮乏的。1989 年 10 月,陆舒之收到了刚上大学的女儿玉华从北京寄来的信,激动地写了回信:"(你的来信)分明是方块字组成的文字语言,我的感觉却是一团燃烧的火! 一团燃烧的年轻人奋斗不息的火! 你记生哥、你向华妹还有我一遍遍地捧读着这团火!"在这个冷漠的都市重新展读这样的文字,我愈加感受到父辈内心的火热的激情,这激情一直澎湃至今。

行文至此,我还想说的是,我从这些书信中读出了久违的乡土气息,感觉一下子回到了童年的故乡,回到了鲁西南的乡村岁月。陆舒之在 1990 年 6 月 19 日写给玉华的信中,这样说:

咱家的小麦收成很好,共收一千二百余斤,已入库。

秋作物丰收在望——禾苗茁壮成长。

菜地里的辣椒、茄子、豆角、韭菜……枝繁叶茂,它们将结出丰硕的果实,迎接你的到来。

《我的家书》,就是这样一树诱人的果实,朴素、真诚的果实,它们在岁月的深处成熟,五彩斑斓,闪耀着智慧的光芒。

2020 年 6 月 29 日草于北京

目　录

卷首语

序言：

家书篇

附录篇

编后语

家书篇

001. 致记生

（1984 年 7 月）

记生吾儿见字知悉：

离开家仅十几天，而我却感觉犹如隔年隔岁。的确是身在曹营心在汉。我身在矿山心却留在了家里。虽然在家里吃住都不如这里，虽然在家里终日劳累，比这里更艰苦，但我还是每次回家总愿在家多住几天。一个人，还有什么能比生活在亲人、儿女中间更幸福更快乐的呢?!

过去有句老俗话，叫做人到中年烦事多。这话是有道理的。因为人到了四五十岁这个年纪，家务事更繁重了，男大女大了，一些事情都得亲自去操办去费心。而不饶人的年龄却使身体走向衰老。你想，能不烦心吗？我却正好相反。虽然已近天命之年(孔子曰：五十而知天命)却总感觉越活越年轻，精力愈加充沛，生活的乐趣越来越浓。我对生活充满着希望，我更对渐渐成长起来的懂事的五个儿女充满了自豪与甜蜜感。这是人之常情。人往高处走。天下的人无一不盼子成龙、无一不盼女成凤(金凤凰)的。我更如此。看到你们的每一点点进步，比如学习成绩、思维能力、思想品德等等，我都从心里感到最大的愉悦甚至幸福!

我想知道，我离家的那个星期天，春华到马村的考试成绩如何？玉华(应唤作幕星吧!)在全县统考的成绩怎样？幕星! 这名字美极了，啊，那夜空里天幕上一颗闪光的星星! 名如其人。星星是发光的，玉华也一定会闪光的。要胸怀大志呀!

我希望你们都力争为这个家庭增光添彩。要虚怀若谷。我在这里说的"光彩"，是广义的，语义上叫泛指：有在学业上出类拔萃的光彩，有治家有方成为万元户的光彩，有甘做孺子牛当好二传手的光彩。铁榔头郎平的扣杀可谓名闻遐迩，但没有孙晋芳、杨锡兰这样的二传手也不会成功的。我在这个家庭里争取做一个合格的二传手。

不知你的毕业与升学考试情况如何？我当然也知道几分。但我在此还是希望你不要灰心。"心灰意懒"的人是弱者而不是强者。我想你在脑力思维方面如果和你刚直的性格成正比那该多好啊！但是可怜得很，是反比。你年方十九，正是大好年华，来日方长。可要自尊自重自爱呀！我仍然绝对相信，不论将来干什么，你都会有出息的，也一定会干出一番成功的事业来的。但要记住居里夫人的话："我们要有恒心，尤其是要有自信心。"而你恰恰缺乏恒心和自信心。

先说什么叫"恒心"？什么又叫"自信心"？所谓恒心，字义上讲，即持久，锲而不舍；自信心，就是自己要相信自己，相信自己的能力。没有恒心的人，什么事也办不成，特别是在遇到困难的时候是这样。同样没有自信心的人也办不了大事。没有自信心，遇到困难就会优柔寡断，束手无策，摇摆不定。简言之，一个有出息有能力的人，必须具备克服困难的勇气、坚韧不拔的毅力，失败了再干的决心。恒心和自信心是和个人修养相关的。一个遇事慌张、爱发脾气的人，正好说明了缺乏一定的修养。

你应当认真想一想，你在哪些方面做到了，哪些方面做得不好。

最近我看了几篇有关心理学、生理学方面的文章，说是遇事爱发脾气的人，特别是遇到不顺心的事，不冷静、好感情用事的人，实质上是一种病态心理、变态心理的反应，严重的会发展成精神分裂症。这样说似乎严重了些，但事实证明，有这种缺点的人，对人对己都不好。改变这种病态心理是很容易的，只要遇事多动脑子，多想想就行了。

邓小平最近对青年一代提出了四条要求，叫做有道德、有文化、有理想、守纪律。你应该对照自己想一想。孟子曰：子不教、父之过。意思是：儿子没教育好，是当父亲的过失。还有比父子之情、母子之情更亲近更亲切的吗？儿子身上有缺点，父母也会感到不光彩，更有责任教育子女成才。你在认真对照检查自己"劣势"的同时，更要看到自己的优势，发挥自己的优势。你有许多优点长处。你的头脑愚昧吗？不，而是思维敏捷……那么试问，你充分发挥了你的"优势"了吗？我认为，没有。你应当胸怀大志，脚踏实地，从零开始将功补过，跌倒爬起再奋进。

（注：原信已遗失。此为本人保留的一份草稿。时间应为一九八四年六七月份）

002. 致妻

（1984 年 11 月）

记生妈：

近来忙得怎样？你和孩子们都好？甚念。

向你们报告一个好消息："农转非"工作已经开始,符合"农转非"条件的春节前全部办完。八一矿已成立了"农转非"办公室,一百多人要分赴各地区调查了解职工子女的年龄状况。我们家中的六口人都符合"农转非"的条件。文件规定,到一九八四年七月六日,年龄不超过十八周岁的中学生都可"农转非"。

还有一个好消息,工资改革也在进行。两个月内搞完。

我回矿后,了解到滕县、枣庄市棉花、红麻的收购情况。滕县收购棉花的价格比去年低得多。最好的在六七角一斤。枣庄收购的红麻更贱。最好的四角七分一斤。所以,咱家的红麻……

（笔者注：这是封残信,从内容推断时间应为 1984 年 11 月）

003. 致妻

（1985 年 9 月 6 日）

记生妈：

因为工作忙，到今天才写信，让你挂念了。望谅解。你和孩子们都好吧？很是想念。前几天诗高和现河（河店的）二人出发来这里，中午到八一矿，晚上住在我宿舍，第二天早晨就坐车去枣庄了。

诗高叔谈到家里的人都很好，我很高兴。

秋收的季节到了。现在红麻该砍了吧？你们更忙了。

我准备阳历九月底（古历八月十二、三）回家。我考虑现在有记生在家能顶一个好劳力了，我不在家也误不了事，我需要多上些班。家里的事情，你们娘俩商量着办吧。对地里的活（秋收、秋种）你们要早做打算，早做准备。记生今后必须老老实实好好劳动。我们在矿上的工人也越来越不好当了。不管在哪里，劳动是本钱。说老实话，办老实事，做老实人，这是记生的唯一出路。

我仍然相信，记生有志气做个听爹娘话的孩子。

这些年来，为了让孩子们上好学，吃得好一点，我放着轻闲工作不做。为了多挣几个钱去下井，干又脏、又苦、又累、又危险的体力劳动。我宁可自己没双新鞋穿，却尽量让记生满足要求。我觉得对得起孩子，甚至矿上发的一瓶风油精，我自己舍不得用，而捎回家里，怕孩子们被蚊子咬……，这一切，记生都想过吗？

今后记生要在家里干出个样子来。要给爹娘争口气，也给自己争口气，把光想"玩"的思想扔掉吧！我相信，记生会干出个样子来的。

我常常想：一个有作为的人，必然是战胜任何困难的勇士，而首先是战胜自己缺点错误的勇士。人生的路，就像走上坡路，很不容易。人的一辈子，总是要有那么多的"不容易"……，干什么都要干出名堂来！

对文华也提两点要求：1. 把学习成绩搞上去，如果上不出学来，我不愿"白花钱"了；2. 彻底改掉自己的坏脾气。一句话，我不能自己遭难，拿钱哄你们"玩"了。

关于给记生定亲的事，原说是八月十二，我考虑不行。一是到那时太忙，二是没钱，红麻卖了，得赶快还秉申的账。

另外给女方买衣服的事，有人认为衣服买得越多越好，我不同意。我不能拿钱买儿媳妇，那叫买卖婚姻，那不是光彩而是丢人。现在时兴女方卖高价，我们还想卖卖"架"哩！我初步打算，买六身衣服，不超过二百元钱。

"农转非"的工作，说是年底搞，只要够条件，我就让全家转非。但是转了，还需留在家里，因为矿上住房问题，三四年内解决不了。就是非农业了，正式工也不好干，一切经过考试。

男青年好一些，记生可以干井下采掘工。依我看，井下采掘工还真不如在家当社员好哩，吃苦受累还危险。要说农业艰苦，井下工人更艰苦。丁不好就得挨批评，表现坏了，还要受处理。想随便自由，没那回事。

我想，只要你们在家里一切平安无事，我就有信心建设好咱们的家庭。一切照我说的去做，没错。你们在家都要好好的，我在矿也就能安心工作。我相信，我不在家，有记生帮你，什么活也误不了。

这一个月来，我没去信，但也没见家里来信。对了，你们都很忙嘛！

你们接到我的信，让记生立即回信，汇报家里的全部情况和记生本人的情况。诗图家的小民考上学了吗？考的什么学校，来信告知。

我现在诸事平顺，勿念。

顺祝

全家平安

舒之

1985 年 9 月 6 日

004. 致玉华

（1986 年春）

玉华：

我可以想象得到，在你迎接高中入学考试的前夕，学习会更加紧张的，生活也会更艰苦的。每念及此，我的心情就有一种酸楚的感觉——可别累坏了我的玉华的身体！

本来，我早就有给你写信的打算，想对你说，在毕业前的学习阶段，心理和学习都不要太紧张，不要搞垮了身体。要有自信心，要正确对待升学考试。但是我却一拖再拖——确实是太忙！嗨，还强调什么客观哩，"忙"的另一半不就是手懒吗？的确，我没有尽到一个父亲的责任，我不是一个称职的好爸爸。

玉华，你是聪明的、懂事的、体谅父母心的。听你母亲讲（你母亲前些天来矿一趟），有一次午饭，你为了不花那二角菜票，竟然连馒头也不吃（学校规定不买菜就不给馒头），竟至饿肚子。这使我很生气！以后可不准你这样节俭。我不愿意你这样做。一定做到，该吃的吃，该花的花。

特别是，现在你毕业临近，学习紧张，更应该尽量吃得好一点。还有，毕业前，同学中间的三五好友，照相啦、互送点纪念品啦，这份钱你一定要花，这不是浪费。

（笔者注：此信已残缺，从内容推断时间应为 1986 年春。）

005. 致妻

（1986 年 4 月 20 日）

记生妈：

近来一定很忙吧？棉花种上了吗？文华、玉华的学习成绩又提高了多少？记生在家快乐？念念。

说实在的，我时刻思念着家庭，挂念着全家人。记生捎走的天麻药你吃了吗？那可是好药，一瓶就三块七角钱，一定按时服药。我又给大娘拿了四瓶药，治气管炎的，一瓶一块八角，叫"复方川贝片"，听说治气管炎很有效，等后捎回家。

经过进一步地调查、了解，蜡和草帽，滕县地确实没卖的。兔毛，枣庄地收购，特级兔毛一斤五十八元，一级兔毛一斤四十元，一般的兔毛二三十元一斤。我的意见是让记生带来十斤先试一试。注意，这里的价钱不要对外人讲，先保密。你在家里一定买好兔毛，是用塑料袋带来还是用别的什么？让记生到河店问问贩兔毛的。

前两天收到文华的来信，说在此买柴油换砖，我也问了，柴油在滕县也极缺，不好买。文华的学习，从她的这封来信看，是有了进步，语言很通顺嘛！可别累坏了身体。

最后希望玉华学习好、身体好，一定考上嘉祥一中。希望记生劳动好、学习好，在家多帮助妈妈干些活。希望春华、向华学习好，放学后多割青草喂"摇钱树"——小宝兔。希望文华和你哥团结友爱。你们做到了我的"希望"，我就能在外安心工作了。我们的家庭就充满了阳光，充满了希望。

另外，我在此工作很忙，也很顺利，望放心。

顺祝

全家平安

舒之

1986 年 4 月 20 日

006. 致玉华

（1986 年 11 月 8 日）

玉华儿：

你近来的学习生活一定十分紧张了。期中考试完毕了吗？相信你的学习成绩会让我满意的。自然，我说的"成绩"，也不仅仅是表现在分数的高低上。你是一个有理想、有追求、有进取精神的青年，就这一点已经使我很满意了。成败与否，需要天赋，然而更重要的是需要勤奋，需要锲而不舍、金石可镂的精神。未来在向你展现一个美好的前景。

你的《磨牙之王》已刊登在我们宣教部主办的文艺季刊《增光》上面。这篇寓言立意好，语言也较优美，被评为"二等奖"。因为是矿办刊物，不付稿酬，只对优秀文章给予"奖励"，奖给一件纪念物品（价值十元左右人民币）。等奖品发到手后，我回家时捎给你。上星期天，青年作家王金年到文化楼找我玩。我把你的《磨牙之王》交给他看。王金年何许人？你大概较了解吧。他是我过去的学生。是近年来的一位多产作家。仅八六年以来就发表了中篇小说四篇、短篇小说两篇。这月底，他将去北京参加全国第三届文学创作者大会。山东省共去六名青年作家。他看完《磨牙之王》后提了下述意见：语言表达能力过关，但技巧差些（具体点说是一开头不应出现"人"的叫卖，因为是寓言。语言的运用方面还是不错的）。我也有同感。我解释说叫卖声仍然是老鼠而不是"人"。你的《社会主义就是好》，他看后说：有生活气息，语言质朴，并无学生腔，首尾呼应，构思巧妙。评价是很高的。你现在课程设置又多，学习紧张，所以我不要求你练笔。

另外，我在这里一切平安顺利。我们的书籍十一本已于上月发到手，我每天都做作业。可笑吗？我现在又做小学生了。你哥在这里各方面也都很好。望不用想念。

前几天给你寄去的十元钱，是你记生哥领他的工资后寄你的。你记生哥很关心你。他现在比过去大有长进。你一定会高兴的。

另告，我下月三、四号回家。望你在阳历十二月六日（星期六）回家过星期天。好吗？到此打住吧？

顺祝

加强锻炼，不断进步

父名不具

1986 年 11 月 8 日

007. 致妻

记生妈：

来信收到，知你和孩子们都好，我心甚慰。

棉花柴也该拔了吧？确实够你忙的，望保重身体。

我打算阳历十二月初三回家一趟，住五六天油漆家具。大约你接到这封信的七八天后我就到家了。

前天接到玉华的来信，谈到她期中考试成绩揭晓，总分是 634 分，居全班第五名。我认为玉华的这次考试成绩还是很好的。证明玉华的学习确实是勤奋的，基础是扎实的，我很高兴。我对玉华的前途充满了信心，她是一个在将来能干大事的人。文华、春华、向华的考试成绩如何呢？我很关心。我回家时，盼望听到她们的喜讯。

记生很想家，我准备让他和我一块回家看看。

另外，电灯线已找好，这次回家就安装电灯。橱门的板料也找好了。就写到这儿吧。

顺祝

平安

舒之

1986 年 11 月 19 日

008. 致妻

（1987 年 1 月 9 日）

记生妈：

两封来信都到（春华、玉华各写一封）。内情全知。因工作实在太忙，没有及时回信，望原谅。

听说伯母已到咱家住着，我很高兴。望伯母保重身体。

小春把鱼送到咱家，望不要用盐太多，腌起来很好。

幔子可不急于买这么早，到时候是否有送的？诗图可能送吗？等等再说。

关于用钱一事，望你放心。我已做好了充分的准备。我回家时带一千元行吗？

婚期已经临近，望你该准备的就准备吧。一定把鸡买全。

我的朋友李宗亮、王永录确定到时候亲自到咱家参加婚礼。

现在已经有朋友开始给送喜礼了（毛巾被面和现金）。

记生十五前后回家，我还是在二十回家，望放心。

另外，我和记生在这里很好，一切平安，望放心。

文华、玉华、春华、向华的学习一定很扎实的，我期待她们在期终的考试能考出好成绩。不多写了。

祝

全家平安

舒之

1987 年 1 月 9 日

009. 致玉华

玉华：

来信收到。因工作实在忙，没有及时写回信，让你想念了。

你在信中所谈及的问题，诸如需要多少钱的事，怕你母亲担心，我也给她去了信。一句话，经济问题，你们放心，我已做好了充分的准备。你们完全不需要为几个小钱而犯愁。

你怕期终考试考不出好成绩，"怕落在别人后面""丢脸"，我看你这种思想顾虑，大可不必。你不是说过：胜败乃兵家常事吗？我认为，一个学生应该看重自己的真才实学，而不应该看重那个"名次"。是不是可以这样说，名次和真才实学有时候并不一定成正比，也不一定划等号。你把名次看得这么重倒不好，这往往给个人制造紧张的心理，到了"赛场"上，也不能发挥应有的水平，所以我劝你不要背"包袱"。说真的，我对你的学习精神以及你的基础知识是完全相信的，至于你考到第几名，这并不是大事，你放心吧！你就是考到第二百五十名，我还是高兴的，因为还有二百五十多名学生不如你。（你们高一共有五百余学生呀！）

玉华，期考将至，切不可只注重了学习，而忘记身体的健康，身体是本钱嘛！还要学会休息！望你注意我提出的这些要求。

另外，我和你哥在这里很好，放心。我将在本月二十前回家。相见之日可数。不多写啦，很忙，打住。

祝你

思想愉快

学习进步

父字

1987 年 1 月 9 日

010. 致妻

（1987 年 3 月 6 日）

记生妈：

近来你操劳的身体是否健康？孩子们都很好吧？年迈体弱的伯母身体可安？十分想念。

你应该谅解我的迟迟没能去信，的确是我近来的工作太忙啦。我从济南开会回来，就投入了艰难而又无限乐趣的创作活动。这是一场硬仗，是很费脑力的工作，我必须在一个月内拿出作品来。

也许你还不清楚，我这次去济南开会是带着任务回矿的。在"山东省煤矿报告文学创作会议"上听取了几位有成就的作家关于报告文学创作的报告，他们都是近几年来获得全国报告文学一等奖的几位名家。山东煤矿文学协会准备在今年出一部《报告文学集》，其中有我的一份任务——写一篇报告文学作品。三月底要拿出稿子来，四月份我们还准备到泰安集合，请名家审稿、改稿、定稿。所以这一二个月内，我会很忙的。

从济南回来后，见到了记生的来信，给传玲买木材的事已办完了，拉走了两车。文化楼的刘守龙已从南京回来，电子表买了，黄色金属壳的，很美观。下月回家时捎走。

在此我向记生、金香提点要求：不论地里、家里的活，你俩要抢着干。你母亲年纪大了，身体又不好，要尽量疼爱你妈妈，千万不要惹你妈妈生气。也要疼爱你们的小妹妹，她们年纪小，不懂事，不要跟她们一般见识。这样我就放心了，也能安心工作了。你们说对吗？望你们不论做什么事，也要为我想想。我毫无保留地疼爱你们，你们可不能做让我生气的事啊！

记住伟大作家契诃夫的话吧："人应当一切都美，外貌、衣裳、灵魂、思想。"

我现在一切平安顺利，望勿念。盼回信，记生给我写回信好吗？

顺祝

全家平安！

舒之

1987 年 3 月 6 日

011. 致玉华

玉华：

来信收到，读过大快！

看得出你的写作水平又大有提高。这主要表现为你的信（一封书信同样能反映作者的写作水平）较过去更"活"了，语言流畅、幽默，既有文采，也有词采。

你对"报告文学"的特点，说得很对。我个人认为只是还不够全面。完整的定义应是：具备新闻性、真实性、文学性、政论性。而前三"性"尤为重要。有位名家讲，"报告文学"又叫"文学的报告"。可见文学性的重要。

你提到的那两篇报告文学《家羲，你慢点走》《将军泪》，我都读过。事迹感人，写的更好。一般地讲，报告文学比小说更难写。作者必须站在时代的高度，写出人物的精神风貌、感情色彩，揭示人物的内心世界，所以又要求作者带着感情写，写出感情来。我读报告文学作品比读小说的兴趣浓得多。

关于你的学习情况，我历来放心得很，关心的是你的身体！你谈到身体"没有一点问题"，我自然放心了。只是还需进一步要求你仍需十分注意。特别是在饮食方面要加强营养，不要太节俭了，否则会得不偿失！懂吗？

我相信，你既能搞好学习，也能锻炼好身体。二者缺一不可。

另外告诉你，十天前我收到了你哥记生的来信，说是借你五舅的款买了录音机，并在信中要我买磁带。想得美！我越想越生气。他明明知道我给他结婚尚欠五六百元的债，而他还再超越个人的家庭经济条件，一味地追求玩乐、穿戴，我不能再原谅他了。他已经 22 岁了！人生能有几个 22 岁？我实指望他长大了能为父母操份心、分担困难；然而，我的心碎了。我被他再而三的错误行为击碎了，我这颗期盼的心！我曾无数次地对他的一些不正当的追求提出批评，真正是循循善诱、苦口婆心、晓之以理、动之以情。而他依然是不知其"丑"反以为"美"。我不能再容忍了。近来我已给他写了两封长信，挂号寄出。我对他做了极严厉的批评，并具体指出了错误缺点。我希望他改正便好。

天下的父母都毫无保留地疼爱自己的子女，可怜天下父母心！但"爱"是有条件的，相互的，首先是"给予"。只知道"索取"，而不"给予"者，最终是没人给予的。对吗？人是感情最丰富的动物，但也受着"辨证"关系的制约。

玉华儿，我只是简单地向你披露一下而已，你不用去"在意"，也无需多考虑。一句话，你放心吧，我会妥善地解决这类问题的。

随信邮去 20 元，你自己花用。

祝

进步

父名不具

1987 年 4 月 10 日

012. 致妻

（1987 年 5 月 30 日）

记生妈：

近来都好吗？伯母的身体如何？甚念。

麦收将到。我的心简直心急火燎！咱家麦子怎样？

我实在太忙太忙了。这一个月来，文化楼的工作倒没大问题，忙就忙在到外地开会和写作上了。前几天刚在薛城开了一个星期的会，马上又要去枣庄审稿子。

原来写的报告文学《燃烧》已送济南，现在又赶写另一篇《犹有花枝俏》的报告文学。

所以我心急就心急在不能按时回家割麦啦。我大约能在六月十日回家（过芒种四天了）。

所以，就只有让你、金香、记生多劳累了。

一定要笨鸟先飞，麦子熟七、八成割最好。

不要太紧张了。望记生一定要团结好全家人搞好麦收，你是主力呀！

文华在矿很好，不用挂念。她麦季不能回家了，因为她已初选上了，还要接二连三地参加高中、中专、技校的几次考试。不过，她虽然初选上了，我对她的信心还是不大。三百考生初选一百，分数线 300 分，文华是 355 分。

文华现在住郭桂新家，和桂新的女儿迎迎做伴，吃、住都在他家，很好。学习在八一矿中学。我和文华一星期见一次面，因我很忙，没时间到西边，她白天在校学习，也没空来文化楼。

大概因我赶写东西，到时间得拿出来，只嫌时间过得太快了。不过身体还很健康，请免念。就写到这里吧。

　　顺祝

全家平安

舒之

1987 年 5 月 30 日

013. 致妻

记生妈：

我与文华已顺利到矿，望放心。

家中正值大忙时候，我与文华不能在家多住，只好请你和记生、金香多劳累，多辛苦了。我想有记生这个壮劳动力在家，我也放心多了。

我这次在家感到高兴的有两点，一是麦子基本算是丰收，我感到满足；一是今年的麦收多亏了记生在家艰苦能干，我很满意。

下边我对记生说几句话：你的优点很多，缺点、错误也不少。我这次在家时也给你提过几次。你应该到了知错改错的时候了。说实在的，为了对你负责，关心你，尽到我这个做父亲的责任，我不能不教育你改正错误，我不能看着你在危险的道路上走下去。我希望你成为有志气的好青年，不愿意看到你以后在社会上碰个头破血流。说实话吧，你把你父母对你的关心、爱护、体贴、原谅视为软弱无能。作为一个人，为什么光要求父母对个人关心，而不关心一下父母呢？

你有时很能干活，但对自己的家庭的一些活（地里、菜地）不能主动去干，你怎么不为整个家庭去想一想呢？咱们陆庄有不少你同龄的青年都反映你：追求玩、讲究穿（实际上你是胡穿八穿）。你要买件衬衣，我这样难还是给了你 10 元钱。但我向你强调不要买花的大红大绿的，你就是不听。说老实话，你不怕丢人，我可怕丢人，别人笑话我对自己的孩子欠管教。你那长头发，那件红褂子如果到了八一矿，这里的人就根本瞧不起我陆舒之，因为真正有教养的正派青年没一个人那样打扮。

另外，你法制观念淡薄，或者说根本不懂法律的严肃性。由于不懂法律，犯了法不知是犯法。如有的人认为自己的老婆是属于私有的,可以任意打骂吧!但是也不行。法律不允许。打出了事,一样坐监狱判徒刑。打人骂人是犯法行为。一些自称不怕死的人,天不怕的人,到时候,手铐一戴,也是吓得浑身筛糠,哭都找不到地方。所以,望你增强法制观念。千万不要认为自己了不起。

群众的眼光最亮。越是自认为有本事,越是自吹自擂的人,越是纸老虎,群众越瞧不起。

上边写了许多,不一定都对。望你好好地认识一下,对自己有好处。我说错了的,也希望你提出不同意见。

当然,这些错误也是好改正的。做到十二个字就是人人瞧得起的好青年,即"转变躁性、埋头苦干、尊老爱幼"。我相信你不会把这些话当成耳旁风。

另外告诉全家一个好消息:文华已考取了枣庄矿务局职业中专(三年毕业,分配工作),现在就等查体了,只要检查身体合格,就发入学通知书。

我现在思想上感到压力最大的就是经济困难——入不敷出。我和咱全家人都必须勤俭节省,不该买的一定不买。我们没有能力再摆阔气了。更希望记生不能再去追求玩乐了,要从节省一分钱做起。我们这个八口之家,光该花的就很让我愁肠了。从现在开始,一分钱也不准乱花,反正我们不能老是借钱花。越借钱花越穷,甚至到时借都没地方借。玉华、春华、向华她们上学都成问题。我也希望金香能跟我们暂时过几年穷日子,将来记生、文华都参加了工作,生活会好起来的。

矿领导已经讲啦,从现在起,家属住房商品化,农转非的需三年内搬完,多则三间少则给二间屋。每户必须先交一千元钱才允许分配住房。为此,我要在这里节省。你们先在家好好种地,想点钱门。如果因为没钱,到时候搬不来,也不能光怪我。

就写到这里吧,我虽然很忙,还是写了这许多非说不可的话。

祝
全家平安

舒之

1987 年 6 月 20 日

014. 致妻

（1987 年 8 月 9 日）

记生妈：

你好，全家人都好？

文华的信收到几天了。文华的信只说收到了我邮去的钱，同时寄去的挂号信收到了吗？如果只收到钱而没有收到挂号信的话，望到学校里问一问，或者到邮电局查一查，那封信写得很长，你们如果没看到太可惜了。

文华的来信，使我高兴。听说记生夫妻较前团结，又听说记生在家抢着下地干活，我自然更高兴了。

昨天，诗勉从家回矿，他说见到了记生，记生问找到房子没有？其实我在上次去的挂号信中，已回答了这个问题：第一，房子不好找。原艺海书店已经租走了。第二，这个生意不能做。几个朋友和几个老乡都说，这里的租房费高、税收高，赚不了几个钱。而且外地人在这儿干生意受当地人的气。原来梁宝寺在这里开菜馆的五、六个人已经回家不开了。

所以，我希望记生一定在家安心劳动吧！听说，晚两个月，八一矿招一批井下采煤工，全部招收"农转非"的待业青年。我考虑，记生差不多能干上。不过，到时候查体的时候，记生需注意自己的高血压。我担心记生的血压这么高，受影响。我想，记生的血压现在年轻就这么高，将来年龄越大会越高，必须从现在开始防治。防治的主要方法是避免生气。因为好发火，脾气暴躁的人最容易得高血压和心脏病。防止发脾气的办法是遇事不烦、遇事冷静；遇到不高兴的事，要多做自我安慰，自我解脱。

文华的入学通知书还没下来。我已问过学校，都还没发。让文华放心吧，学校是九月一日开学。什么时候下通知，我就什么时候给她去信。

玉华、春华要的本子。我已订好了十几本，等我回家时捎走。放心吧，她们学习用的写字本，我会充足供应的。

上次去信时，我已说明，我们虽已"农转非"了，但由于家庭人口多，上学的多，近二、三年内还必须种地，不然，光靠一、二个人干工挣钱，是养活不了全家的。我的意见是最少也得种五亩地。种地当然是又苦又累，可又苦又累是为了吃穿呀！当下井工人，恐怕比种庄稼还要苦和累，而且还要危险呢！

再说，现在矿上住房紧张，二、三年内不一定搬来；而且，国务院已下达文件，今后住房一律实行商品化——就是拿现钱买房住，所以，没有几千元钱也是搬不到矿上来的。此事，望你们今后说话、做事都必须考虑。

最后，希望玉华、春华、向华一定努力学习，只有上出学来，才会有出路！

祝

全家平安

舒之

1987 年 8 月 9 日

记生妈：

上星期天，给你邮去的六十元钱和一封挂号信收到了吗？

昨天下午，文华来矿，顺利平安，望勿念。

文华向我谈起了家中的情况，我听后很高兴。特别让我高兴的是，记生较过去进步了，听话了，他们小夫妻俩团结了。真是聪明人好讲，人大心开呀！

尤其使我兴奋的是，记生自谋职业——与金字合办粉笔厂，真是太好了！我考虑现在做粉笔生意倒是个热门，又有他五舅给的这个有利条件，说不定还真是个有出息的事业。说不定，将来记生办大发了（以后办大了，需要营业执照）还能成为山东的"粉笔大王"哩！那要比干个井下工又强多了。现在井下工也不是固定工了，都是合同工。

一句话，干什么都有出息。但是必须好好地干，必须吃苦耐劳，必须团结人。做生意更应如此，要办事和气，说话和气。

我相信记生是个有出息、有志气的青年。什么叫有志气呢？比如说，人家说我脾气坏，火性子，我改掉不好吗？而且说改就改，改得彻底。这样人家就赞成你了。什么叫有出息呢？比如说，人家说我追求吃穿、玩乐，我就是要简朴、勤奋，而且做出样子给他们看一看，这样人家就更赞成你了。以上是我对记生的一点要求。

重要的是，我支持记生搞粉笔生意。我相信，会由小变大，一步一步地前进。不能一口吃个大胖子，更不要去想一下子发大财。我考虑一天能挣一元钱，也比在外边干活一天挣三块钱强。因为在家里吃住不花钱的。

我们的生活会慢慢好起来的。听说金香也学习了草编，这也是个好活呀！秋后闲时搞编织确实是个挣钱的生意。

文华的入学通知书暂时没发下来。因为她们的开学日期是九月一日。

听文华说，关于要地的事情，需我回家一趟。我准备这月二十以后回家（还有十天吧）。

看今天的《大众日报》有一则消息，《作文周刊》一九八六至一九八七年度评选的作文奖，山东省有十八篇得奖作文，不知玉华的《社会主义就是好》一文能否得奖？我认为她的那篇作文，从内容到写作技巧都是不错的。我想，玉华在五年级时的那篇《考试之后》可重新修改一下，由春华寄出去（文章誊写后，先由彦书用红笔写评语），还是有发表的可能的。不要怕失败，一篇稿子可以连续寄几次。就写到这儿吧。

顺祝

全家平安

舒之

1987 年 8 月 13 日

016. 致记生

记生：

前几天写去一信，收到了吗？

望你接信后，立即把你的照片（一寸免冠相片）寄两张来，越快越好。挂号信寄来。这里招工报名用。切记。

顺祝

全家平安

父示

1987 年 9 月 18 日

017. 致玉华

（1987 年 9 月 20 日）

玉华：

近来学习一定又有了进步吧？但一定要注意身体的健康。一个优秀生应该是德智体美并进，你说对吧？

前几天，我给家中去信时已告知"农转非"的《户口簿》和《粮油供应证》已发下来并已开始供应。给你和春华起上学的粮票，需有你们学校的证明信。为此，望你接信后，在校办一证明信（我因于国庆节后回家，就不用寄来了）。

另，文华已去上学了，她很好。我在此万事顺心，释念。你若给文华去信时，她收信的地址是：

枣庄市枣庄矿务局职业中等专业学校烹饪班

并祝

愉快

父名不具

1987 年 9 月 20 日

018. 致玉华

（1987 年 12 月 3 日）

玉华：

带着你优异的学习成绩馈赠给我的喜悦心情，回矿了！

望子成龙，盼女成凤，这大概是天下所有做父母的共同心愿。你的父母尤然。不同的是，你的父母则更强烈也更自信。说穿了，这就是人生的幸福和乐趣，亦即人生最坚实的精神支柱之一。

应该说，对你的学习情况，我以及咱们全家一直都是高兴和满意的。不！又何止我与咱们这个小小家庭呢？而是包括你的同学和师长，还有所有关心你也关心我的人们，他们为你感到骄傲和自豪！

我们不仅仅是眼见到那个光彩的名次，更重要的是我们意识到你的潜力与智力。如果说你还有什么不足之处，就我个人主观上的认识，似乎还要做出如下的努力（当然这是向更高层次的要求了！）：

A：注意锻炼一下组织能力和领导能力。作为学习委员，你是有这个锻炼的机会和条件的。这是现代"人才"应具备的素质。B：注意锻炼演讲（包括朗诵）能力和"雄辩"的才干。这也是现代"人才"的重要标志。

当然，这一切都受着心理因素的影响。我劝你除具备远大抱负——"世界是属于我陆玉华的"外，在学习、生活、工作、劳动等方面，有意识锻炼心理上的承受能力和应变能力很重要。比如有的运动员家门口净出好成绩，一到外出大赛就"败北"，这就说明了平时心理素质训练差。你说对吗？

对于你在写作议论文方面尚不能得心应手的缺憾，我回矿后立即买来了《议论文写作实用手册》（定价 2 元）。此书很好。正如该书前言中说："本书既是议论文写作的指导书，也是工具书。"全书上下两编，上编为"议论文的写作方法"；下编是"议论文的论据资料"。还购得一本《十届高考作文选评》（定价 1 元）。这两本书等我回家时捎给你吧。我想这书一般属畅销书，难买，所以到你手后，不要外借，以免丢失。

近来你哥和我都好，不用挂念。你哥已正式分配工作，每月工资百余元，可以欣慰的是咱家的生活会越来越好。不多写了。

祝你

德智体全面发展

你的父亲

1987 年 12 月 3 日

019. 致妻

记生妈：

......

记生的团员关系证明信,请一定抓紧办。

最后祝愿全家人都好。希望春华、向华学她二姐,勤奋学习。

要侍奉好伯母,有病早治,多吃些有营养的饭菜。

文华的棉裤做好了吗? 晚几天记生回家时捎来。

还要注意,把鸡羊兔喂好,要舍得喂! 一天要给兔子四遍食。

话长纸短,就说到这儿吧。

祝

全家平安

舒之

1987 年 12 月 9 日

(笔者注: 这是一封残信。此信有尾无头。根据内容,判定是写给妻的)

020. 致玉华

玉华：

　　来信早到，迟复为憾。实在是我近来太忙，望你能够理解。关于你信中提出的几个问题，谈一点我的意见。以下按你来信的顺序回答：

　　关于春华的转学，我确实想的简单，没你考虑的周全。我同意你的"不转"的建议。下学期的书，我已在此订好，不会影响或耽误春华下学期的学习的。望放心。

　　文学创作也还写，但成效甚微，更谈不上心满意足。近来又出任我矿业余文学创作组组长，更把我逼上梁山了。

　　你的数学竞赛考试"彻底失败"了。我以为你的苦恼根本不必，这就说明你的心理素质尚有不足。一个人不光要经得起成功的考验，尤其要经得起失败的考验。永远也不存在"常胜将军"，你说对吗？

　　你的这个态度是对的，我很赞成——"命运既然把我推上了这个舞台，我就要演下去，而且要演得好好的！"我赞美你这强者的态度，大将的风度！

　　你对"女性"的观点，我双倍的赞同！我是一贯能正确认识这个问题的。你大概会同意我的"一贯正确"的说法吧？旧思想、旧观念在当今八十年代仍会出现，而且还很浓重，这也不足为奇，不足为怪。别忘了，我们是一个延续了几千年封建社会的民族，流毒还会流下去。就我个人来讲，是从来不信这个邪的。女人同样能有大作为，历史上的武则天、吕后便是。

　　"可自己的成绩又能为女人添几缕光彩呢?!"

　　是的，人应该有一些压迫感，太轻松了难免是坏事。变压力为动力的人，才是有出息的人。试想,爱因斯坦、居里夫人、屈原、毛泽东不都是吗?

寒假临近,期考将至。你一定投入到没黑没白的复习中去了吧?我劝你不要单纯地为了保全"面子"而争那个第一。第一名固然高兴,第二、第三……名也不能气馁。不管你取得什么名次,我都会给你大奖——我已为你录制了六盘英语磁带,你应该高兴吧!文华2月3号放假,回家时给你捎回家,假期听学。因为我需安排咱家过春节等事宜,所以我准备2月8日回家住几天,详情面叙。

另外,你哥和我在此一切都好,放心。

祝你

学习进步

注意身体

父名不具

1988 年 1 月 25 日

021. 致春华

（1988 年 1 月 26 日）

春华：

你一定正投入到迎接期终考试的紧张的复习功课的战斗中去了吧？可要注意身体健康呀！

原先我想让你转学的事情，确实是我想的太简单了，玉华不同意转是对的。看来她比我考虑的更周全。不转对你今后的学习更有利。你说对吧？

下学期的书，我已在此订好，望放心。

期终考试对每一个学生来说，神经是够紧张的了。我希望你一定能够放松一些。因为思想太紧张了，反倒不一定考出好成绩来。我非常希望你能拿全班甚至年级第一名；但如果坐了红椅子，我也不会批评你的。因为我对你的学习是很放心的，你的基础知识掌握得很牢靠！

为了让你和玉华把英语学得更好，我已录制了六盘初中和高中的英语磁带，晚几天我回家时给你们捎去。你一定会高兴吧？

文华二月三日（腊月十六）放寒假。我也打算回家看望一趟，望告诉你妈，我打算腊月二十一日回家。就写到这里吧。

祝你

学习进步

你的爸爸

1988 年 1 月 26 日

022. 致妻

（1988 年 2 月 1 日）

记生妈：

　　近来全家都好？记生探家回矿后向我讲了家中的情况都很好，我很高兴。

　　前几天我给玉华邮去 15 元钱和一封信，也给春华去了一封信。给她们的信是我接到她们来信后的答复信。告诉她们我已在这里给春华订好了书，并通知她们我将在腊月二十一、二日回家一趟。

　　嗨，这里我已为春华捎来书了(共 18 本)，并且在每本书上都工工整整地写上了"嘉祥县马村乡中学陆春华"的字样；却又接到春华的来信，她已在马村买书了(不买不行)，让我在这里退书。因为每本书上都写了字，已经没法退了。要退，让春华退她的那一套吧。小孩办事就是不行，学校说不买不行就吓住了。你不交钱，学校还真逼你买吗？而且一、二个月前，春华不是已经向学校说明不在那里买书了吗？而且玉华、春华都在来信的时候催我"千万在矿买书"！说实在的，你们办事能让我放心吗？

　　我打算腊月二十一日回家住几天，因为带的东西较多，望你们抽时间接我。

　　记生、文华都好，不用挂念。记生已转为正式工人了，向你们报喜！

　　我在这里也很好，就是比别人忙一点。可能是比别人多识几个字的缘故，整天是和笔、纸打交道，连一点闲玩的空都没有。

　　顺祝

平安

舒之草

1988 年 2 月 1 日

023. 致妻

（1988 年 3 月 28 日）

记生妈：

　　近来你的身体好吗？家里、地里的活又够你忙的了。甚念。玉华、春华、向华的学习一定都有进步吧？我真想念她们。

　　其实，到今天才给你写信，真有点不像话了。一定又让你挂念了。说实在的，到今天才写信，也并不是因为手懒。一是工作较忙，二是我这十几天接连给《枣庄日报》写了三篇稿子，刚刚发走。一篇是《二十年后回故乡》（科幻小说，我作了改写），一篇是《追求》（短小说），一篇是《人品质朴笔生花》（散文）。你能说不够繁忙的吗？

　　天骄在这里很好，一点毛病也没发生过。她现在长得很可爱，胖多了，笑得很响。记生和金香团结得很好，我甚至有点奇怪——自从金香来矿后，他俩连一次嘴都没吵过。这太好了，我们都省心啦。

　　记生的大舅到咱家去过吗？是否已回东北了？他们的"家"分到什么程度？很挂念。

　　我给你说过，玉华的学习很紧张，而且在学校里也吃不好，应该增加点蛋白营养。依咱家的条件，让她多吃几个鸡蛋还是不成问题的。你每次到一中看玉华，或玉华回家探望时，都要炒碗鸡蛋带着。春华回家勤一点，但也要改善生活，吃得好一点。现在国家的形势已定下来了，工作和就业只能靠上学上出来。对我们的几个孩子将来的工作出路，不用我们担心。我甚至还多少感到骄傲——她们懂事、争气。最近矿上招了一百名非农业女青年，得拿出三千元买工，都争破头，一下子报了四百多。看来，上不出学来的青年人一辈子都难说找到工作干。今年拿三千元买工,明年就得拿五千元买工,谁能拿得起这么多的钱。而且还不是什么理想工作。所以,我们一定叫孩子们吃得好一点,穿得好一点,身体棒棒的,学习成绩好好的。

今随信寄去《致居民(村民)的一封信》,请你们看后,按上边的照相规则要求到嘉祥照相馆照相(你和玉华都照。这里要的很严格,不能少一人)。等照好后,用挂号信邮来。

就写到这里吧。

顺祝

身体健康

舒之草

1988 年 3 月 28 日

024. 致文华

文华：

我发现你已经有了很大进步，我非常高兴。青年人尤其应该有远大的理想，有钻石般的志气！和为贵，团结为本，你说是么？人应当不断地否定自己，才能不断地取得进步。战胜自己的人，才是超越了自我的人。这道理你自然会懂，但重要的是实践。我对你充满了信心。

捎去的一点菜肴并不是让你节俭，是让你改善一下伙食。

注意：以后不要太省了，该花的就花，我还有这个经济能力。我很可能星期三、四去一趟枣庄，到几个朋友那儿走一遭。当然也去看你。

祝你

永远大步前进

你的爸爸

1988 年 4 月 3 日

025. 致玉华

玉华儿：

再没有比读你的信更使我高兴的了。再没有比读你的信更让我充满了信心的了。

海英"认"了，张小梅"日夜兼程"了，还有技高一筹的卢群……真是八方受敌，四面楚歌。

不！我要说，这是良性循环——你的刻苦给他（她）们树立了榜样，他们要急起直追，而这种氛围又促进你更上一层楼。人，应该有一种压力和紧迫感。这是大好事。只有压力（或者解释为假想敌、对手、逆境等等）才能促使一个人有更高的追求目标。

对于这种态势，你应该更高兴、更有信心——这绝不是致你"败阵"的杀手，而是为你独占鳌头奏起的胜利交响曲！

是这样的。你应该首先在精神上"战胜"他们。你具备这个素质。我深信，是你而不是别人才独有的那种"横扫千军如卷席"的胆略和气魄。你更具有任何人都不会具有的高远的理想，博大的胸怀，钻石般的意志，海绵般的韧性。

你还有另一种优势即家庭的温馨——勤劳善良、智慧的慈母，做你坚强后盾的父亲。

还有，不是别人，正是你胸中永远装着一个伟大的榜样的居里夫人——她的刻苦、信心、自信。

我支持你参加英语竞赛并热切地盼望你能取得参赛的资格。

我可以高兴地通知你，你在信中开列的英语磁带（你大概想要其中的一套，对吧?)，我正想法购买。一定买到它，最迟不超过一个月。我下次回家带回。

我还愿高兴地告诉你，"经济拮据"这个词不存在我们的家庭词典里。我愿透露一个讯息：我是把春华、向华和你都排在供上大学之计划。当然，这只是我的一厢情愿，学习方面，可全靠你们个人了。

还有三点要求：一、注意锻炼身体。二、饮食，要加强营养。三、生活、学习要加快节奏、高效率、高质量。

近来我倒有一点创作的激情和冲动，正着手写一篇记实小说《我的儿女们》（暂名），待第一稿后，要请你修改。——我在这里给你用了个"请"字，我不认为欠妥。似乎，照过去的伦理，长辈对晚辈只能俯视，不能"仰视"，这是不公平的。难道长辈就不可以向晚辈求教吗？谁都知道，真理和学问是不受辈份制约的。我仍然坚信这个真理——长江后浪推前浪，世上新人超旧人。世界是属于有作为的青年一代的。

顺祝

吃得饱饱的

睡得好好的

练得棒棒的

学习迈进新高度

你的爸爸

1988 年 4 月 4 日

026. 致妻

（1988 年 4 月 5 日）

记生妈：

　　前几天寄去的挂号信,收到了吗? 这里要办居民身份证,你和玉华需照相,不知照了吗? 一定按上次《致居民（村民）的一封信》的要求照。照片洗出后,请用挂号信寄出。

　　另有一事与你商量。"谷雨前后把种下",还有半个月就要到种棉花的时候了。咱台田的地种棉花,原打算让记生回家帮忙,记生这月上夜班,确实很辛苦,为了多拿工资,他也不想休班。上一个班六七块钱,请假也不合算,所以他也不一定回家了。我原来说过,我得等种完棉花捶屋顶,所以我也不能帮你种棉花了,请你原谅。为此,请你事先有个准备,到时候,最好请记生舅帮忙耩上。

　　我们在这里都很好,天骄长的确实可爱,都牙牙学语了。不过,我规定的很严,不准抱起来,所以谁也不敢抱一次。

　　祝你

健康

舒之

1988 年 4 月 5 日

027. 致玉华

（1988 年 4 月 11 日）

玉华：

　　四月五日的信收到否？那封信主要讲了我一定为你想法购置英语录音磁带的事，也讲了向你们催要照片的事。

　　今天仍谈这两件事。你在上次来信中索要的那几套英语磁带，咱自己买空白磁带复制的可能性已排除。因我到中学问后，他们没有。昨天我到了枣庄（当然不光是为此事，还去看了一下文华，也到了向春等几个朋友那里拜访了一下），枣庄新华书店令我异常高兴，那里有《陈琳英语》和《许国璋英语》的整套原声磁带（不附书）。《新概念英语》和《日常英语》无有。

　　为了向你问清楚，所以当时没敢买。A. 没有书本可否？B.《陈琳英语》与《许国璋英语》，谁的较好？谁的更适合你听？（我有这个想法，陈琳是女的，许是男的。陈琳的英语是否更适合女性听？）望你来信说明。你如果认为没附书不适合的话，我就直接向吉林省磐石宏声邮购服务部汇款，你意如何？

　　你和你妈照相了吗？这里的居民身份证办公室要得很急，限在四月二十五日前。照片洗出后，用挂号信邮来。如果还没照，望抓紧照。一定按规定照（附信）。"浅色背景"，意为：不能用一般布幕，必须用一块白布作背景。（人家照相馆知道）

　　另外，我这次去枣庄和向春作了深谈。预计今年还出一本小说集（全省煤矿系统）。我们的那本《太阳神》下月出版。我的小说《追求》可在近几天的《枣庄日报》发稿。近几月《枣庄日报》将会登我的几篇文章。我首先要感谢你，说实在的，你的文思很敏捷，构思巧妙，语言也有一定功力，对我的影响很大。就写到这里吧。

　　顺祝

愉快

　　希你代我向你妈妈和你妹妹问好。————又及

你的永葆进取精神的爸爸

1988 年 4 月 11 日

028. 致玉华

（1988 年 4 月 18 日）

玉华：

　　信和照片均已收到。特别是照片来的及时，因为身份证办公室限 4 月 20 日前交照片。

　　我非常喜欢和满意你这次的拍照——形象美、气质美，齐耳的秀发，明净的眸子凝视着远方，双唇微启，一个有理想的文静的小姑娘的形象"跃然纸上"。我又将底版在这里洗出六张，为你明年考大学时备用。

　　你说期中考试在即（距我给你发信还有一个多星期吧？你收到这封信时，很可能是开考的前三、四天），显然你又进入了紧张的复习阶段。可绝对不准"开夜车"，思想上更不能有压力。特别在考试的整个过程中，要从容不迫，心宽神静，排除任何心理障碍。唯此，才能考出好成绩，发挥出最理想的水平。

　　说真的，认识（指上述道理）容易，实践难。这全靠一个人的心理素质所决定。我对你是绝对相信的。因为我相信你具备这种心理素质和心理承受能力。你千万不要小视了你自己。要处变不惊。我盼望着你期中考试的优异成绩！你当然知道，这高中三年的每次考试成绩都会存档。成绩（一般地指分数）虽不能看得过重但也不能等闲视之。记得多年前我做教师时，就流传着这种说法：考、考、考，老师的法宝！分、分、分，学生的命根！

　　前两次去信，都谈及买英语磁带的事。望你来信说明买陈氏的还是许氏的好？没附书行吗？或是直接汇款吉林购买？我便马上行动。

　　你在校如用钱（买衣、买纸、买用品）可来信告知。这个月我和你哥两人共领工资四百余元（包括奖金）。所以你上学用款，对我是小菜一碟。

　　顺祝

永做博学的强人

你的父亲

1988 年 4 月 18 日

029. 致春华

（1988 年 4 月 23 日）

春华：

来信收到。

前几天给你玉华姐的信，我已经说明，我需过了"五一"节回家捶屋。因种棉花期间家家都很忙，不好找人，我又不能在家多住，所以我得等种完棉花回家。望你们千万不要误会，我并不是逃避种棉花，也不是不理解你妈的辛苦。我已经早想过了，月月回家也怕我们的领导有看法。我回家捶屋得十天忙完（你们想想吧，我得亲自去料理这些活：拉石灰、石硝、捶东屋、泥堂屋前后墙、刨院子的一棵榆树、给堂屋东间打柱子等等），不能提前回家，还请你妈原谅。

你们快期中考试了，我希望你也完全相信你会考出好成绩的。玉华也来信说了，我给她的回信希望她到考试的时候一定要沉着冷静，考出好的成绩。我对玉华很有信心。她让我买《陈琳英语》（全套需四十余元），我很快就要买到。我和你妈坚决支持你们的学习。你也知道，在你们姐妹的学习费用上，你妈和我从来都是不怕花钱的。

向华的学习怎么样？我比较担心的是她的数学。希望她一定下苦工夫学好数学。我希望玉华、春华、向华在期中考试中都能拿第一名！

我现在各方面平安顺利。你哥你嫂也很好，他俩人确实很懂事了，也知道过日子，也很想念你母亲和你们。天骄很活泼，整天笑嘻嘻，随信寄去天骄的百天照（说是百天照，其实才照了几天，已过百天了）。你们看到照片上的天骄一定会高兴得不得了。

另外，这封信我本打算寄你妈，因怕你妈不能及时收到才寄给你。你接到信后当天就把这封信送往家去。就写到这里吧。

　　顺祝

全家平安！

你的爸爸

1988 年 4 月 23 日

030. 致妻

（1988 年 7 月 19 日）

记生妈：

近来家中人都好？你的胃病好些了吗？向华的肾炎痊愈了吗？甚念。

听说家里下了几场雨，下透了吗？化肥上完了吗？绿豆该摘了吧？今年的绿豆特别贵，滕县、枣庄现在每一市斤二元钱。棉花、玉米地里尽量多施一些化肥。几头小羊也要喂养好，到年底也是股财份。鸡蛋不能卖，除你们吃外，剩下的要腌上。最近天气太热了，你们千万注意饮食。

这个月（七月）因为有半年奖金，又加上我补级的钱，我和记生俺爷俩领工资和奖金共六百多元。还了一百元的账，文华捎家，我们还存了银行二百元。

关于文华到食堂实习的事，我的意见（并且我也征求了朋友的意见）没必要实习这个把月了。天气也太热，文华就安心在家帮点忙吧。八月二十四、五号文华和向华一同来矿吧。

玉华要的英语磁带，暂时还没买到。最近我们文化楼里的徐老师准备出差北京。我已经对他说了，托他买一套《新概念英语》磁带（北京王府井外文书店有）。

我昨天访问了一位在北京外语学院上学（大三）放假回矿的学生。他对我说，报考北京外语学院英语考分必须在八十五分以上，总成绩很重要。面试（听、说）是次要的。他说，只要高中英语课本上的知识全部熟练地掌握就没必要心烦了。

这位北院的大学生说，能考上北京外语学院（也属重点院校），其实比北大、清华吃香。现在学外文大有用场。其他各科成绩都好就有把握考上。

玉华,我支持你报考外语学院。

现在我们国家外语人才紧缺。

外语学院的毕业生一般分配较好。多数留在北京工作,而且是在国家大机关里工作。

全家注意:今年天气太热,持续时间长,千万注意防暑!注意饮食和休息。多喝茶水!

天骄一定更可爱了!我和记生在此各方面很好,放心。记生在七月三十日可能休假回家。

就写到这里吧。

顺祝

全家平安

舒之

1988 年 7 月 19 日

031. 致妻

（1988 年 9 月 9 日）

记生妈：

近来全家都好！

文华和向华给你的信，已经写好十多天了；而我才给你写信，能不让你们挂念吗？望原谅。

确实，最近我也太忙。原来和我一块的周城瑞调电影院卖票去了。传达室、接待室、放电视全由我一人（以后还调人来），而且每天还得到市场买菜、做饭，够忙的！

文华和向华都是九月一日开学。向华也领了四年级的新书。向华现在学习和生活得十分愉快。上学时都和她的同学一同来去。晚上就在文化楼接待室休息（因记生的宿舍有蚊子）。每天早晨六点起床上学，我喊她。我们爷仨在这儿生活的很好，望不用挂念。

昨天收到了玉华的信。玉华被评为三好学生和模范青年团员，真使我们高兴！现在春华的学习情况呢？希望春华向玉华学习，加倍努力地学习！

近来天旱，不知咱家的棉花地和玉米地都浇了吗？望来信告知，免我挂念。

这个月我和记生买国库券和人身保险又用去八十多元，记生又买鞋做裤子花去四十元。当然还有文华、向华的学杂费。所以晚几天只能给你邮五十元过节花吧。砖钱，给书臣说声，下月准还。

记生到月底回家，他们生产单位不好请假，中秋节就不能回家过了，我也不能走。中秋节，我们爷四个在这儿过吧！先写到这里吧。

顺祝

你和全家平安

舒之草

1988 年 9 月 9 日

032. 致玉华

（1988 年 9 月 24 日）

玉华：

来信早到。实在是由于工作较忙，琐事又多，拖到今天才写信，让你挂念了。当谅解。

你的信，每一次都给了我极大的欣慰和鼓舞。此次亦然。我极为高兴地祝贺你荣获"三好学生"和优秀共青团员的光荣称号！我知道这两张奖状的获取是多么不容易呀！它需要付出多么大的智慧、汗水和心血！是的，鲜花从来都是为勇士而开的，你当之无愧的完全称得上是一个渴求知识并且获得知识的强者和勇士！你是一个聪明且又知情达理的孩子。你懂得，人世间，文化科学知识是第一位的重要；你明白，一个人要想在这个地球上站住脚，必须要有本领，要有出人头地的本事。别无其他的选择。

你近来的学习生活一定非常紧张了。但我依然嘱你一句话：一定注意身体的健康，饮食要注意卫生，多吃点有营养的食物。不要怕花钱。因为这是一个关键的时期。

向华在这里上学较家中大有进步。她很懂事，学习抓得很紧。我们在一起吃饭。她在这里也交了一些小朋友，所以并不显得十分想家。望你不用记挂。

我和你哥都不能回家过中秋节了。矿上的工作很忙，你哥过了国庆节回家（他十月二日回家）。先写到这里吧。对啦，还有一件事要告诉你：《太阳神》已正式出版发行。感激你，你在我的那篇作品里也倾注了心血。

祝

勇往直前

你的父亲

1988 年 9 月 24 日

033. 致玉华

（1988 年 11 月 3 日）

玉华：

几欲提笔写信，均因工作太忙而搁笔。拖至今天方能复信，让你悬念，殊觉心情不安。

我是十月二十三日（星期日）离家返矿的。那是一个阴雨天，我的心情也是阴沉的。冒着细雨，你妈送我至嘉祥。你没忘记吧，我和你妈到学校去看望你时，你曾说定星期六（十月二十二日）回家的（我还准备为你洗头呢！）然而那个星期六的下午（应确切地说是在夜幕降临之后的很长一段时间）我们苦等不见。一直到我次日离别家门的当儿，都在为我们爷俩失掉了一次畅谈的机会而感到惋惜。

我判断你没能回家的原因，一准是你有什么集体的活动。

这真是应了"人老惜儿"的老话，嗨，你这个没有出息的爸爸。

为免心挂，你妈送我到嘉祥后又顶着慢三差四的雨脚奔去一中学校看你。她找到你了吗？嗨，可怜天下父母心！

上述算是开场白。下边兹将你十月十六日的信作答，是为本。

（1）英语竞赛的失败，不足为怪，尽管非常的可惜。胜败乃兵家常事嘛！重要的是，从失败中总结经验教训，找出差距，知道自己差在哪里就好。而且你已清楚了差点，这为你打胜今后的战役至关重要。更不准因一役之失利而丧失信心。玉华，你要振作起来，拿出"失败了再干"的勇气！记住："哪怕是失败了一百次，我也要向第一百零一次追求！"这才是强者的气质，强者的风度，强者的心态。坚信你是完全做到这一点的。向着既定的目标登攀吧！

不要老想着当第一,那会造成自我心理压力。特别是在决战(考试)之前和决战之中,一定要做到心理上放松,从容不迫,有大将风度。这和体育运动竞技场上类同。两军对阵勇者胜! 你要绝对相信自己的实力。

政治考分差,不可过于计较。要学会应用唯物辩证法的观点去认识、分析学的知识并正确对待每一次的考试成绩。

(2) 老实讲,把学习成绩搞上去,别无捷径,惟其勤奋刻苦。但健康的体魄是保障学习的先决条件。还要注意学习方法。

"英语口试有普通话朗读",如你所说,与汉语朗读有很大关系。你的普通话不好,我看不必着急。一句话,学好说普通话并不难也没多大了不起。我虽是个外行,甚至说起来比你还"蹩脚",但据我若干年前的那点教学经验和本人的切身体会,还是能够为你指点迷津的。总不算是吹牛吧?

A. 诸如朗读一段或一篇文章,如演戏一样首先必须进入角色。要有激情,这样你就能朗读出感情来了。不要老想着某个字符合不符合什么调号、卷舌与否,这是次要的。

B. 感情出来了,字、词、句就会顺其自然而念出了抑扬顿挫。

注意:声调、速缓、抑扬顿挫是个技巧问题,但又不完全是个技巧问题。它是为"文意"、为感情服务的。感情是第一位的。一个好的朗诵者应该把其中的喜怒哀乐"表现"得淋漓尽致。这就够了。而声音的高低速缓也就迎刃而解了。

C. 你说话、朗读都有"快"的毛病——这其实也谈不上什么毛病,只是节奏快或谓之曰频率高了点。但后遗症往往是听的人听不清意思。这个缺点很好改——慢一点就是了。但说话快成了习惯的人,想慢下来就要注意纠正快。好吧,玉华,你就有意识地(自觉地)学一点"慢条斯理"吧!

嗨,我也为你可惜,为什么和别人换笔用呢? 自己用惯的笔多好。如果你缺个得心应手的钢笔的话,我一定给你买支好的!

另告:给你妈汇去一百元钱。如你自己买什么,我可给你专寄。以后凡用钱时可向你妈大胆地要。你不能再那样节俭了。我们不困难。

向华的学习很努力,在学习上和过去的漂浮相比,简直判若两人。最近的几次小考中,语文、数学的成绩均是全班第一。

文华上星期来矿,你的信她看过了。她的学习也很好。

　　我更心悦体壮，只是忙于工作，没再搞什么创作。创作的欲火尚盛，需晚些时候动笔吧。不多写了，下次谈。

　　顺祝

奋勇直前

你的爸爸

1988 年 11 月 3 日

034. 致玉华

（1989 年 3 月 2 日）

争气的玉华：

知道你在患重感冒，身体极度不适的情况下，期终考试仅以 2.5 分之差屈居年级第二，让我发自内心的兴奋，且又感动、爱怜。你那种在学习上的奋发精神，一往无前、拖不跨、打不烂的坚实的韧性、自信心、自控力，实在令人敬佩。没有高远理想的人，是做不到这一点的。人的可贵之处也正是在于此。

近来的学习生活一定又是充满了紧张的搏斗气氛。我担心的是你不注意休息，不注意饮食。记住我的话：一定注意休息，保持旺盛的精力；一定尽可能吃喝得好一点。有病早治，无病早防。加强身体素质的锻炼。还有四个月就高考了。我希望你，始终注意保持心理的平衡，要放松，要保持乐观的精神状态。这是考出高水平的必备条件之一，不可小视。相信吧，不管在任何情况下，我和我们全家人都会全力支持你。你有一个物质上、精神上的坚强后盾。

你也一定十分关心我的情况吧。告诉一个使你兴奋的消息：我不只是枣庄矿区文联的理事，而且又新选为《煤浪花》一书的编辑。复刊的《煤浪花》，现正征稿，九月出书。作为枣庄矿区向建国四十周年献礼项目之一。我计划写两篇稿子。一篇是和报社的一位朋友合作的《犹如花枝俏》（报告文学），一篇是小说。说不定，脱稿后你将是第一个读者呢！我会虚心地听取你对作品的宝贵的意见。

你哥、嫂、骄子、向华们都很好，免念。你记生哥在他单位团支部的改选中以最高选票当选为团支部书记。这又是让你高兴的一件事吧。

我打算本月（三月）十四、五号回家，到时一定去学校看你。

不知棉花卖了吗？没卖更好。国务院已发出通知：为保棉农利益，89 年棉花将作较大幅度地提价。

　　你一定需用稿纸了，我回家带给你。笔墨纸之于我是宽裕的了。打住。

　　顺祝你以新的姿态更上一层楼。更加健康、愉快！特别注意要在精神上有压倒一切的气概！

　　代向你妈问候。

父草

1989 年 3 月 2 日

035. 致春华

争气的春华：

你的信收到了，你应该知道，读过你的信，我是多么的高兴呀！我应该首先祝贺你，祝贺你考出了优异的成绩。当向华和你文华姐回矿告诉我你和玉华夺取第一名的好消息后，我就兴奋地几度想提笔写信祝贺。只是工作太忙，又加操办一些"征文"的事情，故没能及时去信，你会谅解爸爸的吧？

春华，你毕竟没负我以及咱们全家对你的厚望，你用你的试卷成绩作了最明确的回答。而优异的成绩又是对你的刻苦好学、奋发向上精神的最好的报酬！你说对吧？其实，你的第一名的成绩，早就是意料中。你有你的高远的理想和追求，这是顶重要的。

记得这句名言吗："弃燕雀之小志，慕鸿鹄之高翔！"

你——春华，应是搏击暴风雨中的海燕，又是翱翔于苍穹之中的雄鹰！我多么希望在我们的家庭里，不久的将来会出现居里或者冰心、丁玲……一定的，一定能够出现。当然，这一切仍需靠个人始终不渝地付出汗水和勤奋。

来信中，对我的批评意见太好了，我虚心接受。远在向华回来后，她就向我谈了你妈妈的这个意见。我已经很注意了。你的来信又进一步提醒了我，很有道理。春华，相信我吧，为了对你们兄妹五人尽到我这个做父亲的责任，我准备随时接受你们正确的批评并立即纠正自己的缺点。我和你妈的心是相通的——都有一个共同的志向。虽然我们的前半生没有什么大的建树，没有给社会做出什么贡献，但我们并没虚度时光，因我们毕竟养育了五个争气的儿女，这对我们来说已经足够了，我内心感到极大的欣慰。

你一定十分关心我们这里的情况吧，告知你一个高兴的消息：我新近被选为枣庄矿务局"文联"的理事并担任即将出版的《煤浪花》一书的编辑，此书将有我的两篇作品入选，一篇报告文学《犹有花枝俏》，一篇小说《今夜，月更圆》（暂定名）。

你哥、嫂、向华等都很好，免念。你记生哥在他单位团支部的改选中，以最高选票当选为团支部书记，这又是一个让你高兴的消息吧。

我打算本月（三月）十四、五号回家探望，到时一定到学校看你。用稿纸吗？我回家带给你。

棉花卖了吗？没卖更好。国务院已发通知：89 年棉花将作大幅度的提价。

本打算给你妈写信，害怕收不到。你接到这信后，送给你妈看，别忘记。

祝你

更上一层楼

父草

1989 年 3 月 2 日夜

036. 致玉华

（1989 年 4 月 6 日）

玉华：

　　来信收到，慰甚。

　　你一定在盼我的来信。嗨，谁知，近来的工作竟这样忙，又是赴枣参加笔会，又是参加《煤浪花》的编辑会，又是苦于个人创作的构思，还有……你应该不会埋怨我手懒吧？

　　像过去接你信时的心情一样：欣慰、激动、兴奋。只是，这一次又给我增加了一点惆怅——怕只怕我的不成其文的所谓的"作品"让你读后感到失望。我实在缺少那点文学细胞，逻辑思维不足，形象思维尤差，属于赶鸭子上架。不过，有压力倒是好事！没有压力，何来屈原的《离骚》；没有压力，蔡文姬何能产生出《胡笳十八拍》；没有压力，伟大的鲁迅先生也写不出《狂人日记》以及他那些如投枪似利剑的杂文……从这个意义上说，压力变动力就能产生人的极大的主观能动性——精神变物质！你说对吗？玉华，你的信给我增强了我写好作品的信心。

　　事物原本如此。可以说，任何"成果"都是在压力下"逼"出来的。俗语：逼上梁山，是也。试想，昔日的梁山泊壹佰单八将，若没有"官逼"，怎能会汇聚此地起来造反？这就是事物的本质。

　　"破釜沉舟"、"背水一战"往往就能赢得斗争的胜利，其蕴意即在于此，我想。

　　该打住了，我不该说多了，怕影响你的学习和休息。你为了迎接那个绿色的七月（注意：不是"金色的"，也不是"流火的"，更不是你说的"神秘的"，而是"绿色的"呀！）需要潜心学习，需要以逸待劳，尽量休息好。

　　绿色，不正是生命和希望的象征么？！

　　祝你

愉快轻松

坚定信念,鼓足勇气,争取胜利!

　　弃燕雀之小志,慕鸿鹄之高翔　——又及

父字

1989 年 4 月 6 日

037. 致妻

记生妈：

　　你好！

　　回矿后，确实很忙，又到枣庄开了几天会，写文章的任务很重很急，所以拖到今天才给你写信，让你挂念了，请谅解。

　　我回矿后在操办门窗、铁门的事。现在木门窗已订做了，铁门的料不好弄，所以还必须请书孔弟费心到马村订做。光做两扇铁门就行了。四个"门转"我已请恒来给做好了。光这四块燕尾形的钢板就省去几十元。

　　谷雨快到了，也就是说再过十几天就开始种棉花了。我们都不能回家帮忙干活，担子只好落在你肩上，请你多劳累吧。玉华、春华的学习情况怎样？一定又大有进步吧！我们都很关心，望你叫她们尽量吃得好一些。

　　我们在这里都很好。记生已写了入党申请书，他单位的党支部想培养他入党。向华的学习有了进步，当上了学习小组长，还是课代表。天骄已会走路了。这都是让你们高兴的好消息吧。

　　随信邮去五十元，先零花吧。

　　我回家时能带 2000 元，差不多够用的。

　　我大约在五月十三四号回家。

　　祝你

健康

　　　　　　　　　　　　　　　　　　　　　　　　　　舒之

　　　　　　　　　　　　　　　　　　　　　　　　　1989 年 4 月 8 日

038. 致玉华

志向高远的玉华：

想你在用百分之九十八的汗水遨游在知识的海洋里，令我兴甚，慰甚，念甚！

不知学校将你们的报考志愿上报了么。在家时，我曾建议你报考外兼文，现今我仍然这样想。其理由是：你爱好外语，且成绩优异。而且，若报外兼文，作为你个人来说，报考学校志愿的面较宽。你所担心的倒不是卷面上的成绩，而是听说能力。实在讲，比你更差的不是比比皆是吗？你们一中也不过仅只卢群一人而已。当然，如果学校上报完了，就不去计较了。反正你我的心愿是相通的——向北大勇敢地进军！

换言之，你现在什么也不要去想，唯一的是去掌握知识，在实战（高考时）面前，要考出水平来，甚至要考出超水平来。为此，你应做到：

一、永远做到心境畅快、无忧无虑，不能有半点杂念。

二、放松心理，心里始终这样想："哼！我不会的，你们更不会；我感觉难的，你们更走投无路；考场里如果有一个天才，那便是我！"

注意：这样想绝不属骄傲，而是一种伟大的战略思想，是克敌（考卷）制胜的法宝。你说对吧？

三、万一出现心理紧张时，要马上将视线集中注视某一点，做深呼吸若干次，就能放松了。

四、重要的是相信自己的实力！世界女乒冠军年方十七岁的乔红，在强手如林面前，就是首先相信了个人的实力，不畏强敌，敢打敢拼，结果是横扫千军如卷席，夺取世界第一。

五、不要有任何心理上的压力。我和我们全家人当然对你抱极大的期望。首先是相信你的实力，但我也同样做好了"失败"的思想准备，我们允许你出现"万一"。一旦出现"万一"，我与我们全家同样地热爱你，不会发生一星半点的抱怨。玉华，相信我吧，明智的父亲永远是明智的。无非是让你多上一年高中，其实，在人生的途中，不准备多付出"学费"的人，是愚蠢的。你理解么？

就此打住吧。

并祝

保持超常的愉快心理

你的对"一万"和"万一"都保持乐观的父亲

1989 年 5 月 31 日

039. 致玉华

（1989 年 6 月 15 日）

玉华：

十天前去一信，收到否？

这次去信主要是为了寄一篇《怎样在考场中取得最佳成绩》的文章。望你好好看一下，并记住其中的"技巧"方法。实际上，这篇谈"考场"的文章，都是我想要对你说的话。

大考迫在眉睫，我无需多说。我是充满信心的。更希望你充满信心和乐观的情绪。要知道，情绪和信心对于成功至关重要！

聪明的人，干什么事都要讲究克制、沉着、理智！高考尤需如此。

越是现在越要注意吃好玩好休息好，全当没这回事。

我是今天来薛城参加编稿工作的。向春同志是我们的主编。住招待所，吃住全由公家包下来。约十天左右。我们这七八个人，全是些老家伙。但精力充沛，干劲十足。年龄多在五十以上，还数我这个天命之年的是小弟弟呢！我，虽不能胜任，但有股子在战争中学会战争在游泳中学会游泳的劲头。你不会笑我这股子"小老虎"的傻气吧？自誉：精神可嘉！是的，人，就应该有股子"冲劲"；什么时候，精神支柱不能垮。

另外，向你报告几个好消息：

你记生哥进步很快，他所在单位的党支部对他很器重，培养他入党，现正在党校学习。

向华学习认真，"六一"儿童节前被评为班里的优秀少先队员。还奖给了一支钢笔呢！文华又来我矿食堂实习了。她也很勤奋。

嗨,这封信昨夜没写完,今天接着写时,发现上面提到的要给你寄去的那篇《怎样在考场中取得最佳成绩》的文章不见了,说啥也找不到了(准是早晨被服务员打扫卫生时当废纸清除走了)。好在我把主要的几条记忆了个大概。兹概括如下:

考试前的二三天更要注意休息好,不准开夜车。心境坦然,思想里有"既来之则安之"的良好感觉。

考试的当天,早起床,做几个放松身体的动作。最好喝一杯浓茶提提精神。进入考场后,什么杂念也不能有了,唯一的想法:"全神贯注,就此一搏"。

考卷发到手之后,首先检查页数,编好号码。没有必要把题从头到尾地全看一遍。因为,这会耽误时间。最好从头开始做起,由浅及深,先易后难地做题。"硬骨头"留在最后啃!全部做完之后,一定仔细地检查一遍。不要急着交卷。

对每一道题,要审准了才能动笔。

卷面力求干净整洁。

考完这一科之后,不管考试的好坏,也不管有无错题,都不要去考虑了。因为这一门已经考完了嘛,考虑做的对错,只会影响下一科的考试情绪。即使这一科没考出水平来,也力争考好下一科嘛!

对难题,放到最后做。要发扬蚂蚁啃骨头的精神!最后送你毛泽东主席的几句诗词:

不管风吹浪打,

胜似闲庭信步。

万里长江横渡,

极目楚天舒。

世上无难事,

只要肯登攀!

胜利永远是属于从容不迫、奋勇前进的有志青年的!

打住吧。

祝你

壮志雄心　取得成功!

做你的坚强后盾的父亲

1989 年 6 月 15 日

040. 致玉华

（1989 年 6 月 18 日）

玉华：

你六月七日的来信，我是在薛城编稿抽空回矿之后才见到的。读罢信后，我高兴的当晚的晚饭多喝了一杯酒多吃了一个馒头。我祝贺你终于决定报考"外兼文"这一正确的选择。你的这一决定，也完全符合我的心愿和我对你的期望。

还记得吗？五月中旬我在家时，不是亲自向你表示过么？当你谈到你没有报"外兼文"并说自己不是学外语的"料"时，我内心有一种极大的遗憾并鼓励你回校后重新填写"外兼文"的志愿。

我在六月一日发给你的一封平信你也许没收到，在那封信里，我又重申了我的观点：你应报"外兼文"，还针对你不是学外语"料"的说法提出了批评。我说："嘉祥一中不就只有一个卢群吗？而卢群也就仅限于比你的听说能力强一点吗？"你却迷信起卢群来了，而没能看到你自己的优势。这是一种不应该有的自卑。

其实，我早就不同意你不是学外语"料"的说法。而是恰恰相反！你一直兴趣于外语且成绩出类拔萃，就是外语"料"的佐证，就是有这种天赋的绝好证明！

本来，前天在薛城（六月十六日）刚给你发去了一封六页的挂号信，不想再写信打扰你了；接到你这封信得知你报考"外兼文"的喜讯，欣欣鼓舞的心情又促使我提笔写下上面的话和下面要写的话。

我在六月十六日去的挂号信中，主要是讲了怎样在考场上考出最佳成绩。对那封挂号信，你应领会其精神。

关于你所提的要求，诸如买英语书和磁带以及要看几本世界名著的事情，这对我来说都是非常非常容易办到的事，可以说易如反掌。

可以说我们图书室的名著应有尽有。且不说中国的，外国的就有巴尔扎克、列夫·托尔斯泰、大仲马、小仲马、罗曼·罗兰、海涅、拜伦、马克·吐温等等大手笔的名著。

我早有打算，等你高考之后，就让你来矿，躲在宁静的楼房里，畅游在浩瀚的书海里，一饱眼福！

你也太天真了，现在已不是那个血雨腥风的北京了。天安门广场也早已回到了人民的怀抱。今天的北京城重新出现了秩序井然、安定团结、歌舞升平的一片繁荣景观了。

北京，我们伟大祖国的首都，全国的政治文化经济中心，世界人民心心向往和景仰的地方。记得，在我年轻的时候，就憧憬这个地方。但我至今也没机会去过那里。这种迫切一睹为快，一睹为荣的心情永远不会泯灭。而你，我们有志气的玉华，相信你会先我到北京，并且你一定能步入那个世界著名的大学校门！

最后，我只要求一点：你什么杂念都不准有，更不能再存在"矛盾的心情"。你唯一要做的是在这有限的时间里努力学习，掌握知识！

　　祝你

心情舒畅　勇往直前

你的永远相信你的父亲

1989 年 6 月 18 日

041. 致玉华

（1989 年 9 月 13 日）

玉华——我的聪明的争气的闺女：

先不去评判你给我信中的话，要紧的是我要首先向你祝贺！——一张北京财贸学院的录取陆玉华的通知书，犹如一块熠熠闪光的"常林宝石"，那样令我赏心悦目，令我如痴如醉，似乎有一种探险者登上月球时那样的心境。

你是幸福的，玉华！共和国的伟大首都，世界人民向往的宝地，你可要在那儿学习和生活呀！北京，这可是祖国的政治、经济和文化的中心啊！我，一个五十岁的老人（已经不仅仅出自父女关系）在由衷地为你感到自豪和骄傲！

你又是幸运的，北京财贸学院来山东招生办录取新生的负责人为你这样一个破灭了北大之梦的高材生（翻阅你的档案和考分）伸出了爱惜的手！本来按往年第一志愿不被录取的，即使高分考生也通常被二、三志愿所冷落，最后顶多混个专科就不错了。而今年，省招办则特别对报考国家教委压缩超半数的那十二所院校的考生负责，即第一志愿报考那十二个院校的考生，若不被录取，则尽量把那些考生依据分数向重点院校投档。你就是沾了这个光，才属于第一批的投档考生。山东财经学院何尝不想要你？但它没有这个资格，它只能等一类院校录取完之后才有权利调档——尽管你没报北京财贸学院。说真的，以你的考分和高校招生的实际情况，你能被屈指可数的重点院校——北京财贸学院录取，实在出乎我的意外，也实在让我振奋！

你没有理由伤感、悲观和惆怅。若此，你就真的是"身在福中不知福"了。你应该知道，高材生多得很，高材生的命运落到仅仅被专科院校才问津的多的是。8 月 27 日的《羊城晚报》第一版消息报导：广东省今年第一志愿报考清华大学的

514人,而被录取的名额仅35人,第一志愿报考北京大学的有572人,而北京大学可怜到只录取广东考生8人。完全可以这样说,那第一志愿报考清华大学的514名考生,那第一志愿报考北京大学的572名考生,恐怕没有一名不是学校的高材生。要不,学习成绩平平者,吓破胆,他(她)也不敢填写这两个学校的第一志愿。你说是这样吧?

父草

1989年9月13日

042. 致妻

（1989 年 9 月 19 日）

记生妈：

来信收到，知家中都好，甚慰。

邮去的挂号信和 50 元钱都收到了吧？欠书臣的砖钱，等记生回家时全部捎去还清。

秋收秋种快到了，大忙季节我和记生都不能回家了，望你和金香忙些，多辛苦些吧！

记生原打算这月月底回家，现在又有了变动，因为矿上安全生产很忙，需要保勤。他这个月（阳历九月份）准备上三十个班。他过完国庆节回家（计划阳历 10 月 2 日回家），望你们在 10 月 2 日那天到马村接他。

越是有节日，这里越忙。所以我也得在下月 10 号后回家。

向华在这里很好，也很懂事，望你们不用挂念。

我同意你们的意见：玉米早收几天。

小鸭下蛋了吗？要喂好鸡、鸭和小羊。棉花该拾花了吧？也要勤拾，以防小偷。

记生在这儿各方面很好，我们爷仨自己做着吃。确实够我忙的，但我感觉很愉快。我们爷仨在一起生活得很有意义！

文华在中秋节回八一，我们四人会过一个愉快的节日，这样也少想家了。

前几天接玉华的信，真让我们高兴。

最后望你在中秋节也买个小鸡杀着吃。

祝

全家平安

    又及：矿食堂每人给十斤苹果，二斤月饼，我和记生共领了 20 斤苹果，四斤月饼，过个好节。

舒之

1989 年 9 月 19 日

043. 致文华

（1989 年 10 月 22 日）

文华：

　　捎来的信和你邮来的信，均已收悉。

　　尽管你为不回八一作了极为充分的"理由"的辩解，但我还是深感遗憾。尽管你述说了那么多想念我们的动人心弦的话语，但我依然有强词夺理之感。

　　能怪我不理解你吗？试问，旧历中秋节那天，我在枣局招待所劝你一块儿回八一过节的时候，你托故拒绝。你应该知道，向华和我是多么盼望咱们一块儿过个中秋节呀！我去北京的时候，你们学校放"国庆"假，你也没回矿，你要知道，你记生哥和你向华妹是何等的想念你哟！……当然，对此你肯定会说出一串串令人信服的"理由"，然而，不管任何"理由"，在父与女、兄与妹、姐与妹的感情纽带面前，都会显得苍白无力，恼人的苍白无力！我这样说，绝非是单纯的气话，在很大程度上，全然是在为你着想。

　　近来你记生哥常常念叨：文华怎么不来呢？文华怕花车票钱，对她说，以后不准省这个钱，文华怎么不知道咱挂念她呢？

　　当然，我们会原谅你的，但要求你今后每两个星期应回来一趟，特别是节假日更应回矿。人逢佳节倍思亲，你说对吧？

　　下边对你信提出的问题兹作答如下：

　　第一，兰陵酒厂和临沂啤酒厂招收你班学员一事，我极为高兴地认为，这对你们是一次绝好的机会，你一定要积极争取实现这个目标。你应该明白，现在在矿上找个工作太难了，甚至花钱托关系也很难。这两个酒厂虽属地方国营，但有发展前途，经济效益是高的。而且现在对什么地方国营和全民国营已经没有什么实际意义的区别了,甚至乡镇企业也不低人一等。问题的关键是:"工作"是第一位的。你不要优柔不决或冷眼旁观,你一定下大决心积极争取!说实话,要是酒厂招工的话,我对那里太陌生了,不好找关系;要是学校负责推荐的话,我会托到关系的。注意!你我都要积极努力,首先你要积极争取。千万莫失良机!现在枣庄矿区是人员过剩,太没希望了。

第二,你应该有件毛衣。说真的,由于这几年我的手头不够宽裕,没能给你买件毛衣,我是很内疚的。你提醒了我。坚决支持!暂给你捎去四十元,能尽量买毛线自己或托人打为好。自己买毛线打货真价实。

另外,给你捎去白色颜料两瓶,花样饭食二斤。

玉华给我的信,前天收到的,我还没给她回信呢。

你也快收到她的信哩。玉华在北京时,说到校稳下心来后,得写十封信,包括我的你的家庭的同学的等等。我在北京住了四天。玉华很满意,据北京财贸学院的领导讲,她们的这个专业毕业分配理想。玉华的学习劲头很大。我在北京逗留期间游览了八达岭、故宫、北海公园等地方。还在几个地方拍了照。

不多写了,等你下星期回矿时详谈吧。我这得去忙烧菜去。嗨,又当爹又当娘,实在忙透了。

给你捎去一件秋裤和一双尼龙袜,替换着穿吧。

祝你

认真学习,虚心求教。

又及:朋友刚刚送我的月饼给你一半。

父草

1989 年 10 月 22 日

044. 致玉华

（1989 年 10 月 22 日）

喜爱的玉华女儿：

终于盼来了，盼来了我心爱的二闺女的信。

分明是方块字组成的文字语言，我的感觉却是一团燃烧的火！一团燃烧的年轻人奋斗不息的火！你记生哥、你向华妹还有我一遍遍地捧读着这团火！

甚至在我十月六日下午 3 时 23 分离开北京的那当儿，我都感到内疚——为没有在离开北京前亲自到窦店看你一趟而内心感觉莫名的忧郁。我确实想去来着，而且是做了很大的努力。一次是十月五日，我去永定门车站想乘火车去，问了两位军人，回答是经过窦店的车次不少，但在那儿停站的客车一天只有两次——上午八点的和下午四五点钟的，我去永定门的时间已是上午九点多了，也没有去窦店的公共汽车。一次是十月六日的七点多钟，我问旅舍的服务员到窦店的公共汽车需到哪里去坐车，他（她）们都说不清楚。心想：下次来北京再去学校吧。

在北京逗留的几天里，基本上是愉快加疲累。几个要去的地方去了大半，故宫、北海、八达岭等处还拍了照。我希望你乘节假日一定到北京几个著名的地方去游览一下，熟悉一下，等以后咱们家中的人（你母亲或你记生哥）有机会到北京的时候，你就做向导了。不要怕花这个钱。

现在再回到你的信上。你绝对不应该有失落之感。你们现在的学习的地方是临时性的嘛。再说，校舍的好坏对学生的学习成绩不会有多大影响的。我非常赞同你说的："唯一能做的也只能是加倍地努力。"你说学校里的学习风气不太好。玉华，你大概是和嘉祥一中相比较吧？我想，大学里恐怕都是如此。你们的学校也许是最好的哩。我完全相信,你会继续发扬你的"认真与勤奋"的优良传统的(叫学习精神为当)。关键是:把握自己!

山东老乡的同学这样多对你是一个很好的帮助。你一定注意团结和尊重他(她)们。咱们四日早晨遇到的那位家住北京的热情大方的女同学,你们经常在一起吗?她虽然和你不是一个班(记得她学的是信托),我以为你们应该成为好朋友。

你说"开销可真大",我却不以为然。你不能老是和嘉祥一中相比。一天的生活费仅二元左右,这不能算作多花钱。你大可不必为生活费用担心。十七日收到你的信,十八日上午我就赶紧汇去了壹佰元,大概你已经收到钱了吧?我已和你记生哥商定:每月拿出壹佰元供你玉华上大学,不够用的可来信追加。身体为本,希望你一定吃饱吃好。贷款与否,你不要去考虑。这个月(十月份)我与记生共领取了七百余元(包括工资和各种奖金)。每月给你壹佰元是难不住我的。

罩棉衣的褂子,我打算晚几天到枣庄去买,买好后会马上邮去。尽量买好点的。今天我给你文华姐四十元,让她买件毛衣;上月给她三十元买毛线裤的钱。你记生哥和我都认为,你们是大姑娘了,在穿衣方面虽不追求什么新潮,但也绝对不能寒碜。我们还有起码不达到"寒碜"的经济力量。

六分钱一张信皮还贵吗?你千万不要算计这个小账。你一年买六元钱的一百张信封足够用了吧?我明天少喝一瓶酒给你省出百张信封,行吗?

我们对你唯一的要求是努力争当优秀生,继续为你的春华、向华妹做出榜样。这就是咱全家人对你的期望。

毕竟是你生活中的一次新的转折,你应注意留心适应新生活,尊敬老师,广泛地团结同学。

我与记生、文华、向华都很好,望不用挂念。你文华姐盼你的信,直到今天(22日)她还没接到你的信。就此打住。

　　祝你

愉快、进步

　　　　　　　　　　　　　　　　　　　　　　　　　　想你的爸爸

　　　　　　　　　　　　　　　　　　　　　　　　1989 年 10 月 22 日

045. 致玉华

（1989 年 11 月 4 日）

想念的玉华：

　　我在盼等你入校后的第二封信。给你的汇款和挂号信已半个月了。总该早已收到了吧？也许你的回信正在邮递途中。

　　你们的学习一定很紧张，但切记要注意休息。你远在千里之外，且人地两生，而且又处在秋风落叶游人思乡的季节。你一定思乡心切，见不到亲人的失落感会与日俱增。我想慢慢习惯了总会好些的，并且我还要告诉你，千万不能思之过份，不然我们反倒会更加思念你。我与你哥和向华在矿诸事大顺，你记生哥又刚探家回矿，家中你母亲、嫂子和你小侄女天骄也一切平安。秋作物和棉花还获得了大丰收。你听到这一切一定会感到高兴的，所以你也不必挂念。

　　秋风渐渐凉起来了，你切记要尽量穿暖和些。我前天到枣庄开会时给你买的这件罩衣不知合适否？我对女孩子穿的衣服也不大懂。当时我是见到有几个女孩子争买这种衣服我才决定购下的，或许这也是一种从众心理使然吧。但愿能够让你穿上高兴。再则，以后你的穿衣尽可能由你自己看着买。你若不会买，可以请你的同学当参谋嘛！你现在已不是在老家那个时候了，咱们虽然不去追求什么时髦和新潮，但也应该尽可能穿得好一点漂亮一点，不能太寒碜了，这也叫作"入乡随俗"嘛！我们也有这个经济能力。前几天我就买了一双皮鞋（35 元多），还做了一身毛料中山服呢！

　　上次给你的信中已许诺，每月给你寄壹佰元，我会绝对做到的。下月即十二月初定会再汇（以后都在每月初寄）。

　　外语是一门主科，尤其是你学的这个专业。你应该学精一点。

寄去新印订的《增光》,望提出意见。这个刊物由我主笔,我对诗词是擀面杖吹火,所以至少你应对我写的一首提出意见。

在此,记生、向华向你问好,他(她)们不另写信了,望你谅解。

盼你的回信。

顺祝

事事如意

念你的爸爸

1989 年 11 月 4 日

046. 致妻

（1989 年 11 月 8 日）

记生妈：

　　近来你们都好？家里的活实在够你忙的。棉花柴大概还没拔吧？麦子出的怎样？我只能挂在心上——帮不了什么忙的，出苦力的还是你——也许你就生了个出大力的命？不过，别伤心，我相信我们会很快好起来的，你会有出头之日。我们的向华也都十多岁了嘛！孩子会给我们争气的。

　　俗话说人老莫提当年，想当年你家里地里、大人孩子，谁有你操的心多，谁有你出的力多，谁有你吃的苦多，而如今你老了，我们都老了。我知道你病体缠身，力不从心。还是我的那句老话：为了孩子们，为了整个家庭，我们必须咬紧牙关再苦干三五年吧！吃尽苦中苦，方得甜上甜。

　　棉花收到家后你就送金香来矿吧，一定找人看好家，千万不能大意。

　　来的时候别忘记捎辣椒、大蒜和臭豆来。捎五斤黄豆泡豆芽。

　　捎五斤枣来，送人。现在托人办事咱也得补点情。

　　你送金香来矿，你得十天八天回家，所以一定把家里安排好。

　　另外，记生、向华和我在这里万事如意，你们不用挂念。

　　祝

全家平安

　　又及：邮去的百元钱收到了吧？

舒之

1989 年 11 月 8 日

047. 致玉华

（1989 年 11 月 16 日）

玉华：

翻阅日记，显示出下列字样：

十月十八日　星期三

昨（十七日）接玉华信，兴甚！慰甚！

也有几分担忧。

给汇款壹佰元。

十月二十三日　星期一

给玉华复信，挂号发出。

嗨，接她的信已四五天了，今天才复信寄出，不知又让她挂念否？

十月三十一日　星期二

赴枣庄开会，给玉华买一罩衣。

十一月五日　星期五

上午去滕州城，买轻便金鹿车一辆，计 262.00 元。给玉华的衣服邮去。

十一月十五日　星期三

至今未见玉华的回信，很挂念！

摘录了近期日记中的部分记载，又能说明什么呢？仅仅是一个做老人的常情吗？

也许学习太紧张而无暇写信？也许发的平信途中失没？也许……真的是想入非非了。

如果是没有相当的原因而不给我来信，那么，我的思念，我的去信，我的……

都是毫无意义的了。我开始怀疑起自己来——我的心真是那样脆弱吗？

父不具名

1989 年 11 月 16 日于子夜

048. 致玉华

玉华：

　　需要说，这次是我而不是你应该请对方原谅没能及时地写回信。

　　也真巧，十一月十七日我给你刚刚发出了那封"意见书"，而次日就收到了你十一月十二日的来信。我十一月二十五日回老家探亲，当我十二月二日回矿的下午又看到了你十一月二十五日的来信（这样看来，你不能错怪给你捎信的那位老师了，误会吧？）。

　　嗨，今夜才给你写信，说不准又让你挂念了。我倒是真有点内疚了。

　　不管怎么说，读罢你的两封来信，可真使我高兴得很，如见其人，如闻其声呢！

　　我在看到一个两个月前还是那样纯真且幼稚的小姑娘变得"成熟"起来。这是一种飞跃，一种升华！

　　下面兹将你的这两封信中的主要"内容"发表我的"观点"如下：

　　1. 不同意孟晓芸说中学生为"伸手派"的提法，更不同意孟文"中学生以在父母面前当'伸手派'为耻的谬论"。孟晓芸有关中学生题材的报告文学作品写过几篇。但她的某些观点也不无偏颇或偏激之处。上述说法就是一个突出的偏激说。我同样也不同意你的"高消费"说。事物总是在相比较之中而存在。看任何事物都应该有一个发展的观点。"老眼光"总会把事情看偏的。

　　2. 我很高兴你能和周围的同学们有一个融洽的关系，而且又有一位黄璐那样的好朋友。而且还能得到数学老师及其他老师们的恩宠（这个词恰切么？）。我一向认为，一个人能有几个好朋友也是一种愉悦和幸福。自然，与所有的人都能成为好朋友，似乎是不现实的，不可能的；但至少应该做到不能让一个人成为"敌人"。我很赞赏你在宿舍里持"少说为佳"的态度。

3. 你的"搞好学业"的思想是对的。任何时候任何环境下，都应有这个态度。这是做学问的"本"。试想，你若没有中学时代学业上的雄厚基础，你会有今天的微积分"并不觉得困难"的感觉吗？还有，你中学时代的英语也学得很好。不然，你现在的份量很重的外语课程会压得你气喘吁吁。感谢"勤奋"吧！是"汗水"让你变得更聪明。

我忽然想起了泰戈尔的一句名言：

小草，固然脚步细微，可它的脚下却拥有地球。

玉华，甘做小草吧。小草"头"轻"脚"重，更经得起狂风的肆虐。"野火烧不尽，春风吹又生"！有人愿做大树，而且是"参天大树"。大树固然雄伟、气派，但往往经不住风吹。大作的狂风下，免不了会被"斩"首。此乃"摇摇者易折"是也！

对了，我又想起了一位哲人的话：人生，也是一个绿茵场，"射门"的机会随时都有。不要埋怨自己的命运不好，就看个人有没有"射门"的本领！

玉华，你信奉吗？

4. 是的，你正在变得"成熟"起来，也许你自己并没有认识到这一点。实际上，你的思想观念、价值取向都在更新着。我极欣慰地看到这一点。人，应该有所前进。

5. 你应该为在同学和老师眼里被视为"小孩子"为乐事。他（她）们亲昵地呼你"小山东""小陆"，不正表示了他们对你"这个小山东"的亲切和喜爱吗？实际上你能是"大"孩子么？你年龄最小，学习且最好，才赢得如此称谓也！

6. 你身处王府井大街的自我感觉，我同样有过。当我脚踏长城（八达岭）的最高点的时候，正是金风送爽，"极目楚天舒"，群山巍巍，银蛇（长城）起伏。我惊叹于万里长城的巍峨、宏伟。我油然升起对我们伟大民族的自豪感！我也隐隐感觉到个人的平庸和渺小。人，不应当甘于平庸和渺小。当你身处繁华的人山人海的王府井大街的时候，当你眼花缭乱地目睹那些各色"人象"的时候，你是否想起过你是"芸芸众生中的一个罢了"，又不甘于做一个"普通和渺小"的"一个罢了"？"自信人生二百年，会当水击三千里"（毛泽东少年时的诗句）才是你的"主旋律"。

7. 我应该感谢你对我那篇歪诗的修正和意见！"于"字对而"余"字误，欠含蓄不耐琢磨，意见中肯。说实在的，我的那篇被排到卷首，恐怕主要的是因为我是个"主编"的缘由。而且我之于诗词才是真正的"门外汉"，我倒认为你岂止非门外汉，且还真有点独特的地道的见解。我是为了凑热闹应付公事才动笔写那首诗的。

我特别佩服你的"一丝不苟"，我往往做不到这一点。实际上这是一个治学态度问题。

再谈一点具体事吧！

给你邮去的这三双鞋，一双是你娘买的（条绒），一双是你娘亲手做的，我从家带来后钉了个鞋掌。你妈对我说，买的和做的怕玉华都相不中，有点太土了。她又说，做的这双，巧了，在玉华那里没有穿这样的，还可能怪新鲜哩！她还说，做的这双是新棉花，咱玉华穿上暖和。说这话时，她的语调平缓细微，眸子里透着柔和的光亮，似乎她给女儿送上的不是一双鞋，而是一颗母亲的心。

你妈说玉华来信要箱子，说叫油漆好寄去。

另外给你邮去口罩、手套各一，肥皂一条，记录本二本，信皮十个（是我翻做的，没来得及多做，这种信皮，我要了一百多）。

稿纸和白光纸（16开、8开都有）给你准备了至少十斤重，等放寒假回家后给你吧。

还需全国粮票吗？如果不够吃的，可来信告知，我好邮去。晚三、五天开资时，给你邮壹佰元去。

兼做你朋友的爸爸
1989年12月9日

049. 致玉华

（1989 年 12 月 16 日）

玉华：

前几天邮去的棉鞋等物及壹佰元钱收到了吗？

最近的学习还很紧张么？报纸上时有北京高校活动的报导（如"一二·九"纪念活动），肯定你们学院也少不了。这是一件好事。对封闭在校园里捆绑在课桌上的学生们，实在大有益处。这都是增长知识、开拓视野的绝好机会。你应积极参加。

社会向当代大学生提出了更高的要求。即是高层次全方位的：知识、气度、雄辩、社交（际）、演讲，甚至还有一手好字。望你努力锻炼，逐步提高。以后在穿衣方面也要讲究一点。过去，我历来反对有些年轻人一味地追求穿戴，现在也不喜欢"一味地追求"。但是现在我却有了新的认识：人（不论青年或老人）如果穿得太寒碜，确实让别人瞧不起。上个月我除了做了一件像样的中山服，竟居然买了两双皮鞋（一双是你哥给我买的，近 40 元，一双是我自己买的，不到 20 元）。

"爱美之心人人有之"，"人是衣裳马是鞍"。在经济条件许可的情况下，应该尽量穿好一点。姑娘们尤应如此。所以，我希望你，尽量能随上你的女同学们，不要太吝惜钱。只要你看中的衣服，你可自己去买（请北京的同学给你当参谋）。钱不够，可来信告知。照惯例，下月（元月）我还给你寄壹佰元。一开始，当然要多花些钱了（穿的用的）。

最近又去北京城里玩了吗？我希望你一个月最少也要去一次。放寒假前一定去瞻仰毛主席的遗容。也要参观一趟人民大会堂、长城、故宫、十三陵等处。放寒假回老家后，你就给你的妈妈、哥嫂、妹妹，还有骄骄，讲这些故事和观感吧！

这是我交给你的一个重要任务。你一定做到。你不会埋怨爸爸太苛刻吧？

据说你们学院里外语的份量很重，特别是你们金融系，外语更是一门主科。据悉，你们的外语水平要达到"四级"（四级的界定水平是什么，我不知。但我想一定是较高水平的）。外语之于你，正如微积分之于你一样，恐怕也是"并不感觉难"。于是，我忽然想到，你们学习的课程（哪怕政治经济学、"文选"也好）对于你这个"得天独厚"的（中学时期有了个坚实的基础）学生，可谓"如鱼得水"！我希望你进一步学好英语（何况还有你的好朋友黄璐这样熟悉掌握英语的好帮手呢！）。

英语，这是一个人在社会上大显身手的学问！

人与人之间交往的学问也很深。不论中外古今，一个有作为的人，都应该同时具有两种学问：知识和技能，又称之为决策能力和组织能力（这两种能力说，基本上是我个人的杜撰，不一定正确）。

总之，一个有作为的人应该既有"学富五车"又有"呼风唤雨"的本领。

又开始忙工作了，写到这里打住吧。

我与你哥、向华都特好，免念。

顺祝

学习进步

愿做你平等对话的爸爸

1989 年 12 月 16 日

050. 致玉华

（1990 年 2 月 20 日）

玉华：

现在是阳历的二月二十日上午九时。我在给你写这封信的时刻，也许你正端坐在教室里聆听老师的讲课。而我，还有你的母亲等人，却在千里之遥牵挂着他（她）们的心爱的女儿……路迢迢，天寒地冻，冻着了吗？人地生疏，感觉寂寞吗？很可能，我们的担心全是多余的。不是么，有你的同窗好友相伴，有你的挚友黄璐同学真诚而热忱的关照，你一定会生活得非常的温暖和舒适！

……我却感到异常的抱愧。也真是无巧不成书。你前脚走我后脚到，竟没能在你走前咱爷俩畅叙一番，怎能不叫我怅然？

你走了，走的是那样悻悻，带着对你的敬爱的爸爸的一颗牵肠挂肚的心走了。

全不怪你。谁让我记错了你到校的日期？谁让我不提前两天回家？此时，我唯一的心愿是：遥祝我的玉华，学习进步，万事如意！

你喜爱的《写作辞典》寄去。这是本极有保存价值的书。你要妥为藏阅。

《大学语文》，你可能忘记带了。从书页上看，古典文学和明清近代文学可能学过了，而现代文学即从鲁迅先生的作品始，尚未学过，故一并寄去。《谜语大全》也一同寄去，以作你们课外的娱乐生活活动之一。

手表你也忘带了。你文华姐为你配好了后盖。

"慈母手中线，游子身上衣"。给你写这信的当儿，外间屋传来"扎，扎，扎……"的缝纫机的声响，问你母亲，说是给玉华做袜垫子。咦，我不禁感叹之，故作打油诗云：

密密匝匝缝寸心

遥祝女儿奋学勤

扬鞭策马勇无前

报国有志母心宽

（即兴诗，蹩脚至极；不妥处由你改动，如何？）

顺祝

永不后退

念你的爸爸草

1990 年 2 月 20 日

051. 致玉华

玉华：

原准备在家时给你将书寄去，可是一直到我二十三日离家返矿的前一天，接连几日的绵绵春雨才停住。路泥泞，不好为此去马村邮局寄发，只待来矿后的今天才寄去。

听你妈讲，你走时只带了 70 元。我打算下月给你汇款。

另告：我的新作《明天去搬迁》(小说)将被文学双月刊《太阳》杂志编用。

最后送你那句尚有现实意义的老话：

弃燕雀之小志

慕鸿鹄之高翔

想念你的爸爸

1990 年 2 月 26 日晨

052. 致玉华

（1990 年 4 月 6 日）

我无时不在思念的玉华：

终于盼来了,盼来了你的复信——一封充满着哀怨且愤怒地呐喊着"陆玉华弹尽粮绝"的信!

那也让我高兴。如果是我,也同样会埋怨和从心里责备,一个半月了为什么不给寄钱? 难道不知道我回校时仅仅带着 70 元钱吗? 而且还要花去二十多元的车旅费?! 难道你们是木头人吗? 或者又要给我搞点什么"经济制裁"?

这是很容易引起误会的。说来也巧,当我二月二十六日给你寄出包裹的次日也收到了你回校后的第一封信。本想着先给你回信,但转念你收到我寄去的东西后一定会先给我写信(内有我的一封信,你会作答的?)。明天复明天地天天盼你的来信,却老是望眼欲穿地盼不到。我心里不免产生了一种失意和烦恼。你收到包裹后理应写封让我免念的回信哩,可为什么不给写呢? 玉华! 可怜天下父母心! 烦恼与牵挂并存。好吧,看你还知道给老父来信否? 反正我知道你那羞涩的钱兜要囊空如洗,当你"弹尽粮绝"之时,会是你玉华"求援"发信之日吧?!

于是我迟迟未给汇款,于是你终于发来了"陆玉华弹尽粮绝了……"的信。我知道那个省略号是一篇没写成文字的无声的抗议!

于是在我接这信的当儿,便马不停蹄筹足百余元款给你寄去。你受委屈了,我亲爱的玉华!

这便是我的心理变化的全过程。如实写下来,孰是孰非望你谈出个人意见。

下面,对你两封信所陈述的有关问题,谈一下我的意见。

你二月二十五日信中谈到你为没能取得全优屈居第二，而感到沮丧，我以为大可不必。当时，我在那封信纸上作了这样的眉批："你不是很有自信心吗？又为何若此！一个人做出某项成就是很不容易的，它需要付出汗水和种种牺牲"。

"虚荣心要不得，正确的途径倒是心存大志！仅仅为了满足虚荣心，其学习的'韧性'，是极脆弱的。"

你谈到想沉下心来读书却又缺乏自控力。我在信的空白处写下了下面的话："打扑克牌是一种娱乐。为了调剂一下紧张的学习生活，打几把倒也未尝不可。但打起来没完，实在是把宝贵的时间浪费得可惜。自制力对任何人都是一种无情的考验。自制力的强弱，实际上是对一个人有无大作为的一个检验。"

还记得吗？我在上次信的最后的祝愿语是怎么写的吧？"祝你永不后退！"为何这样写，你该清楚。我已经发现，上大学后，你已经失去了中学时代的那股学习的"犟劲"。不进则退，我希望你"不后退"已经是对你的过分要求了。如不改弦易辙，恐怕大有"日落西山"之势矣。

你年纪轻轻，却也有"资格"大谈"人生"了。我为你感到困惑和迷惘。我甚至不能理解我本该理解的玉华……

我理解现在的学习环境、生活环境都变了，心理（升学与就业）压力也小了。但我不能理解一个意志坚强的人、一个有远大理想的人，竟会变成目光短浅随波逐流的人，竟会变成哀叹人生"短暂"的弱者……。我想不通，实在想不通啊！看来我这个年过半百的人，竟还充满着希望与追求，艰难跋涉不回头。肩负着十口之家的重荷，有时为了支付子女昂贵的学习费用，虽身陷困境，但心里却感到满足和甜蜜，充实和希望。这，不是太憨傻呆痴了吗？然而，我却永远不会后悔的。我是实指望盼望着我的孩子们能不辜负我的热望。纵然，心操碎，也是香甜的啊！——我的眼睛潮湿了，没出息的眼泪！人家会笑你泪腺发达呀，也许是的吧？

三月二十日的信中说"……同学都在笑我，似乎在笑我是一个天真的、没长大的孩子。他们在笑……也许真正的大学生不应如此……"且莫要自责，玉华！我可以断然回答你：你没有错！你专心学习正说明了你的成熟，你的远大的理想！对某些人却从反面证明了他（她）们的虚荣、空虚、无聊和妒人心理。你千万自重！用梁晓声的话说："从容地、自信地、骄傲地走你自己的路吧！"

向你介绍一篇人物通讯,即 3 月 31 日的人民日报五版的一篇文章《中华大地多人杰——记北京理工大学年轻教授程莉》。年仅三十五岁的大学教授程莉女士应该是一切有志青年的学习榜样。程莉女士有两句质朴的话:"生活中没有节假日的概念","不要有自卑感,好不好全在自己!"我相信,程莉的成功,正是她在行动中完全实践的结果。

最后,报告你一个好消息:你文华姐已提前中专毕业,提前分配了工作。工作单位是山东兰陵美酒厂。这个酒厂是山东省的名牌。其经济效益居山东首位。我为文华有了工作,特别有了一个较为合适的工作,感到高兴。

她是三月二十六日去厂的。她给你的信收到了吧?

当今社会是待业人员多,就业特难。文华毕竟是不负众望,她以优异的学习成绩获得了参加工作的权力(用人单位择优录用)。

你应给她写封实事求是地鼓舞她工作的信。

顺祝

不再徘徊,力争进取

你的爸爸匆草

1990 年 4 月 6 日

053. 致玉华

（1990 年 5 月 8 日）

玉华：

　　四月初给你汇去百元款并平信一封，应是早到了吧？但我却没有接到你的复信。这不能怪你。我知道你已将全部身心投入到为"全优"而战的学习之中了。我也很忙：工作、家事、子女事。前天去枣庄开会，昨天借机会去了一趟兰陵酒厂，看望你文华姐。她的工作、生活等诸方面很好，使我很满意。我提到你，说到玉华接我的汇款该复一封免我挂念的信时，文华说，她接到你近期的信，玉华还嫌你不常去信呢。确是如此，我默认了，但却表现了一个苦笑。是误会？绝不是代沟吧？其实，父女之间互盼对方的来信，本来就是一种思念和亲切的表现嘛！你说对吧？

　　还记得吧，我在上月初的信中曾向你推荐过一篇人物通讯，即报导年轻的大学教授程莉的故事。她的刻苦读书，她的严谨治学，她的报国之志，实在感人。不知你看过没有。

　　这里，我再向你推荐一篇报告文学，即 1990 年第二期的《人民文学》，卞毓方的作品《中国破译了英文密码》。作品里在描写宋宜昌这条硬汉子的时候，写下了一大段极富哲理的诗化语言。不妨抄录几句，以共勉之。

　　所谓天才，就是具有极强烈的动机，并甘愿付出一切代价的人。

　　人，最优秀的品质不仅在于智力，而是不达目的誓不罢休的气概。

　　世界不怜悯弱者

　　世界不相信眼泪

　　人们啊，把你以往的软弱、自卑、恼怒、悲伤、嫉妒、失意、动摇、惶惑……化成一个征服者的坚定信念吧！

我依然有盼你常来信的愿望。不一定写得很长、很全面，三言两语也未尝不可。不必动多大的脑子。我知道你学习很累，实在不该在书信上影响了学习。

现在的学习、生活等各方面情况如何，你应当告诉我。要注意尊师，相信你会和同学们团结得很好的。有什么想不通的事情的话，要善于思考和分析。要正确地对待自己，也要正确地对待别人。你还经常和你的好朋友黄璐同学一块儿玩么，要珍惜友谊。

是否又"弹尽粮绝"了？下月（六月）汇款能等吗？你永远相信，你什么时候用款，我都会及时汇去的。只是近几个月来，家里用钱的事多一点，所以，一般地说，你何时用款，我就什么时候汇吧，以不影响你的生活为原则。

大约再过两个月，你就放假回故里了，我等待着去滕州市火车站接你的讯息。

另告，我们全家都极好，和睦和煦，你不用想念。

最后，向你同室的同学问好！再见。

顺祝

更上层楼

兼做你朋友的爸爸

1990 年 5 月 8 日

054. 致妻

记生妈：

一路平安地到矿，很顺利，莫念。

在我回家的那几天，记生也一直很好，没出什么事，望你们放心吧！只是，他花费太厉害，我回来的那天晚上，他说在我回家的六天里，他一人花了七十多元。我想，这样花法也好，免得钱搁起来生虫子。但是，在我来的那天晚上，我对他的争强好胜，老天是老大，他是老二的脾气提出了许多批评，给他摆了摆害处。还好，他没反驳我，一直听下去。不过照我提的意见实行不实行，还不好说。说真的，他也是难改的人呀！俗话说得好，儿大不由爹。再说，他的自我感觉良好，本事能耐就是要比我这老头子强十倍呀！怕只怕，聪明反被聪明误！你说对吧？

不过，我一定尽力帮助他的，不管他烦不烦，我得尽到责任。不然怎么能说可怜天下父母心？！要说咱们还是很幸福的，世上打爹骂娘的人不是也有吗？人得知足。孟子说：知足者常乐也！

今天收到了玉华的信，看来我还得去信很好地鼓励她一番，以消除我对她批评的心理压力。

你和彦平到嘉祥找到海燕了吗？买到草帽等东西了吗？

我回矿后就让向华照相了，晚天邮家去，以备在张楼中学报名之用。

祝

健康

舒之

1990 年 5 月 23 日

055. 致玉华

（1990 年 5 月 26 日）

玉华：

你五月八日的信（邮戳为 5 月 18 日），我是 5 月 21 日收到的。翻开日记，我上次写给你的信也是 5 月 8 日挂号发出的。按你写信的日期，显然你那时还没收到我寄去的挂号信。

你这封信里说，你开学后共给我来了四封信。不知怎的，连你这封信，我共收到了三封。一封是开学十几天写的那封不甘于俯首称臣的信，一封是呼唤"弹尽粮绝"的信，再就是这封"有些愧意"依我看是"走出困惑"的信。很可能，我没有收到你的第三封信（你接款后的信）。

没料到给你的那封"批评"信会给你造成心理压力，甚至给你带来某种不满（？）。若此，那就是我的不对了。与我的愿望适得其反了——我的本意完全是出于爱护呀！当然，应该坦白地说，我的认识和意见不一定都对，甚至有可能是错误的。望你能正确对待我的批评。

我之所以对你这封信的内容（总体思想）结论为"走出困惑"，是因为我在信中看到了一个传统文化和现代意识融为一体的很有思想深度的玉华。

我认为，你对个人的解剖与反思，对人情世事的认识，对具体问题的处理，都是正确的。这就是我现在的真实思想。

使自己"多知"起来，你说得太妙啦！没有远大的理想，没有宏大抱负的人，是不敢也不会说这话的。几十年来，我一直用如下两句名言来激励自己，鞭策自己：

知识就是力量！（培根语）

人类的一切，对我都不陌生。（马克思语）

事实不正是如此么？一个人应有宽阔的知识面，亦即"多知"。书本知识固然重要，但绝不应局限在读"死书"上，还应读活书（社会新闻、时事政治等等）。"现代人才"的概念，就是"多知""全知"或曰"多才""通才"。几十年来，我就养成了一个"剪报"的习惯。目的就在于此。只是我的环境和条件太受限罢了。

我什么时候说过不信任你的话呢？从来没有过。相反，我倒对你的各方面从来都是极为信任的。更谈不上对你"想得太坏"或有过"太不争气"的闪念。噢，对啦，你可能把我的解释过"永不后退"的话作为依据吧？今天，我可以说明白，那全是我的"激将法"。是有点用语欠妥。言之过重。劝你不再介意吧。

我以为，作为知识分子阶层的人，孤陋寡闻是不体面的，但"通才"的人物也实属不多见。而作为一个在校生，权衡一个学生的知识水平高低的唯一尺子，还只能说是他（她）的学习成绩。这是个根本。夸夸其谈、哗众取宠，以自己的某个方面的"多知"去炫耀，甚而至于拿自己某一点"优势"去嘲弄别人，我个人认为这其实是一种更可悲的浅薄。如此而已。应该树立这种观念：作为学生，值得他（她）自豪和骄傲的应是所学专业的成绩，而不是别的什么。我仍然希望你，首先掌握牢专业知识，然后再去涉猎课本外的东西。尽量缩小"少知"的差距。

顺手从报纸上剪下几则"旧闻"，随信邮去，如果你对这类东西感兴趣，来信告知，以后多剪。

六月二三号汇款，特告。

想你的爸爸

1990 年 5 月 26 日

056. 致玉华

（1990 年 6 月 19 日）

玉华：

　　我知道你的学习一定够紧张的了。我极为高兴的从文华信中得知你近期破格参加一次英语四级竞赛。我期待着你的成功。

　　五月二十六日给你发了一封挂号长信,六月三日汇款百元,想已收到。昨天(六月七日)给你邮去一小包裹(内有蚊帐、稿纸、肥皂、风油精),望查收。

　　上月底,我到了兰陵美酒厂一趟(这是第二次去了)。是我去枣庄开会借机去的。听你文华姐讲,你放暑假,还留校军训一段时间,是吗？你何时回家,望定个日期,我去车站接你。

　　记不清哪位大家说过的激动人心的话啦,抄录于后,送你：

　　➢ 逆境,对弱者来说是走向毁灭的深渊,对强者来说是通往成功的阶梯。

　　➢ 通往科学凯旋门的路,是由失败的砖石铺成的。

　　(写完上面一段话,紧接着回故乡收麦,一忙就搁到今天,今天是六月十九日,续写下去。)

　　先向你报告家乡的好消息。你勤劳、善良、智慧的妈妈,身体比过去更健壮。她对我讲,她因为家务事太多太忙,光见玉华的信而不能给玉华回封信,感到遗憾。

　　春华考嘉祥一中已成定局。她是完全有能力考取一中的。咱家的小麦收成很好,共收一千二百余斤,已入库。

　　秋作物丰收在望——禾苗苗壮成长。

　　菜地里的辣椒、茄子、豆角、韭菜……枝繁叶茂,它们将结出丰硕的果实,迎接你的到来。

这些"乡土"气息很浓的消息，对你并不陌生。

这就是知识，这就是学问！这应该是你的骄傲！不是么，你能读懂鲁迅先生的《故乡》《祝福》《孔乙己》，而生在城市里的甚至以此为荣的阔少们却未必能知道小麦是长在地里还是长在天上。就此打住。

　　祝

进步

　　　　　　　　　　　　　　　　　　　　　　　　你的父亲

　　　　　　　　　　　　　　　　　　　　　　　　1990 年 6 月 19 日

057. 致妻

（1990 年 6 月 28 日）

记生妈：

你近来可好？我知道地里的活那样多，春华向华都考学，全靠你一人忙里忙外，你一定注意身体，免我挂心。

这里的情况一切很好。我从家回矿后，接到玉华的信。她说，七月五日军训（到部队），七月二十五日结束。让我七月二十六日早晨到滕州车站接她。我怕她困难，又给她邮去五十元钱。文华来信，说她们酒厂为临沂建电厂集资，每人拿一百元，我叫小徐（文华的同学，家住八一，也在兰陵酒厂工作）捎去一百元（文华来信说捎到了）。这月，我还了老方的一百元账。全是我个人的工资（给玉华的这五十元是借的）。小生没给我一分。俺爷俩在一块吃，也是我买菜做菜。

关于七月一日兑国库卷的号码，报纸已公布。介绍如下：（都是号码的尾数）

八二年的八个数：3、5、8、1、9、0、4、7

八三年的六个号：4、3、8、9、6、0

八四年的四个号：7、2、4、9

八五年的全部兑付。

这几年的一共能兑给一百多元吗？

另外，地排车旧带我已拿到宿舍，晚几天回家时捎走，请汉臣弟放心。

最后，希望春华、向华加倍努力地学习！

祝你

平安

舒之

1990 年 6 月 28 日

058. 致玉华

（1990 年 6 月 28 日）

玉华：

　　来信收悉。我在 6 月 19 日给你发去的一封平信，收到了吗？记得那是一封谈"知识面"的信。我的主要意思是：人的知识面各有所长，谁也不是"通才"。一个人（不论各阶层的人）当然是占有的知识愈多愈好，但谁也不可能全部占有，这就叫做"局限性"。比如，我们的毛泽东主席，盖棺定论，他无疑是个伟大的政治家，天才的军事家，但他在解决中国的经济建设方面就显得力不从心，甚至有许多严重失误。鲁迅当然是我们尊崇的伟大的思想家，新文化运动的旗手，伟大的爱国者，但他对中药和西药的地位的见解，就流于极大的偏颇……。所以，我劝你，根本没必要为个人某个方面的"少识"而苦恼。同样，有的人若为个人某个方面的"多知"而骄傲甚至嘲讽"少知者"，这是不足取的。依然是一种无知与浅薄的表现。换言之，生活在大都市里的学生，有"市井"方面的"优势"，而生长在乡村的学生，又有"田园"方面的"优势"。应做到互补，方可谓正确的态度。

　　于是我在上次信里，就讲到：有人能读懂《故乡》，有的人就读不懂《故乡》。比如读诗吧，我就喜爱艾青、臧克家的，而不喜欢北岛、舒婷的。说穿了，这其中又有个读者的思想观念和兴趣爱好的问题。就我个人而言，毛泽东的诗词（凡公开或半公开发表的）我几乎能够全部背诵下来，但我对世界大诗人海涅、拜伦的诗作，就知之甚少。虽然年轻时代，曾崇拜过这两位诗人和读过他们成本的《诗选》，而今天这两位诗翁的大作，在我记忆里几乎荡然无存。拜伦的那首《她走在美丽的光彩中》，我甚至想不起诗人赞美的是一位少妇还是一位少女。但我，绝不会瞧不起不会背诵毛泽东诗词的人。我也绝不会欢迎拜伦的崇拜者们以多知拜伦的诗为荣，嘲弄我这个少知者。我也希望玉华采取我这个态度：一笑置之，不必介意。

你们要军训一段时间，我很赞赏国家教委的这个部署。你应充分认识到这个活动的重要意义和必要性。接你信的次日，汇去伍拾元，也不知够不够。如不够用，望来信告知。你妈和我都希望你自己买你认为合适的夏装。别人穿花裙子，你如愿意，也应当买件穿，这叫作"入乡随俗"吧。你还应当买件上衣。

我多么盼望你7月26日回矿后，咱爷俩谈它个天昏地暗呢！

随信寄去《啊，黑色的河》，望你毫不客气地提出修正——你应该知道，我有一个最大的优点，即随时否定自己的勇气。

祝你

思想愉快

你的学然后知不足的爸爸匆草

1990年6月28日

059. 致妻

（1990 年 9 月 16 日）

记生妈：

很忙也很好吗？甚念。

我送玉华到兖州一直送到车上，还是坐夜里十一点去北京的车。车上的旅客不多，净空位。我是坐半夜后的车去滕州的，我坐的这列从青岛去兰州的车，简直拥挤不堪，看样子多是农村人，车厢里脏乱差，我是在车厢与车厢的连接处站到滕州站。多亏里程短，连喘气都很难。在滕州站候车室的长椅上睡了一觉，坐五点半到枣庄的汽车，不到七点就回到了八一矿。总之，还是一路平安，望免念。

今随信给你汇款壹百元，望查收。同时也给靳庄邮去了五十元。

记生因为这里的工作太忙，暂时不能回家，他大概争取八月十五（旧历中秋节）那天回家。我大约可在旧历八月十三回家。过节的一些东西（这里分给的）带回家，你不用买过节的东西了。给咱庄他们几位帮咱忙的人，我也带些东西送他们。

我准备买辆旧自行车，有合适的就买。如果买了就带回家。

最后，望你告诉春华，让她讲点卫生，至少要做到每天刷一次牙。向华的学习应扎实点，把学习成绩搞上去，才对得起学校和家庭。

玉米大概收了吧，棉花要经常拾，不要等开一地白花再拾。还要注意保重身体。

另外，我和记生在矿一切平安。望免念。文华的大衣和被子已从向华床底下搬到记生屋里了，也望放心。就写到这里吧。

顺祝

健康

舒之草

1990 年 9 月 16 日

060. 致玉华

（1990 年 9 月 30 日）

玉华：

你的来信，使我格外欣慰！格外兴奋！"有志者事竟成"这句老话永远是颠扑不破的真理。你这次的英语四级考试以 77 分的较好成绩通过，不又是一个明证吗？人，应该在拼搏中领略风采，在理想中寻求价值，在困境中取得成功。这就是人生的意义。我更欣赏你的又一个攻击目标——通过六级！是啊！人，不应该满足已经取得的成功，而应该志存高远，向自己提出新的挑战，向新的目标迈进。试想，一个不求进取或者仅有燕雀之志的人，能有那种"得陇望蜀"的宏图大略吗？我想，你的目标（最终目标）又何止六级呢？而应该通过托福考试！莫忘记，年轻时期（恰切说是学生时代）对某项专业学问取得成功将受益终身。这也是对一个人的勇敢、智慧、意志和力量的检验。中庸、苟且、小智小慧，是一个人的致命伤。你同意上述说法吗，玉华？

我就吃了无技术专长、学识浅薄的大亏。一个人，若没有本事，那是绝对被人瞧不起，绝对受欺侮的。基于此，我虽已过天命之年，仍念念不忘多读几本书。更寄希望于我的孩子们，深信他（她）们会立这个大志的。玉华，你肯定欢迎我的这个态度吧。

国庆节及中秋节都将到来了，祝你和你的同学们，对，还有你的好友黄璐，过一个愉快的节日。亚运会正开得热火朝天，金牌老是往咱们中国队里跑，真开心！你在家时，我就对你说过，亚运会期间，你可千万去看比赛。在此，再重复一次，票价不论多少一定争取去看。

前几天我回家看了一趟，你妈及你两个妹妹都很好。你两个妹妹特别是春华学习非常刻苦扎实。望免念。你哥和我在矿也很平顺，亦望勿念。

　　另外，你什么时候缺钱，要预先来信告知。千万不能等到"弹尽粮绝"的时候来信哟。

　　祝

进步

你的对未来充满信心的爸爸

1990 年 9 月 30 日

061. 致玉华

（1990 年 10 月 18 日）

亲爱的玉华女儿：

十月十日的来信收到。收到信的次日（17 日）我去枣庄开会。在枣庄邮局给你汇款百元，并挂号邮去了第五期的《太阳》杂志（有我的一篇小说）。

你的这封信，倒让我异常高兴。是的，是异常高兴！因为我从字里行间又进一步认识了我们的玉华，是一个有性格、有志气、有远大抱负和理想的姑娘。你没有也绝不会被挫折和失败（?）所吓倒的。我极为高兴地看到一个逐渐成熟起来的玉华。

其实，评上评不上奖学金，那只是小菜一碟，而不应该对此看得很重。在这里，我要作一点自我批评，就是过去我不应该向你提起什么奖学金的事情。结果倒让你产生了心理压力。今天，我真有一种负罪感。

"现在我花钱很小心。"这话，倒让我难过了好一阵子，心里似有一种刀割样的疼痛。不论你中学时代，还是你现在的大学时期，我深知，你从来不是一个乱花钱的孩子。你很懂事。你知道你们兄妹多，花费大，而家庭收入有限。你以朴素为荣，节俭为美德。但今天我要说，我们家庭的生活也相对提高了。我们的家庭一无"外债"、二无"内债"，我们不缺钱花。我们的经济能力，至少能满足你在学校里学习得安心，吃穿得舒心，生活得顺心。你大可不必"花钱很小心"，这会让我这个做爸爸的感到揪心的。

你也不需要埋怨体育老师的"不公平"。"公平"与否，那是他们的事，你不要去多想，还是让历史和事实去回答吧。退一步说：倘若有人出于想"卡"你一下的动机，倘若你是为奖学金而才去学出好成绩的，我要说：这两者都是毫无出息的。让我们自豪和骄傲地宣告：我们是人穷志不穷！奖学金虽然是某种标志，但我想，只要你玉华学业优异，有无什么"金"是无关紧要的。我们应有那种视金钱如粪土的气魄！

世界不需要眼泪，世界需要天才！世界需要那些有真才实学、出类拔萃的人！

一个人，只有经历困境和挫折，才能使自己变得成熟起来，也才能丰富自己，也才能使自己更清醒地认识世界，认识你周围的每一个人。你说对吗，玉华？

你读过罗曼·罗兰的《贝多芬传》吗？我劝你务必去读，贝多芬将给你勇气、意志和力量。

傅雷在他的译者序里写得很明白：

"惟有真实的苦难，才能驱除罗曼蒂克的幻想的苦难；惟有看到克服困难的壮烈的悲剧，才能帮助我们担受残酷的命运；惟有抱着'我不入地狱，谁入地狱'的精神，才能挽救一个萎靡的自私的民族……"

"不经过战斗的舍弃是虚伪的，不经磨难的超脱是轻佻的，逃避现实的明哲是卑怯的；中庸、苟且、小智小慧是我们的致命伤。"

这就是贝多芬给予我们的启示。

玉华，你应该比任何时候都需要大智大勇，需要坚忍和奋斗。

能忍受屈辱的人，才是能称得起大智大勇的人。

从创伤中获得灵智。

从颠扑中锻炼意志。

玉华，这就是我永远的衷心的祝愿你的话。

给你挂号邮去的《太阳》收到并读过了吧？

我在《明天去搬迁》这篇小说里，刻意表现了一代老矿工的坎坷遭遇、屈辱和苦难，这是生活的真实。我也着意表现老矿工的人性美。我是流着泪水去写魏老六这个人物的。魏老六是属于我们这一代的魏老六。他不属于今天的八九十年代的新矿工的魏老六。这是历史的、时代的、社会的"断层"所造成的。

你注意到这一点吗？我笔下的主人公几乎都是极普通的"小人物"。他与她们都有一个共通点，就是善良、无私和奉献精神。是的，我就是立意去赞颂、讴歌这些普通的但却有金子般美好心灵的人，我要写出他们的人性美和人情美。

是的，人世间尽管充斥着铜臭和污浊，可我坚信，真诚和善良仍然是我们这个社会的本质和主流。人生是美好的。

你的好友也通过了英语四级考试，我真高兴。在此，我要向黄璐同学祝贺！并望你们二人努力拼搏，再上层楼。莫忘记，我们这个时代，越来越青睐外语人才。

并向黄璐同学——她的问候——表示谢意！

我看过黄璐致春华的信。行文流畅、感情细腻。毫不夸张地说，那简直是一篇一腔热忱、笔触缠绵、动人心扉的抒情散文。我在感叹：人间自有真情在。玉华，记住：人贵相知。鲁迅说得好：人生得一知己足矣！

代我向黄璐同学致谢意。

《黑色唱片》找到了，是在八一矿你哥宿舍的床头橱里，而不是"在我的房内"（你在指老家的东屋吧？）——好一个粗心的随时准备向弹尽粮绝作斗争的可怜的但却是异常坚强的小姑娘！

　　祝

永远乐观

另告：十一月十日左右我将去枣庄参加文学创作讲座。预定十日，请省内外名家讲授。

你的爸爸匆草

1990 年 10 月 18 日夜

062. 致玉华

（1990 年 11 月 8 日）

玉华：

　　10 月 25 日的来信收悉。这是你开学后写给我的第三封信了。

　　你对奖学金的认识及所持的态度是正确的。但我劝你，尽管是有些太冤枉太冤屈，作为个人，一定要想开些，超脱些。做学问的人应该不计荣辱——"宠辱不惊"。对任何事情，都应如此。这才是大将风度。这才是有作为、有出息的人必备的思想素质。你说对吧？

　　人的一生是会遇到许许多多的挫折和磨难的。但，好事多磨。唯其如此，方能锻炼得更坚强，更聪明，更有才干。

　　王蒙在《风格散记》一文中，对"潇洒"和"痛苦"的涵义是这样阐述的：

　　潇洒：一株挺拔的树在风里自然地飘摇。它没有固定的姿态，却有一种从容。一种得心应手的自信，一种既放得开又收得拢，既敢倾斜又伸得直，既不拘一格、千变万化又万变不离其和谐的本领；不吃力，不做作，不雕琢，不紧张，不声嘶力竭。我们说，这是潇洒。

　　潇洒也是一种心态，一种精神，一种拿得起放得下的豁达。

　　失败了，流泪了，掏出手绢，终于抑制住了自己，破涕为笑，同样地向胜利者投掷鲜花，这也是潇洒。

　　所以潇洒也是一种风度，一种胸襟，一种大度，一种精神的解放，一种从必然王国到自由王国的飞跃。

　　"痛苦"的内涵是什么？

　　痛苦并不是悲观。

痛苦是永远的追求,是永远的焦渴,是创造的火焰。

痛苦是天真和赤诚,是百折不挠的理想和毅力,是永远的不自满。

痛苦是牺牲的决心,痛苦是献身的庄严。

痛苦孕育着希望、新生、新的高峰、光明。

真正懂得痛苦的人脸上呈现着端庄的笑容。叫苦连天的人只有怯懦和牢骚,绝没有痛苦。

痛苦就是热情,痛苦就是燃烧。当木材燃烧的时候,它承受着焦灼煎熬的痛苦,它流出黑色的泪水,它献出金色的火焰的欢腾。

玉华,我相信,你一定会从上边这段文字中得到启迪。其实,你的感受也许较我更深刻,因为你本来就具有这种潇洒与痛苦的思想上精神上的基本素质。这是一个人最难能可贵的。

要不然你又怎会鼓起勇气报名通六级呢!

这就是一种燃烧的"痛苦"。

这就是一种"失败了,流泪了,掏出了手绢,终于抑制住了自己,破涕为笑"的潇洒!

黄璐报名了吗?

我极赞同你买个录音机。可以买好一点的,最好买个百元以上的。千万不用愁钱,一星期内我给你汇款壹佰元。放心吧,我争气的玉华。

你对我的这篇小说的评价很正确。文坛上的一些"不正之风"我也略知一二。编辑部除对名家的特约的稿件不敢动刀斧,原样发表,一般作者的稿件都是照他们的"需要"而大动干戈。手术之后的文章已经没有血肉了,又何谈"灵气"呢?

本月十二号我要去枣庄参加文学讲座,会期十天。我是极乐意学习、拓展和增加见识的。

预祝你的概率考试取得好成绩。

盼望你的六级考试获得成功。

天气渐渐冷起来了,你可要注意多穿件衣服呀!

祝你

永远乐观

想你的爸爸

1990 年 11 月 8 日子夜

063. 致文华

文华：

总算收到了你的信。

你总是"先斩后奏"，而事前，你却几乎连个招呼都不打，这能怪我们生气吗？莫说我是你的父亲，即便是你的同辈，也该给个商量和考虑的余地吧？而你每次都是把事情定下来之后现来信"通知"给我们，试问，这能叫商量吗？难道这不是逼我就范吗？难道这不叫道道地地的最后"通牒"吗？也许你不能接受这几顶大"帽子"，但这确是符合情理的话，我说的一点也不过分。你想一想？

问题是，你在这些事情上的做法不对、认识问题的方法不对。我和你妈始终认为小华是一个很孝敬的闺女。这是实话。但你事前不应该不首先征求一下意见，强调什么客观是说不过去的。

其实，儿女的恋爱婚事应由本人自愿选择、自己作主，做父母的万不可包办干涉，我一直是这样认识和坚持的。

其实，你和盛安平的婚恋，我也并非真的反对，我只是从一开始就让你在个人的终身大事上一定要谨慎再谨慎。不要匆忙做决定。我是尊重你和小盛以及小盛对你的执着的感情的。我不是那种在儿女婚恋上不懂事理不通情达理的父亲。

试想，中秋节前你和小盛的"突然到来"，我不是高兴的接待了吗？而且事后，我对小盛也不无好感。我的初步印象是：聪明、稳重、能善解人意；虽谈不上一表人材，但也不失潇洒干练。

你上次来矿，我曾对你说过，不希望你结婚过早，以便让我腾出手来为你操办点东西,再说,你尚有三个妹妹在校读书,我们家庭的经济状况实在拮据,而你们现在做出了年底完婚的决定,我们做父母的若不能为女儿出嫁陪送点什么,实在于心不忍,也实在过意不去。

看来你们结婚的日期推迟的可能性不知道能占百分之几?

但我们总得给你做几床被子褥子吧。甚至连家里存放的那床毛毯我也送你。我为不能送你更多的东西甚至感到内疚和痛苦。但愿你能理解我——虽然你也非常清楚的知道咱家的情况。

我让你记生哥看了你的来信。当他读到"我在这儿孤零零一个人,领略了……"这里的时候,他哭了,失声的哭了。他说,他为文华孤身一人在外工作,而产生的孤独感、寂寞感而感到怜惜和同情。这也充分证明,你记生哥是多么疼爱他的妹妹呀!

另外,我还要对你以及小盛说一声:不知苍山地方的风俗如何,按理,男方是应该向我们这方下"红书"的,以商量结婚的日期,争求女方老人的同意。这是个大理。

另告,这月的十三日我将去枣庄开会,会期十天,参加枣庄矿区举办的文学创作讲座。有时间的话,我可能抽时间去兰陵一趟。可能给你带几本书去。

祝

愉快并多思

你的爸爸

1990 年 11 月 8 日

064. 致玉华

玉华：

11 月 16 日的信今日收到，欣慰之情无需言表。这是你本学期写给我的第四封信了。明知你学习紧张，担心你因为写信影响了学习，但还是盼你的信，但还是焦急的等你的信，但还是见到信大为快慰。你说心理矛盾不矛盾？是的，事物都处在矛盾之中。人，自然也不例外。人的这种心理状态大概只有弗洛依德能够解释得清楚了。

你拥有了自己的录音机，我很高兴。更高兴的是你的概率学出了好成绩（是学出，而不是"考出"）。好成绩，可绝不是能够用金钱买得来的呀！

这才真正是一个学生值得骄傲和自豪的本钱呀！

这就是资本！

我是在 11 月 18 日于枣庄给你汇去的百元款，想已收到。以后在花钱方面，你千万不要计较。我现在手头并不拮据。你大姐不光不用我资助，并且还能帮我点什么。这我就比过去负担轻多了。

文华前几天来了一趟，买了五米多的布料，说是给你母亲、你嫂、春华、向华和你各做一条裤子。也给我买了二米多布料。听说，她还没给你去信，你也没给她去信。我首先批评了文华。

你大概愿意知道我在枣庄文学讲习班的情况吧？简言之，收获很大，拓宽了视野，增进了知识。

来讲课的有《雨花》副主编孙友田，《时代文学》副主编于友法，《黄河诗报》主编桑恒昌，《中国煤炭报》副刊编辑刘庆帮、陈万鹏等人。我作为矿区文联理事曾陪餐几次。总的印象是,这几位作家和诗人都有一个共同点:坦率、直率和真诚。看来,人的知识是越富有品格越高洁。

"……六级通不过的话,我会有怎样的心情。"对此,我是这样认识的:首先要有自信心,这是取胜的先决条件,也可说是思想准备或曰思想基础。有志者事竟成,我相信你会成功的。但我也同样认为,万一失败,也要经得起失败的考验,正如胜利了要经得起胜利的考验一样。正如运动场上参赛的运动员,恐怕每一个参赛运动员都是为捧杯而来的,并且都准备拿金杯,可惜金杯只有一个。我最佩服马拉多纳,这位足球超级大明星真正是胜不骄败不馁。望我们的玉华像马拉多纳那样,具备失败了再干的大将风范,万不可因一时失利而气馁。对吧?

祝

永远快乐和超脱

你"望尘莫及"的爸爸

1990 年 11 月 25 日

065. 致向华

向华：

听说你的期中考试成绩居年级第一名,实在让我高兴!

我望你胜不骄,继续刻苦努力,保持全校第一名的领先位置。

我望你发扬成绩,克服缺点,严格要求自己。祝你下一个战役——期终考试,打一个漂亮仗。

祝你

快乐

想你的爸爸

1990 年 11 月 29 日

066. 致文华

（1990 年 12 月 3 日）

文华：

听说你单位由于抽出人员去"打假"，你的工作量更大了，望注意休息，注意劳逸结合。

你记生哥刚送走了安平及其父亲。

当然，尽我的努力，我和记生热情而真诚的招待了他们。我们已经同意：你们的婚期定在腊月初四日。

看得出安平的父亲是一位实在人。我们都喜欢诚实人。安平给我给你哥的印象越来越好。我们与安平的关系越来越融洽，他确实稳重也很懂事，性格平和而诚恳。我喜欢他这种性格的人。

你捎来的信，我让你哥看后，你记生哥极主动的将他穿的大衣送给了安平（也可以说是你哥赠给安平的一点纪念吧！）。

上星期我回了一趟老家，你母亲身体健康，望你不用挂念。还有让你高兴的：高、初中的期中考试成绩已揭晓，春华的总成绩为全班第二名，向华是年级（全校）第一名。你母亲为你陪嫁的被褥全做好了，两床被子、两床褥子（和被子一样宽），全是用最好的棉花（每床用六斤），还给你做了两件棉袄，还有毛毯、被单等。你母亲说：等我下次回家，她和我一块来矿，把东西全送矿上来。当然，我在矿上还得给你买点别的什么。

你让安平捎来的毛衣毛裤，我下次回老家时捎给你母亲和向华吧。你上次来八一带来的旧衣服，我上次回家时也分发给了春华和向华穿了。她们现在都有穿的了，你不要再给她们买东西了，你买的布，我们都做衣服了。

　　我上次给你的信，让你给玉华寄二三十元钱，以表你这个当姐的一份心意，不知你能否办到。

　　还有：结婚时，我们矿要派车送你，你需要提前来八一矿。到那时你母亲也来矿。

　　陪送的男女客人约四五人。兰陵还来迎接的吗？我的意见是：你最好能在这月的二十日以前来矿一趟，有些事情好商量一下。

　　也可能晚几天，我去兰陵一趟。

　　祝你

工作顺利

　　　　　　　　　　　　　　　　　　　　　　　　　你的爸爸

　　　　　　　　　　　　　　　　　　　　　　　　1990 年 12 月 3 日

067. 致玉华

玉华：

12 月 7 日的来信早已收到。本当及时复函，只因接信后一直忙得"马不停蹄"，故拖至今，让你想念了吧？

我极为兴奋地祝贺我的玉华如愿以偿！

一份努力便有一份收获。这话说得何其好啊！这是你实践经验的心得体会，也是一条颠簸不破的真理。皇天不负有心人的老话，在你身上应验了。

莫忘记，放寒假时，带来荣誉证书，也让爸爸分享一份荣光。

英语六级考试快到了吧？我同样坚信，也会大获成功的。重要的是你要树立起必胜的信念，精神状态极重要。运动比赛场上如此，文化知识的考场也是如此。当然，也要允许失败，要败不馁，胜不骄。一切事物都是过程而不是状态，是航行而不是港湾。

女作家霍达在她的长篇记实文学《仰雪词馆主》的题记中写道："每个人都将接受历史的恩赐、历史的磨难和历史的无情的考验。之后，又写入历史。"

从这个意义上讲，一个人的奋进和拼搏精神是何等的重要。期终考试也快到时间了吧？

不知你们的放假和你回来的具体日期，望下次信告知，我好到时候去滕州站接你。

再介绍一下我这里的情况。可概言之，基本上属于舒心顺心。房产部门刚分给二间平房（新盖的），独门独院，环境安静。最近正因为搬家才迟复信的。

哎，一向衣着朴素的我，也开始"奢侈"起来了：花 250 元买了件呢短大衣，花53元买了双棉皮鞋。你文华姐又给我做了两条裤子，够"气派"的了吧！

你记生哥也花了相等的钱买了呢大衣和棉皮鞋。

而且你文华姐给你母亲、你嫂、你二位妹妹买了五米多裤布料，还给你母亲打了一件毛衣，给向华一件毛裤。我们家的生活在天天向上——芝麻开花节节高！你说不用汇款，我就不寄了。打住。

　　祝

精神百倍，满怀信心

爸爸草

1990年12月29日

068. 致玉华

（1991 年 1 月 20 日）

玉华：

期末考试该进行了吧？英语六级考试考试完了吗？很为你鼓着一股劲。

90 年 12 月 29 日给你的复信收到否？截至今天（91 年 1 月 20 日）我还没收到你的回信。我急需知道你放寒假回来的日期。

近来，我实在太忙了，以至于满心想给你写信都没写成。今天正好是周日，忙中抽闲给你写下这封信。

叙事尽量简要，语言尽量凝练些吧：

你母亲和你嫂现正在矿，她们是元月十五日来矿的。

文华已结婚（元月十九日），我和你母亲你哥都较为满意的。虽然我们什么时候也不会原谅文华自作主张的错误，但作为父亲的我在文华已既成事实的情况下不愿把事情弄僵。我是面对现实，尊重现实的。

我从元月一日已正式调到八一煤矿二校教学。我还是热爱教师工作的，而且也决心忠诚于党的教育事业。我愿将爱心献给我所任教的学生们。自然是教语文了。

以上几点特别是二、三条，对你来的也许有点突然和惊奇吧？

主要的，你尽快来信，说准到滕州车站接你的时间。

顺祝

进步

来信寄：山东滕州市八一煤矿莱村中学（二校）

想念你的爸爸

1991 年 1 月 20 日

069. 致妻

（1991 年正月二十日）

记生妈：

近来可好，身体健康？春华、向华都上学去了，只你一人在家，一定很感到孤单吧？

这里的情况向你介绍一下吧：

正月十八日，正式开学，我整天忙得很，但各方面平安顺利，望你放心。可是每天放学回家后，已吃不上热饭热菜了，望你尽量早一天回矿。

正月十六日，我送玉华去滕州，她是坐晚上十点去北京的火车。我送她车上。

你走的第二天，正月十五日晚上，记生向我提出回八一住。正月十七日，我找了四个学生给记生搬的家。好聚好散，这很好。

昨天，我到了八一，记生说，晚几天他和金香一块回老家。大约在正月二十八号回家。

如果方存来这里拉水泥，一定把飞鸽车子带来。你来矿前一定把春华、向华的生活安排好。向华学校的馒头不是不好吃么，我的意见是：给向华往学校送几十斤麦子(送给馍馍店)换馍馍店里的，一次从馍馍店里提七八斤，够一个星期吃的。你看合适吗？

马上就去上课，就写到这里吧。

祝你

健康平安

舒之

1991 年正月二十日

070. 致玉华

（1991 年 3 月 29 日）

玉华：

　　你的来信我于 3 月 13 日收到，突然想起还没给你回信。啊，今天是 3 月 23 日了，已经十天啦，叫我好不惊慌！

　　也许你在因盼不到我的信正心里生怨吧？

　　不对！实在是因我太忙而没有顾及到呢！自你走后的第三天即 3 月 4 日，我们就开学了。而 3 月 3 日，我帮你哥搬了家，就一直处在忙碌紧张的工作状态中。特别是近来的一段时间，备课、授课、批改作业等一系列工作足以让我疲惫不堪。更何况还要一个人回宿舍（叫"家"更准确）烧水、做菜办饭呢！你妈前天刚从老家回矿，我对她说，自从你们走后，我生活得很苦！这还不算，还有校领导安排我的一些"业余"工作，我也得硬着头皮去接（自然是人家挺相信我，我也挺喜欢）：校歌歌词刚刚脱稿（学校要到外地请人谱曲，然后报名参加评比），语文教学的论文正在行笔中（说来是个笑话，我刚当了几天的语文教师呢，而领导却非让我写不行；我不得"硬着头皮"接么？）当然，我仍然是很有信心地去写好这个论文（参加局教培部的评奖），论文的题目是：

　　变被动为主动性

　　——试谈怎样培养学生的"作文"兴趣（暂名）

　　玉华，你不会怨我去信迟了吧？

　　应该说，我送你坐车回校的那晚，你能坐上车还是幸运的。后来还听你王叔说，往北京方面去的旅客有等二三天的。

　　天下处处有好人。我真为你幸庆你遇到了助人为乐的社会主义新风尚的解放军同志。我也衷心敬佩他们——他们不愧是我们共和国的卫士！

知道你期末考试全优，我本在预料之中。但我更清楚的是：这个"全优"，实在来之不易呀！这是你刻苦勤奋换来的，你为此付出了许多的牺牲。我向你表示祝贺和敬意！

六级考试失败，我虽有点意外，但绝没震惊，似乎亦在意料之中。我始终认为，对任何目标的追求，绝不会都是一帆风顺的。要允许失败。失败并不全是坏事。而你这些年来成功的太多了，而失败的则太少了。这次失败，在我看来，对你却是一次锻炼和考验。一次"韧性"的磨练！从这个意义上说，这次考试失败对你战斗的"韧性"的锤炼，不能不认为是一件好事。你缺乏磨练。何况你考试的分数并不算低，55 分！这对更多的人来说，已经是望尘莫及了。甚至对有些人来说，简直是望分（55 分）兴叹了！只差 5 分而已，何足惧？况且，还有今年的夏天，夏天不成还有来年！我谨祝你永远保持"咬定青山不放松"的板桥精神。我坚信也一定会高兴地看到你最后的胜利。

你最近的学习和生活情况怎样？兜里是否又开始羞涩了？望你在"羞涩"之前一定先给我来信。

顺祝

愉快与进步

附记：23 日写了一半，因事搁笔。一忙，又放到了今日凌晨，才又提笔写了此信的后半部分。实在有点不好意思了。

你妈妈已来几天了，我们生活得极安静。你妈向你问好！

你的爸爸

1991 年 3 月 29 日

071. 致玉华

玉华：

你四月十九日的来信早到。今日复信距接来信又半个月了。看来咱爷俩都真够忙的。不过，你忙得确有成绩，我却是瞎忙。最近我在忙学生的复习——期中考试——阅卷；间或主编中小学生的"续写雷锋日记"，还有永远也摆脱不了的"份外"工作。只是思想上倒也充实，精神上倒还乐观。

还有更忙的呢。为了给这个新家拉个院墙，盖个厨房，忙着找人拉砖、拉灰、拉石头……都需要我亲自张罗。你母亲在一个星期前就回老家了。为的是种棉花。

深刻认识自己，才是性格。你还需进一步认识到你的"自我价值"。我与咱们全家人，对你是充满了希望和信心的。六级考试即将来临，我们预祝你成功！当然不论遇到什么情况，都应记住两个字：拼搏！

另外，你妈为了照顾两头：老家上学的春华、向华及在此地的我，她要常来常往。我总感觉，她在此的时候，我的工作、生活都要顺心得多。我们的这个家实在是恬静、祥和、温馨极了。我觉得你妈你爸都要多活两位数。

上个月，学校组织了春游，乘包车到邹县的峄山和孟庙。我和你妈都去了。我和你妈还去过枣庄。你妈还两次去了兰陵你姐那里。我现在是尽量多给你妈一些消闲的机会——她这几十年来为我为我们这个家付出的太多了。我永远感激她。她实在是一位具备东方美的女性、一位真正的贤妻良母！

由于和我关系甚融洽的几位年轻的教师有照相机，为你母亲拍了很多单照及我俩的合影。随信寄去你母亲的单照和我与学生的合影各一张。你看，你妈多精神！我们的这两张照片，是在新居"陆公馆"照的。你妈微笑着目视前方，她对生活充满了安乐和信心。她变得年轻了十岁！你看那张我与学生的合影：一位对孩子充满爱心的教师在他的居室为前来求教的学生，在"诲人不倦"……玉华，你难道不为有这样的爸爸妈妈而自豪和高兴吗？虽然他（她）们都是普通百姓。

翻阅旧书时猛然发现了一张旧信封，特把这枚邮票剪下寄你——我可不愿意随便送人哟。只能寄给我的酷爱集邮的小集邮家。

四月二十日曾给你汇款百元，想已收到。

你应该抽空给我写封信——好，在六级考试之后吧。

祝

勇往直前

你的父亲

1991 年 5 月 8 日

072. 致向华

向华：

近来学习进步？期中考试完了吗？成绩如何？学习及生活有什么困难吗？甚念。玉华来信讲，你给她去信了，而她却因为没能及时给你去信而表示内疚。现在她给你去信了吗？

你妈到家后，棉花都种完了吗？望你妈在棉花出齐后，赶快来我这里，因为我们的这个新家要拉院墙盖厨房，她得来做饭菜。料已经备好了。你妈走后，我和几个学生从学校里又拉了三地排车石头，四地排车砖。

另外，李来河老师到我们的新家给你妈和我拍照的照片已洗出来了。特别你妈站在房门口的那张像简直美极了，至少年轻了十岁。你瞧吧！

祝你

学习进步

想你的爸爸书

1991 年 5 月 9 日

073. 致妻

（1991 年 6 月 15 日）

记生妈：

　　天气阴雨连绵，今年的麦收又会遇到许多的困难，真让你忙透了。

　　你回家后，各方面都挺好吧？棉花长势如何？望你一定注意身体。你走时嗓子不好，现在好些了吗？甚念。

　　我现在因忙于学生毕业前的复习，工作是够紧张的了。生活上主要是到二处食堂买饭菜。望不用挂念。

　　春华与向华的学习，我是绝对相信她们的刻苦与勤奋的。她们的期中考试成绩我都非常满意、非常高兴。只望她俩的学习成绩更上一层楼。

　　另外我有一个打算，想叫向华来这里参加这里的期终考试。这里的考试日期是 6 月 27、28、29 三天。向华 6 月 25 日来到就行。可以向张楼学校请几天假。我的目的是：如果向华的成绩不比这里的尖子突出，说明张楼的教学质量不比我们这个学校好，那就把向华转到这里上学。如果向华的成绩高于这里的学生，就仍在张楼上。不知我的这个意见你同意否？

望向华抓紧学习

祝

健康

　　　　　　　　　　　　　　　　　　　　　舒之

　　　　　　　　　　　　　　　　　　　　　1991 年 6 月 15 日

074. 致玉华

（1991 年 6 月 15 日）

玉华：

准又让你"抱怨"了：五月十四日的发信早到，又为何复信迟迟？说实在的，自我感觉也有些不过意了。

我还得解释一下。倒不是为了强调客观，而"客观"确实存在。我想，放暑假后，当你再来到我们的这个新家的时候，你一准会"大惊失色"的——新居又旧貌换新颜了！是的，正是为了创造一个较为安静、舒适的居住环境，建房（书房、厨房）拉院墙，一个多月来，简直是兴师动众，大兴"土木工程"。又要授课，又要忙"家"，晚上头放到枕头上一觉天明，可谓筋疲力尽矣！可把你母亲忙坏了，要给干活的吃饭呀，赶集买菜、做菜全包在她一个人身上了。现在总算忙完了，夜间，坐在天井里乘凉仰望满天星斗，真是别有一番滋味在心头。这也是一种享受啊！越发体会到一切"价值"都是在辛勤的劳动中创造的。

你妈妈是六月七日回老家的，她又去忙麦收了。

我已对你妈说定：明年坚决不再种地了。她过去已经付出的太多太多了。她应该过一个安闲的晚年了。我永远感激她。我一定想方设法尽可能让她"享受"余生。

你妈六月四日去兰陵一趟。她说，文华准备给你寄六十元去，收到了吗？还需我汇款吗？望急速回信。

放暑假时，回来的具体时间定了吗？啥时接你？

六级英语考试考过了吗？有信心吗？甚念。

枣庄矿区文协正式成立，我是理事之一。已经上级正式批准创办文学季刊

《火种》。我因忙于学生毕业考试前的紧张的复习,尚未动笔,打算写一篇散文,写我较熟悉的校园生活——《校园掠影》。写好之后,还准备等你修改呢! 因为我对你的文笔是绝对相信的,而且你又是以学生的角度认识"校园"。我也有信心写好它。

大量地阅读名著,无疑这是一种高级营养。但我认为,绝对不能影响学业。"学业",对一个学生尤为重要! 不知我的担心是否多余。

放暑假时。望给我捎一二本书来,并望把《写作辞典》也带来。打住。

祝

学习进步

念你的爸爸

1991 年 6 月 15 日

075. 致玉华

玉华：

　　你好！

　　给你写这封信的时候，正好是夏历八月十五日的凌晨五点，我要遥祝玉华，你要过一个愉快的节日！我还要以咱家全家人的名义高兴地祝贺你——六级英语通过和获得一等奖学金。同时祝贺你的好友黄璐同学获得成功！

　　你我都喜欢这样一句话：一份努力，一份收获。你确确实实一步一个脚印地在实践着这句名言。你自身的实践进一步印证了高尔基说过的这句话："一个人追求的目标越高，他的才能就发展得越快，对社会就越有益；我确信这是一个真理。"

　　你们的校园建设得这样宏伟壮观，同样也在说明了我们的党和国家对教育事业的高度重视和对当代大学生的无比关怀。更何况党和国家目前在诸多方面正处在困难时期啊！（这实在是本人的肺腑之言）我想，你们这一代大学生无疑是极为幸福的。要珍惜大好年华，奋发读书。唯此，才不辜负党和国家的期望和培养啊！

　　我再次强调咱们全家人对你毕业后考研究生的支持（你在信中也谈到了进一步学好英语，"复习"一下数学）。你应该坚定考研究生的信心。你的英语下一个目标应该是托福！

　　各种费用近四百元大概所剩无几了，什么时候需款，望来信预告。在用款方面，你不用太拘谨，我们的家庭条件还是比较宽裕的。

　　来信说的一个"内有十余元钱"的"叠的钱包"，我和向华翻箱倒柜都没有找到,你是否在去北京的路上或到校后丢掉了。──如果找不到,就算了。但程怡的十余元钱,你要悉数归还,这是信用问题。

你妈是你走后的第三天回的老家。

向华在此向你问好。她在这里学习也很刻苦。我除了忙点,一切顺利。望免挂。

秋风渐渐凉起来了,树叶在一天天稀落了,身上的衣服可要注意增添呦!

注意,晚些时候你妈又来矿了,家乡只春华一人在校读书,特别是节假日和周日她学习不太紧张的时候,很可能会产生一种孤独感或失落感,你我都要多给她去信给予慰藉和鼓励。

　祝
愉快、进步

想你的爸爸

1991 年 9 月 25 日

076. 致玉华

（1991 年 10 月 28 日）

玉华：

首先得望你原谅了，我这样迟迟复信。

还是向你解释一下为好。我的解释将会让你高兴。你十月六日的信，我是十月十日收到的。收你信的次日（我就开始忙了）安平从兰陵来此报喜：生一男婴！紧接着给你母亲电报。我在矿忙着购买鸡蛋、红糖等东西。紧接着是你母亲乘专车经我处去兰陵（关银开小车来的，同来的还有你二婶、五妗子，你哥你嫂也从这里同车去了）。紧接着是我于十月十六日去徐州参加一个教研会，一去六天。当我从徐州返校的次日，即十月二十二日，我马上给你汇款。汇款之后，我的心稍感轻松了点。给你提笔写这信的时刻是二十八日凌晨五点，距汇款又是六日了。

玉华，你不会怪老爸手懒了吧？你看我给外孙起的名字好吗？盛晴！晴的谐音乃"情"，听起来：盛晴（情）——盛情难却者也。如果是女孩时，我就取名盛洁（盛大的"节日"，神圣而纯洁）或盛慧（盛大之会）。不知你能否起个更美的名字。盼交流。

我绝对不同意你"找点儿活干"，我也不承认我的"艰难"。应该说，我们家庭的经济条件还是不错的。我本人的工资加奖金每月 280 元之多，这个数字不是够生动的么？况且我还有两个后盾呢！我只希望你有更强烈的求知欲，更大的突破；你的下一个目标应该是研究生！记住，考取研究生，一定树立坚定的信心，不准半点动摇。

我准备给春华写信。你要勤去信鼓励鞭策她。向华向你问好。向华在此学习很勤奋。几门功课的单元考试,向华的成绩都是前几名。英语是年级第一呢!
她现在很有信心,"幻想"着大学生的生活。我是经常勉励她的。

　　顺便说一下,我们为你姐的喜事上操办得还是不错的。除了相当可观的鸡
子、红糖外,还送去了三车(两轮小车、床车、四轮车,计款 260 元之多,是你哥及
你哥的同事买的)。

　　你母亲约在半月之内来矿,你姐也大约在你母亲来后到这里住段时间。

　　祝

愉快与进步

想你的爸爸

1991 年 10 月 28 日

077. 致玉华

（1991 年 11 月 20 日）

玉华：

你一定在盼我的信。嗨，我也真是太成问题。这几天我心里就严厉的自责。不谈客观理由了。只能解释为关心不够吧！

本来接你十月三十一日的信，我就应该写信的（当时也确实想着写信的事），谁知叫接二连三的任务（教书之外的份外工作）冲击了。

那本来是一个"心思"（你信中提到的"献血"），接你十一月九日的信却又增加了新的"心思"（原来的心思没有了）——血压低，不知低多少？你现在就该着手药疗。不过，你大可不必为此烦心。据我所知，患低血压要比患高血压好一点。看来咱这个家族，你又是一个例外。你妈血压偏高，你哥的血压在五年前就偏高。我的血压一直较为正常。

你妈前几天在这里住了一个星期，于前天（十一月十七日）又回老家了。家里的棉花已进入收尾工程。我想，她大概可在这月底忙完返矿。

关于暂借给彦平家住房的事，你可放心，当然是暂借，不会出现任何后遗症的。农村毕竟不是城里，他们也不会做出丧天害理之事。

你姐给你汇去了八十元钱。说明她一直在关心着你，到底还是"亲姊热妹"。我应感谢文华，她也在想着替我减轻负担。

向你报告好消息：向华在刚刚结束的期中考试中以总分 838 分（九门，满分 900）平均 93 分的优异成绩夺取年级第一名。在九门考试中最低分 88 分（政治），最高分 100（历史），外语、几何、动物分别为 96、98、98。应该说成绩是理想的。这样好的成绩甚至出乎我的意料。试卷全是枣庄市统一印发的。对向华我真的需刮目相看——她果真有不尽的潜力！我逐渐发现向华的整体素质还是很不错的。她不仅有着勤奋刻苦的好学精神，而且有着良好的心理素质，以及竞争意识。这是顶难能可贵的。她的"考风"极佳，临场发挥很好。答题严谨，一丝不苟，努力做到"用心审题，细心做题，耐心查题"。一份努力，一份收获。这句至理名言在向华身上又得到了一次印证。

另外，我作词的《黑色的河》已在一个刊物上发表。我执笔的校歌歌词已谱曲，听说已送上参评，并录入一本出版的校歌集。由于学校事务太多，业余创作也只是搞一点零敲碎打，如此而已。

最后，我要对你提出一点批评甚至谓之曰"抗议"了。你在上次信中说"只知道您对我越来越不满意，或许是对我的失望。"

实在说，我不知道不明白，你这个说法到底有多少根据？有什么证明？我简直莫名其妙?！我这个易于激动的人现在又要激动了：玉华，是我对你有什么看法？还是你本人生出的这种"想法"？是出于一种什么误会呢，老实讲，直到今天我一直对你寄予厚望，视若掌上明珠。何来"不满"和"失望"？

……我几乎感受到了一种心灵的颤抖和酸楚。我似乎感觉我这个渐趋走向"没落"的半百之人，在被人讨嫌，鞭打和发难。

试问，又是谁在"创造""代沟"？又是谁在深挖"鸿沟"呢？

应该承认：我这人的性格很不好，对自己的儿女（包括对你）发起脾气来，常常是感情用事，或言之过头，或失之偏颇。批评错的情况也往往发生。但过后我常常后悔。甚至对儿女的反批评我也能正确对待，乐于接受。我并不搞一长制，也绝不搞独裁。我历来希望家庭有一个民主、和睦的气氛。

暑假时，我确曾批评过你几次，而且确实说了一些不该说的话，甚至是错误的话。今天想来，还心存内疚。但这与"不满意""失望"怎么能够联系起来呢？我压根儿没有对你出现过哪怕是"闪念"过这种心态！包括同外人发生口角或矛盾后，我从来是不计较、不记"仇"的。我实在是一个极健忘的人，至于别人，因发生了一点"冲突"而耿耿于怀于我，我也不去理会的。

但愿这是一场误会。失之偏颇的言论，还望我心爱的女儿谅解。

祝

愉快

你常发脾气的爸爸

1991 年 11 月 20 日

078. 致玉华

（1991 年 12 月 20 日）

玉华：

你十一月二十六日、十二月四日的信均已及时收到。迟复为歉。实在是家务、业务，还有接二连三的"份外"工作忙透了我。给你写这封信的当儿，正是你妈你姐还有小晴晴安睡入梦乡的凌晨三点。给你写信本身就是一种乐趣，我一直有这种感觉。

接你这次信也才悟到：上次给你的所谓"抗议"以及言之过火的话，是我产生误会的结果。望你谅解并不要介意。我本来是一个健忘的人。我希望并提议：从今不要再提"鸿沟""意见"之类的话吧。讨嫌和发难在我们父女之间是压根儿不存在的。"让世界充满爱"的话是不现实的，至少在一百年之内不会实现。韦唯把这支歌唱得悦耳动听，我却没听说她向灾区人民捐了几文钱。当今中国的歌手们确是腰缠万贯的啊！她本人就做不到。足见人与人之间多么虚伪。噢，歌是唱给别人听的。她本就不准备去实行。又可见世界是多么复杂。许多事情不都是如此这般吗？父女俩的关系就远非如此了。这是一种亲情！鹌鹑和狼都能对它们的孩子们进行无畏的保护呀！

人更应多一点人性。我甚至比别人更多地需要爱需要天伦之乐啊！

还是回归正题吧。

你能和黄璐亲聆叶嘉莹女士的讲座实在是一次幸运和荣幸。叶氏乃加籍华人，我对她的一知半解只是源于报刊的介绍而已。你介绍她对诗的观点，我极欣赏。望你寒假时把你的记录带来，我要一饱眼福。或者你最好把叶氏的三小时的讲座整理出一份，或写成《叶嘉莹在华讲座纪要》寄我或捎来。这是极珍贵的学术资料。

不知你放寒假回来的具体日期,下次来信写明。

现在的经济状态怎样?什么时候用款就马上来信。

你文华姐已来此半个月了。晴晴长得让人喜欢。你妈和你姐陪晴晴住西堂屋,我住东堂屋。向华住东南屋——这是一个名副其实的书房,装饰得挺漂亮。

我现在极爱欣赏世界名曲(钢琴弹奏曲)。此地买不到磁带,你能否在京买一二盘包括贝多芬的《月光曲》在内的磁带?

另外,由我作词的校歌已得到领导的确认,已正式教唱。寄你一张,望能提出意见。(歌词部分仍可修改)

好了,暂到此打住。

你妈你姐还有向华向你问好。

祝

思想愉快

想念你的爸爸

1991 年 12 月 20 日

079. 致春华

（1991 年 12 月 20 日）

亲爱的春华：

接你来信,令全家人欣慰。

我早就想着给你写信。特别你妈来矿后,你独在家乡读书,更增添了我对你的思念。但实在是工作、家务、还有接二连三的"份外"事情忙透了我,故一拖再拖。

知你"钱已所剩无几",接你信的当天下午就给你汇去叁拾元,望查收。

关于你所谈成绩下降,第一名将"远我而去"的问题,在我听来,毫无有对你的失望之意;未来将证明你也决不会有负我的期望。我和你倒有不同的认识。

唯物辩证法和历史辩证法告诉我们：社会的进步(包括人的进步)都不是平坦笔直的而是螺旋形上升的。一个学生的学习成绩亦然。学习成绩出现停滞和徘徊是一个正常现象,直线上升倒是违背了事物的发展规律。一时出现"低谷"现象,没什么奇怪的,更不能大惊小怪,悲观失望。恰恰相反,"低谷现象"很可能是一个酝酿和积蓄力量的过程,是爆发前的沉默! 任何事物都是过程而不是状态,是航行而不是港湾。

望我们的春华千万不要计较一时一事之得失,绝对不要有急躁情绪,更不应该悲观失望。我真诚地建议你：摆脱(拿不到第一的)压力,轻装上阵,从零起步。要保持良好的心理状态和饱满的精神状态。在思想上,要暂时放松,不要把神经的"弦"绷得太紧了,权作过去从来没拿过第一。甚至准备在期终考试落得更惨。

但是,这一切都是为着爆发出更大力量的酝酿和积蓄,是为了明天的战斗!

这也是为了最后夺取桂冠而采取的一次战略性的"撤退"。

望你深思并能照办。

你问向华的期中考试情况如何,向华昨天给你发了一封信并寄去了贺年片,不知她详谈了否。我简要介绍一下：向华学习很勤奋,每天早五点准时起床学习,晚十点前休息,期中考试成绩年级第一名。九门学科总分 837 分,平均 93 分。最高分 100,最低分 88。四门主科分别是语文 89,代数 88,几何 97,英语 96。

另外,你文华姐已来矿半月了。小晴晴活泼可爱讨人喜欢。

你妈和我都很好,望免念。

你妈说,在你放寒假前看你去。

你们阳历年放假吗？ 如放假就来矿,放一二天也要来。

暂写到这里吧

祝你

思想轻松愉快

想你的爸爸

1991 年 12 月 20 日

080. 致玉华

（1992 年 1 月 5 日）

玉华：

你 12 月 21 日的信早到。喏，今天是一九九二年的元月五日，却是隔年了。

我 12 月 20 日给你的信该收到了吧？

知你已献血，你妈你姐你四妹还有我都十分地挂念。我要代表咱们全家向关心你学习和生活的黄璐、许飞同学表示谢意。

我们这里不搞献血。北京，毕竟不同于他处，那里是政治、经济、文化的中心，大学生献血，此举具有重大的政治意义。你说对吧？你要尽可能多营养一下身体。

兆安给你汇款之事说明你们是表兄妹亲情，更说明了他对远在他乡的表妹的关心。你应该爽快地收下。你给他去信时也不可写过多的感激话，"感激话"说多了就显得"外气"了。

你收到这封信时，你一定正投入紧张的期终考试吧。我们全家人都等待你令人兴奋的好消息。

元旦时，春华放假来此住了两天。她给你的贺年卡收到了吗？

向华正投入紧张的通考复习中。

你姐及晴晴，还有你妈都很好。勿念。

我也正忙于学生的复习。我们是元月二十五日放假。

如果没有变动的话，我将在元月十八日上午去滕州车站接你。黄璐能同来一玩吗？我们全家人欢迎她光临。

你没说缺钱，我就暂不汇款了。

祝你

健康、愉快

想念你的爸爸草

1992 年 1 月 5 日

081. 致玉华

（1992 年 3 月 25 日）

玉华：

接你二月二十九日的信已近二十天了。接信的当日就打算给你复信。今天推明天，明天又推明天……总是被一些应急的事情打乱。你一定会生我的气吧？我也真没法让你原谅了。

昨天你妈刚从兰陵回来。她看小晴晴，住了十余天。我也回嘉祥，到一中春华那里探望了一趟，来去匆匆。主要是被工作困扰。学校新成立了"政教处"，我被调到政教处工作。你应该知道，在当前，学校的政治思想教育工作的任务是很重要也极繁重的。更何况政教工作之于我又是这般的陌生。领导的信任又不好意思推脱吧，只好硬着头皮顶了下来。由于语文课的工作暂时不好安排他人，又只能暂时地一身兼二任了。

我们是极为想念我们的玉华你的。虽然每每未能及时去信，犯了"来而不往非礼也"的错误，但内心又何时不在记挂着呢？

不，何止你呢，甚而对你的好朋友黄璐，我们也常常地谈起她呀！似乎一想起你们，一谈起你们，我们总是从心底油然升起一股暖流。虽然，咱们的家人未曾与黄璐同学谋过面，但总有一种似曾相识的感觉。这也许是我的第六感官起作用吧？我们的玉华得到了一位品格真善美，外貌文静，个头高挑姑娘的信任和友谊，我们真的兴奋。

对你来信的答复。我以为上学期的"五优三良"，这个成绩并不算坏。对你，是个"失意"；在我，却觉得很满意。因为，我不愿意让你把分数的"弦"绷得太紧。照唯物主义的观点说，常胜将军是没有的。一个胜利者——成功者，也只是失败的少一些罢了。

我(应该说"我们")最大的希望,是盼望你们(自然也包括黄璐)能向研究生的"殿堂"冲刺成功。你和黄璐都要做好这个充分的思想准备。自信,就成功了一半。这是千真万确的。89 年的春天,我在给你的一封信中说过:弃燕雀之小志,慕鸿鹄之高翔! 今天,我依然强调这句话。

　　祝
学习进步
思想愉快

想念你的爸爸嘱

1992 年 3 月 25 日

082. 致玉华

（1992 年 4 月 26 日）

玉华：

　　心情可愉快！你 4 月 11 日的信早到。又拖到今天才写回信，真不好意思。

　　粮油涨价，且汽客车票也大幅度提价，这对大批的穷学子们（富学子毕竟是极少数）的确是一个严重的打击。但据经济学家们讲，市场价格大幅度上调，恰是小平同志们加快改革的一个显明标志。而且一切物价上浮——递进性的上浮，将是改革开放的政策和大趋势。对此，我们不能有异议。改革开放的政策是神州崛起的必由之路，是国策。水涨船高——职工的工资不也直线上升吗？

　　你现在的钱兜是否又进入"羞涩"状态？不要等到"山穷水尽"时再来信，要提前告知。

　　我们全家都好，是一个祥和欢乐的家庭，你应坚信。向华自本学期开学一直是刻苦地学习，几次考试（期中考试）一直稳坐金交椅。年级第一名似乎和他人无缘。昨天她又代表学校去枣庄参加全矿务局的三科竞赛。相信，她会为我们二校争光的。

　　半月前，你妈回了一趟老家，从家乡带来了春华在学习上屡战屡胜的喜讯。

　　清明节，我校组织部分师生去临沂瞻仰了"华东烈士陵园"。你妈也随去了。寄去我和你妈的一张合照。

　　明天（4 月 27 日）我校全体教师到菏泽市听课（观摩教学）。一个主要目的是到这个牡丹之乡观赏盛开的牡丹花。首届国际牡丹花会已于四月二十日在菏泽隆重揭幕。我们预计三天来回。初步估算八一矿为一、二校教师去菏泽的车旅住宿费需支付一万元。祝黄璐同学好并祝你们：

愉快与进步

想你的爸爸

1992 年 4 月 26 日

083. 致春华

（1992 年 4 月 29 日）

春华：

我校全体教师于四月二十七日乘专车到菏泽市听课（当然主要目的是为了观赏牡丹），今天返回。顺路到你校，给你送点东西。

你校"五一"或"五四"放假吗？若放假就去矿玩几天吧。

欢迎书萃同去。

我因同车回矿，不能久留，故留此字。

别忘记服药。（暂给你 20 元吧）

祝

愉快

念你的爸爸

1992 年 4 月 29 日

084. 致玉华

（1992 年 6 月 10 日）

玉华：

你五月六日的来信我却今天回复，我简直没法解释。

你是不需要解释的，但我还得说几条客观：牡丹之乡之行，来去三日，结果回校后狠抓教学，连星期日也要上课了。五月十二、十三两天的田径运动会，"六一"庆祝会及文艺演出，参加枣庄首届教育艺术节……一些会议的领导人讲话稿，文艺节目的编导都需我"躬亲"。你妈妈又疲于八一——兰陵——嘉祥的"三部曲"。我与向华的一日三餐，只得我"身体力行"。我实在终日忙得不亦乐乎呀！每想到还没给玉华写信，心底常常升起一种惶恐。

你现在正以战斗的姿态迎接期末考试的复习吧。一定注意身体，要注意饮食和休息。

上次去信时，劝你不要待到囊空如洗时再写信。不知你放假前是否需要补充，若不说明，就不准备汇款了。

四月底的牡丹乡之行，实在是令所有的观光者扫兴得很！菏泽那块地方绝对是当代之华夏——除去港台——最脏、乱、差的一块地方了。就是大肆吹嘘标榜为"菏泽牡丹甲天下"者的牡丹也绝无让人有一饱眼福之慨，倒实在有让人倒胃之嫌。

向华的学习在不断进步。这一次，她受到了校方的两个表彰：一是期中考试年级第一名，再是在全矿务局的初二语、数、外三科选拔赛中取得了进军枣庄市初二语数外三科竞赛资格，所以向华获取双奖。

五月三十一日，在枣庄市的竞赛成绩还没下来，不过向华自我感觉良好。

玉华，你们何时放假？望函告，并欢迎黄璐同学也到咱家来。

顺祝

愉快

想你的爸爸

1992 年 6 月 10 日

085. 致玉华

玉华：

你 8 月 22 日的来信早到。由于忙开学，没及时写信，又让你挂念了。

知你到校且又投入到紧张的学习之中，我们放心了。

为了考研，为了实现你的理想，你又要付出比别人更大的牺牲，付出比别人成倍成倍多的努力。

这就是一个奋发向上、积极进取的当代青年的可贵之处！

面对一大堆书，你有点害怕了，而且产生了信心不足……这也是很自然的。这恰证明了你面对现实、正视困难的正常的心理状态。压力变动力——化为你刻苦学习的自觉性便是事情成功的大半。

我认为，考研失败了，也没什么了不得的痛苦。本科生的"头衔"已足令一般人刮目相看。所以，我希望你一定要以身体为本。何况，今后的机会多得多。

结论是：重文凭，不唯文凭，重在真才实学。这也是党和国家用人的主要标准。

这学期我的任课很轻了，每周只三节政治课。两天才上一节课，累不着吧。但学校的纪律、卫生，班主任考评工作全落在我们身上了，所以也谈不上轻闲。其实，一个做工作的人，还是多忙点好。何也？心里充实、踏实。悠悠无事做，那才叫受罪呢！

中秋节将到，遥祝玉华中秋愉快，吃得香睡得甜。

我们矿上又为职工谋福利：每个职工领到 10 斤油、2 斤月饼、10 斤带鱼、20 斤苹果和 2 斤酒。真是多多益善。

最后望你尽力办理一件事：我的一位青年同事，准备明年考研究生。他请我托你买两本书。即：中国人民大学主编的 93 年《政治复习指导》（何伟主编）和国家教委下发的《93 年政治考试大纲》。

这两本书若能买到，望你买后速寄来。丰台新华书店若没有，是否请黄璐同学星期天回北京时想法买到？购书的事是我的一位关系不错的同事相托，望你力办。另外，明年英语是否考听力？六级是否免试？亦望回信告知。

你手中还有款几何？望告知。我心里有个准备。

祝

进步、愉快

你妈上周到嘉祥一中，春华精神状态极佳。——又及

念你的爸妈

1992 年 9 月 3 日

086. 致玉华

玉华：

很高兴看到了你九月五日的信。

中秋节过得可愉快？十五晚上，这儿尽管是"云遮月"，但圆月的晚餐，我们还是在一串红盛开的庭院里举起了遥祝玉华快乐的酒盏。当然，我们也似乎感受到玉华你遥远的祝福。

我们的中秋节过得很圆满很快乐。"圆月"的有你妈、我、向华和你哥（你嫂回娘家了）。为过节，矿上购了许多东西。我领到 10 斤油、2 斤月饼、10 斤带鱼、20 斤苹果和 2 斤酒。安平送来了一箱酒、四只鸡和四斤月饼。你哥送来了两只鸡、四条罗飞鱼，等等。可谓丰盛吧！

你和黄璐都报了人大政治补习班，太好了。我也早知人大在政治学科方面高出其他高校一筹。为考研做好充分的准备，多掌握必须的知识。精力上经济上都应多一些付出，极为必要。你不用为花钱担心。因为对你来说，这是人生的里程碑。不论从哪个角度来说，都应搏一搏。

你谈到报哪个学校举棋不定的问题，我的认识是：认准了的，就毫不犹豫地走下去。你认为报哪个学校合适，对你有利，就去报那个。不要为外因（他人）所左右。这个问题，来不得半点面子。不知你同意我的观点吗？

接你 8 月 22 日的信，给你的复信收到了吗？我的一位年轻的同事准备明年报考研究生。他托你买两本书。即：人大何伟主编的《政治复习大纲》和国家教委下发的《政治考试大纲》。望你尽快买到邮来，以了却我的一桩心事。

你还有一封迟到的信件，随信寄你。这封信是开学后，阅览室管理员于昨天送来的。她说是整理假期积压的报纸时发现的。你妈推测可能是黄璐的信。我想，这封迟收的信对你也肯定是莫大的快慰和温馨。

随信汇去 150 元。先花着，什么时候用钱你就及时来信。

另外，考研报哪个学校，你最好多征求和听取黄璐同学的意见。

并向黄璐同学问好。

并祝

愉快

想你的爸爸

1992 年 9 月 13 日

087. 致春华

（1992 年 9 月 16 日）

春华：

你好！中秋节过得快乐？是在学校过的？还是在你的好朋友书萃家过的？

十五的晚上，这儿虽是"云遮月"的天气，但我们还是围坐在一串红盛开的庭院里的餐桌上为你举起了遥祝"愉快"的酒盏。我们的圆月过得很丰盛也很愉快。

我和你妈最挂心最想念的就是你。因为你是远离我们最小的孩子。所喜你个人的独立生活能力较强，衣、食、住、行、学，都能自理，也就免去了我们的一份担心。

上次你妈从你那里来后，首先告诉我：春华的精神状态很好！我听了真高兴！我深知，精神状态对一个人来说实在太重要了。一个人之所以能够在最困难的境遇下坚持下来，首先来自他精神的支柱！

不知你现在的身体怎样？头晕症好了吗？还在服药吗？望你首先注意饮食，多吃些有营养的食物，尽量吃你爱吃的食物。食欲强，饭量大，可抗百病。

再者，你们的学习一定很紧张，望你思想上一定要放松，不要把名次看得太重。风物长宜放眼量。万不可犯急躁情绪。对人对事对学习都要避免急躁。

兜里的款项如何？你妈在二十天之内一定去看你。

就写到这里吧。

顺祝

快乐

盼复信

附：励志篇——赠春华

△ 逆境，对弱者来说，是走向毁灭的深渊；对强者来说，是走向成功的阶梯。

△ 在你生命的闪光点里，只有事业的核原；在你事业的天空中，只有意志给你奋飞的翅膀；在你意志的航船上，只有追求给你前进的动力。

△ 在拼搏中领略风采，在理想中寻求价值，在痛苦中取得成功的欢乐。

△ 水激石则鸣

人激志则宏

想你的爸爸

1992 年 9 月 16 日

088. 致玉华

玉华：

9 月 20 日的信，我是前天（9 月 30 日）从故里回校后才见到的。

就先谈一下我及你妈、你哥、你姐这次回故里祭奠我的仙逝的双亲的情况吧。为祭奠你仙逝祖父母，原定于农历的十月一日举行祭奠。谁料，时间提前到农历的九月初二（公历 9 月 27 日）。我们是公历 9 月 25 日回老家，丧典过后的 9 月 30 日返矿。一切都很顺利，一切都很圆满。我们（你妈、哥、姐和我）专程到嘉祥一中看望了春华一趟。你姐文华自己看望了春华一趟。春华的精神状态很好，也望你免念。

从信中了解到，你为考研忙于复习、补习、借书、购书。我想，你一定是十分艰苦和辛苦的。你为考研，为拜导师，多跑一跑，我认为，这是绝对必需和必要的。在此，我劝你为保重和爱护自己的身体，一定要尽量吃得好一些，多吃一些有营养的食品。这是个根本，只有有了健康的体魄，才能有能力应付一切。你可放心地去做你应该做的一切吧。不要怕花钱。我们知道，93 年 1 月 11 日以前的每一天对你都很关键。

我们是你坚强的经济后盾。文华说，安平给你寄去壹佰元钱，不知寄出或收到了吗？晚几天我再给你汇 200 元。

何伟的书早已收到并及时送给了我的同事。他向你表示感谢。

咱们全家人向你祝福，也向黄璐同学祝福！再见！

并祝

加倍珍爱身体

赠玉华

人生能有几回搏

此时不搏何时搏

且看明朝身手试

磨难终归有酬日

又及

想念你的爸爸

1992 年 10 月 2 日

089. 致玉华

亲爱的玉华儿：

上午给你刚发一信，下午你妈从兰陵回来捎来了你姐托人机织的毛衣给你。

你姐始终在牵挂你。她昨天给你的百元款汇去了。

晚几天，我要再汇的 200 元是我即将领取的"三十年工龄"荣誉奖金（同时发给荣誉证书）。

咱们全家人都在期待着你、期待着你的成功！咱们全家人都将全身心地支持你、支持你鼓足勇气、满怀信心地去战胜一切困难。

再见

全力支持你的爸爸

1992 年 10 月 2 日

090. 致玉华

玉华：

近来你一定学习特忙。

时间过的真快呀。自接你九月二十日的来信之后，已经二十几天没再见到你的来信，让我想得好苦啊！

这期间，我曾于十月四日给你寄去一个小包裹（内装毛线衣并两个塑料皮本、两个备课本），十月十九日给你汇款 200 元。想你接到这些物款后该给我写封信的，也许你给我的信正在途中。

你妈在兰陵住了八九天之后，于十月二十二日同文华母子一同来矿。你文华姐大约能在这里住六七天。

晴晴长得越来越活泼可爱。你妈和我身体壮实。向华学习一直稳步提高。望你不用惦念。

上次寄包裹时塑皮本内有一信，不知看到否？

你文华姐从兰陵捎来的呢料上衣并几个本子给你寄去，望回信，有什么困难告知。

并向黄璐同学问好！

在此，你文华姐向你问好。她说，回兰陵后再给你写信。她十分想念你。

想念你的爸爸

1992 年 10 月 27 日

091. 致玉华

（1992 年 11 月 3 日）

玉华：

可好？学习一定非常非常地紧张。

自接你九月二十日信后，至今已有四十多天了，仍不见你的信，让我心里好挂念呢！

这些天，天天盼你信；又天天见邮递员来后而大失所望。

这么长时间里，你会给我写信的。莫非投错？丢失？还是别的什么？我想不通。

这期间，我曾于公历十月四日给你寄一小包裹，内装毛线衣等物还夹有一信。于十月十九日又给你汇款 200 元，十月二十七日还寄去一包裹，内装呢料上衣、记录本等物又夹有一信。

我想，所寄钱物总应该及时收到吧？

望你接此信速回一短信，以免我念。

我和你妈、向华等均安，你文华姐来此住了一个星期已回兰陵。

玉华，距考研那天仅一个月多点了，不知你准备得怎样。我以为，首先要有思想上的充分准备，要有打胜仗的信心。两军对阵，勇者胜嘛！对你的人生来说，"考研"又是一个新的台阶，一个新的里程碑。伟大的理想，必然会产生伟大的原动力。

当然，神经的弦也不能绷得太紧，那样会有损于自己的身体。心理素质往往是成败的决定因素。

黄璐同学功课准备得如何，望你俩相互勉励，相互支持，多多商量。

祝你们
成功并珍重身体

想你的爸爸急就
1992 年 11 月 3 日

092. 致文华

（1992 年 11 月 12 日）

文华：

小伟捎的信收悉。

你妈于今天早晨(11 月 12 日)回老家看春华去了。

玉华也已经给我回信,她现在学习极紧张。

孟伟回兰陵,我怕她太累,只给晴晴捎去一小棉袄和你妈妈托人织的小线裤。

给你们留的苹果,等你妈去你们那里时带去吧。

并问安平好,祝你们好好工作,团结同志,把晴晴看好,也望文华干食堂工作一定要细心,不能马马虎虎。

祝

全家平安

爸示

1992 年 11 月 12 日

093. 致玉华

（1992 年 11 月 24 日）

玉华：

可好！

你 10 月 25 日、11 月 9 日的信均及时收悉。勿念。

每接到你的来信，都让全家欢喜，争相传看。

我非常赞同你所取的态度："……目标不在于能否到中财，而是能否上基本分数线。"考上研，当然很好；其实，考不上又有何妨？前几天我与回矿探亲的朱增新（原北外毕业生，现在国家海洋局工作）深谈了一次。他倒极不赞同考研这条路，说是耽误"机会"。我不赞同他的观点。我一直认为：青年人应多学习，多积蓄知识，才是真正的"资本"，才有报效祖国真正的"本钱"！更何况祖国飞跃的发展，愈来愈需要一大批具备真才实学的高层人才。尤其是社会主义市场经济体制的确立，高级知识分子愈加宝贵，愈加大有用武之地。只是，我不希望为此太"过度"了。我希望依然保持一种宽松的心境。还是那句老话：唯健康的体魄才是事业成功的"本钱"之本钱！

通过种种最大的努力，万一考研失败，那也不应"失意"。因为那"种种的努力"对你已大大地增长了知识和见识，这不也是极珍贵的收获吗？

当然，我们是多么地希望成功。我要强调的是你一定要正确对待，要有两手准备。

同意我的上述观点吗，玉华？

另外，我与你妈及全家人平安如意，望免念。你妈前几天回老家一趟，到了嘉祥一中并住了一宿。春华学习成绩依然名列前茅。特别让我们高兴的是，春华精神状态极佳，头晕症已基本消除。

祝你

欢乐

想你的爸爸

于 1992 年 11 月 24 日凌晨

094. 致玉华

玉华：

首先祝你新年好！

来信早到。实在由于校事、家事太多太忙没能静下心来才迟迟未复，让你悬念。

考研日期迫近，不知怎的我在兴奋之余还有一点稍稍的紧张。你亦如此吧？还是胸有成竹而处之泰然，泰山压顶心未惊！？我倒期望你属于后者。是三天的考试吧？在此送你三句话。第一天送你：旗开得胜；第二天送你：乘胜前进；第三天送你：再接再励。望你在三天考试的每天早晨能心念这三句话，一定会收到良好的效果。人，就应该具备压倒一切的气概！

另外，咱们全家都非常想念你，望你放假后争取早来。何时返鲁，希望来信告知，我好去接。还用钱吗？

咱全家人等均安，望免念。

向华的学习成绩依然呈上升趋势，年级的金交椅还非她莫属。

祝你

万事如意

并向黄璐问好！

> 想你的爸爸急草
> 1992 年 12 月 29 日

095. 致玉华

玉华：

新年好！

昨发一信，今再写一信，并无大事。今天是九三年元旦，你一定过得挺愉快吧？是否也舍得好吃了一顿——穷学子常常是为省下一个铜板购一本书而不舍得吃一块雪糕。

前几天看报，《光明日报》发了一条消息：北京财贸学院邀请北京各大专院校举办理论研讨会（学生参加的），你是否也参加了那次会？

另有一件事，望你注意帮办。

最近光明日报连续登载一本《考试》杂志创刊征求订户的消息。看了这个刊物的宗旨和读者对象的介绍，我认为给春华订一份太好了。我和当地邮局联系。他们不给办理，说是时间晚了。没办法，只好让你给想办法了。你身处京都，大概从你们那里好办一些。第一期即将出版发行，望你想办法到零售亭或直接到出版社买来这一期。为了求得知识，绝不要怕花钱。

（附剪报）

祝你

考试成功

父字

1993 年 1 月 1 日

096. 致春华

（1993 年 1 月 5 日）

春华：

新年好！我们都想你！

寒假将至，期末考试临近，你们的学习一定是辛苦加紧张了。你的身体可好？

最近《光明日报》发消息："高考升学复习的指南：《考试》杂志将与读者见面。"双月刊，逢单月出，全国首家，中学教师和考生的良师益友。为给你订一份，我跑到邮局，回答是订晚了。我说是新创刊的，回答是不予办理。为此我已给玉华去信并让她想法在学校订一份，订不到也要到北京的杂志零售亭或《考试》的出版社买到。我相信，玉华一定会尽力办成这件事，我也相信你读到这本刊物后一定大加受益的。

你们三天的考试，我送你三句话。第一天：旗开得胜；第二天：乘胜追击；第三天：再接再厉。重要的是：要保持良好的心理状态，从精神上心理上有压倒一切的勇气。

另外：你们放寒假的日期不知具体时间，还用接吗？大概也放不了几天假，因为是高三，正月初四、五就得上学，所以望你不要带太多学习书籍回矿。我认为，应以"休整"为主，吃好玩好休息好，养精蓄锐为上策。

最后，咱全家祝福你身体好，学习好。

顺祝

愉快

想你的爸爸
1993 年 1 月 5 日

097. 致春华

春华：

你二姐离开你那里于当天中午就平安地回到家里。听玉华讲，你身体已康复，我心甚慰。从你上次的来信中知你在期末考试中再次夺魁，越加让我充满了信心。

我多次对你说过，学习与身体都同等重要。你尤其应该注意身体的健康。为增强你身体的免疫力，我同玉华都从医院的大夫那里得知一种增强人体免疫力的注射剂——丙种球蛋白。听玉华讲她在你那里时听到个别"医生"说有"传染"什么的传言，并且你又产生了疑虑。为此我又到大医院请教了几位大夫。他们的回答是：这种免疫苗全是从健康人体经过检验后提取的，注射这种药有百利而无一害。个别"医生"的误传纯属无稽之谈，纯属故作高明之举。望你不要有任何疑虑。你放心地注射这种免疫针吧！你将会发现，注射后的效果将是极好的，你的身体一定会健康起来。另告，最近工作较忙，下月（三月）初一定到嘉祥一中拜访你们的何老师及校领导。并祝书萃同学、春梅侄女学习进步。

顺祝

愉快

父字

1993 年 2 月 18 日

098. 致玉华

玉华：

从上周六就盼望着看到你的信，今天（周二）中午算是盼到了。我从学校急忙骑车赶到家里，展开信纸，用我感情色彩较为深沉的准普通话，同时朗读给你妈和向华听。我们一块儿分享着你的祝福和你的佳音。

首先，我与咱全家人为你平安抵青，并受到革命大家庭的热情款待而感到安慰、欣慰、快慰。再是，为你考研成功而合家欢乐、幸福。这一步，实在是趋之艰难啊！为此，你付出了多少困苦和心血呀！

去年，我曾预言，九三年，我们家三喜临门：玉华考研、春华高考、向华升高中，均将大获成功。玉华是旗开得胜，捷足先登，我们家三喜临门，大有希望，因为一顺百顺嘛。

关于你的分配问题，我自然希望你也能留青岛。然而，亲爱的玉华呀，你爸爸在这个问题上确实是心有余而力不足，甚至都不具备"莫及"的"长鞭"。

当然，你信中也提到："留到大城市还是中小城市不是心中的一个障碍。"话是这么说，但作为父亲的我，不能为女儿的心愿作出满意的选择，实在是我的一大憾事。在此，请女儿谅解我。

我曾不止一次地对你说过：关键还是在于你个人的奋斗！过去，我曾对你说过这样的话：世界就像一个绿荫场，随时都有射门的机会，问题就看你的临门一脚。事在人为。

玉华，你一定充满信心地奋斗吧！任重途长，天看旗帜，地看身手，远征才觉征途欢。一个有搏击精神的人，对待困难的态度，应该永远是乐观的，而绝不是忧伤。你应该学习登胜的豁达、大度，以及应变能力，还有不知疲倦的进击精神。

另外，咱全家人均安，勿念。

祝

顺利

盼你"考研"的下一个喜讯。——又及

父字

1993 年 3 月 2 日午休急就

099. 致玉华

（1993 年 3 月 23 日）

玉华：

　　三月十八日的来信收悉。我及咱全家人都兴奋极啦！不论在哪个大学读研究生都是"研究生"呀！这是令多少人羡慕的一个学位啊！

　　我及咱全家人为你感到骄傲和荣光。

　　我看罢信后，还为你打心眼里高兴：我们的玉华还真学聪明了，学得会办事了。我极为高兴地支持你那样做。

　　人总是要讲一点礼尚往来嘛！这就叫联络（或曰通洽）感情。《红楼梦》里有一句极富哲理的话：世事洞明皆学问，人情练达即文章。一个有修养的人，就应该多懂得一些"世事"与"人情"才是。很多青年人到一个新单位，常常因为缺少这方面的学问而被人取笑。

　　春华现仍在嘉祥一中，她需等北科大的录取通知书（约下月底）。

　　向华在日夜兼程地学习，信心十足。

　　你哥已于近日上班了。还有一个喜讯：你嫂于三月六日晨生一男婴，取名世通（是世字辈），你说这名字叫得好吗？

　　你妈及我身强体健，望免念。

　　随信寄去 200 元，望查收。

　　祝

万事如意

父字
1993 年 3 月 23 日

100. 致春华

（1993 年 3 月 26 日）

春华：

你的来信今天下午收悉。知你身体健康且摸底考试成绩又名列前茅，我及咱全家人都极为宽慰。你在学习上的执著、刻苦精神，让咱们全家人为之倾倒。人，是需要一种精神的，这个精神就是不甘落后永往直前的精神。

春华，我回矿后本想立即给你写信的，奈我回校后的这段时间工作太忙了，除了工作之外，还需操几方面的心，所以终日忙的"焦头烂额"，所以才迟迟没给你及时写信。我想，你会原谅的，对吧？

对啦，还有一个喜讯得告诉你——你记生嫂已于三月六日晨（我正在嘉祥时）生一男婴——取名世通，你一定高兴吧！名字起得漂亮、高雅吗？

关于你信中提及的几个主要问题，兹提出我个人的见解如下：

第一，何老师"说上这个学校有点屈……怕是什么思想政治系。"其实，何老师的这个观点我在嘉祥一中时，他就说过了。由于我与他的立足点可能不完全相同，所以我至今不能接受他"屈"的说法。如果说北科大同北外，相比较也许稍逊一点；如果说完全有百分之百的把握考取北外而舍此偏上北科大，那也许有点"屈"，然而，我一直认为：任何一名高材生也不敢打包票，准能考中。更何况任何一名高材生都有个"临场发挥"问题或别的临考意外问题。这决不是危言耸听。期望值很高的考生结果没有实现理想的也决非凤毛麟角。应该说，玉华就是一例。根据历年的录取经验，第一志愿没有录取（如果是一类大学）至少要降到二类，甚至三类。作为一直关怀你成长的父亲的我，自然是希望你考取最热门的院校。然而在我作了千思万虑的权衡之后才作出了同意"保送北科大"的这个最佳选择的。北科大的牌子绝对是当当响的。将来的分配从某种程度上讲也绝不会亚于北外的。

第二，关于"还说怕是什么思想政治系。"对于这一点，梁校长对我讲过：文科过去是学政治思想理论，但现在变了。因为现在我们国家搞社会主义市场经济体制，大学的政治思想专业都改为管理系，倾向经济管理这个专业而设置课程了。搞政治的首先研究经济理论。这是个社会发展方向。你想，从校名的定义上，也不会设置什么纯政治理论的专业。政治思想专业应该是"教育学院"或"马列主义学院"才设置的东西，不然叫什么"北京科技大学"呢？这是我的认识。更主要的是：在我与玉华的第三次通话时，玉华讲了她与黄璐爸爸的对话。黄璐爸爸的原话是这样说的："北科大这所大学很好，不论哪个专业分配都极好，毕业分配的去向都是大机关或大企业。不论哪个专业都设计算机课程，很有前途。"

第三，假如是"政治思想"专业，你实在不乐意，我决不参与意见并不愿为难你。你可以放弃这次保送。但从我掌握的情况知道，上北科大的任何专业都远比山大的哲学系好一千倍。

再说，学任何专业都不可能定终身，本科毕业再考研究生嘛！即便是再好的专业也可能存在分配不能留大城市大企业的问题。最关键最重要的是：能够上北科大就是胜利！至于别人怎么说不去管他。

以上是我个人的并不一定都正确的意见。还有，你们的何老师拿北科大的"政治思想专业"比近年热门的外语、金融、外贸，也许不够理想；但如果你有绝对把握的话，你也可以放弃这次保送；但是你还应该把自己的成绩作横向比（即与嘉祥一中以外的比）。要知道，每年北外这些学校招山东生不过十人左右。再说，何老师的话都对吗？

你妈也急着去看你，但要等世通满月才能成行。大约十天左右就去你那里。我仍然希望你平心静气地把学习搞好。

玉华前几天来信说，她不准备回青岛了，是这月的八号去的北京。因为玉华已考上研究生。三年研究生后就留北京工作了。

不管遇到高兴的或者不高兴的事，都要保持良好的心理状态，这对提高学习效率是至关重要的。

对了，写到这里正该吃早餐了，我与你妈当即决定，你妈明天要亲去嘉祥看望你,所以就到此止笔吧。详情你妈与你面谈吧!

  祝

思想愉快

  (附玉华给我的信,保存好)

想念你的爸爸急草

1993 年 3 月 26 日

101. 致玉华

（1993 年 3 月 30 日）

玉华：

前天给你发去一信并汇款 200 元,收到了吧? 今天又写信,是因我接到春华的信,有些事要对你说。(附春华给我的信)

给你写这信的前一分钟,我刚写好了给春华的六页长信,并当即决定由你妈携信明天去嘉祥一中看望春华并做消除春华的疑虑工作(可怜天下父母心!)。

为消除春华听信何老夫子(我以为他对外面的世界知之甚少,这不能算是小看他)上北科大"屈"的疑虑和精神压力,你应尽快给春华写一信。

我给春华的信重点阐述了以下几个问题:

第一,关于何老师说"上这个学有点屈……怕是什么思想政治专业"。由于我与何老师的立足点可能不尽相同,我至今不能接受何的"屈"说论。如果说北科大同北京外语学院相比较稍逊风骚的话,也许是事实;如果有百分之百的绝对把握考取的话而硬让保送北科大,那也许有点"屈";然而我却一直认为:谁也不敢打"包票"。因为任何一名高材生都有个"临场发挥"问题和考前的意外问题。万一临考哪怕有一点头疼脑热这样的小毛病发生,也会因一分之差而失之千里。那就真的成了"一失足成千古恨"了。这绝非危言耸听。应该说,这是屡见不鲜的。何况当今中国市场经济体制的建立,学文科政治专业的也重新设置课程了。搞政治思想的也首先研究经济理论,不能外行领导内行了。这是社会发展的方向问题。我想北京科技大学之所以叫"科技大学",那就肯定不会设置"纯政治理论"的专业。若此,改为"教育学院"或"马列学院"不更切题么?!

而且,玉华听黄璐的爸爸讲,北科大的毕业生去向好:大机关、大企业之类。

第二,北科大的任何一个专业都要比山东大学的哲学系好千倍。

再说,学任何专业都不能定终身。也可以学第二专业嘛,也可以继续考研嘛。更重要的,这是北京的一所大学,学成以后留京工作的可能性很大。再说,玉华又在京学习,你们姐妹也能有经常见面的机会,有啥事也好商量。

第三,据说,不论北外、北科大,或北京、上海的金融方面的名牌院校,招山东考生人数很少,只不过十人左右。今年嘉祥一中的应届生的学习成绩,据梁校长讲:"比历届都差,多次的考试成绩最高分在 470 分左右,比玉华那届差远了。"如此说来,春华的成绩作横向比(指外地高材生)并不占优。再说"保送生"将意味着某种荣誉的象征。非品学兼优者总不会被保送吧?

第四,春华实在不满意这所学校、这个专业(管理系、政治思想专业),我绝不勉其所难。

玉华,以上是我个人的意见。望你接信后,急速到北科大了解清楚。你认为可以,就立即给春华写一鼓励性的长信;实在不行,也速给春华复信:"放弃保送"。

你母亲回来说(她二十七到嘉祥,昨天即二十九回矿)省市三好生、优秀班干名额已各有其主了。春华保送,故没给这个"光环"。

祝

顺利

想你的爸爸

1993 年 3 月 30 日

102. 致春华

（1993 年 5 月 18 日）

春华:

　　你回校快一个月了吧,我们十分想念你。

　　也没见你的来信,不知你近来可好吧,一切顺心、顺利吗?

　　晴晴在这里住着,已送来快一个月了。你妈看他。我们也都很忙,所以没大事就不看你去啦。还有钱花吗? 不知你何时离校。你何时离校,可事先来个信,我或你妈好接你去。因为你离校需把所有的东西带来,你带不动,我们要亲自到嘉祥一中接你去,望回信告知。

　　祝

愉快

　　　　　　　　　　　　　　　　　　　　　　　　想你的爸爸

　　　　　　　　　　　　　　　　　　　　　　　　1993 年 5 月 18 日

103. 致春华

（1993 年 6 月 3 日）

春华：

两封来信均已收到，读后甚慰。

收你前封信时就准备给你复信，无奈太忙，并且当时你妈已去兰陵，想等她回来写信，可巧你妈回来了，你的这封信也到了。

你说借春梅的百元钱不急着还，我就不邮寄了，等我这月十五、六号去你那里时带去吧。

通知书来了，先由你们的吴主任保管也好，这样安全些，也是对你的负责。

我考虑，保送生留校学习，也是为了稳定其他考生的情绪，多学习一天就会有一天的收获。班主任让帮忙做点事情也是一种信任，你说是吧？

别的保送生是否都在校？你就随大溜吧。

你二姐玉华给你去信了，也给你文华大姐去信了。据文华前几天来时讲，这学期玉华总共给文华写了两封信，而这次是向文华告急——钱兜又出现了"羞涩"才发的信，文华不负二妹"厚望"，立时汇去一百元。你们的命运总算比我强，自四月中旬接到玉华来信告之"接到中财复试通知了"的信后，再没见到玉华的来信。我上次给你信的同时也给玉华发去一信，只可叹泥牛入海无消息。

我知道玉华先忙于准备复试，后忙于写毕业论文，确也是个大忙人。于是我对于玉华的迟迟不给我写信，也就慢慢理解且渐渐淡化我的"悬念"意识了。"理解万岁"，这句响亮的口号又一次在我的心中升腾起来。

真是个多味人生！

也谈一谈向华吧！这位一直以成绩居全年级之冠的芳名在二校如雷贯耳

者，在这次全市初中应届毕业生会考中饮恨，从一个学业姣姣者，变成了"中不溜秋"者，从原来在二校的第一跌到了第七！而且距二校的第一名相差 30 多分。莫说不能报考市三中，能考取矿务局一中，也有点悬乎。

何哉？自然是事出有因。主要原因，是她这学期的劲头大不如前。一二个月前，她的班主任老师、中学教导主任、副校长就都给我通气：向华上课或睡觉、或不听讲课自己偷看报，等等。她自己也完全承认。

思想原因？到现在我也不清楚，她当然也不告诉我。从昨天看，向华才认真学了，但愿她不负众望。

祝

愉快

父字

1993 年 6 月 3 日

104. 致玉华

玉华：

想来特忙，一切可好？中财的录取通知书是否下达？听我校考研的一位在职教师说，研究生需上报国家教委备案，约在六月十五日前后下发通知书，不知对否？

我在五月十八日给你发去一封信，不知收到否？自接你四月中旬的一信，已有五十天了。不见你的来信，甚为想念。前几天接到春华的信，说已收到你给她的去信；前几天你妈从兰陵归来，说你已给文华去信，我悬着的心才算落下了一半。因为我从你给春华、文华的信中，得知你近来尚好。听说文华给你寄去了一百元，算暂时了却了我的一桩心事。

近几个月来，我们家庭的开支确实够大的。不算你，不算向华，单是春华一人这学期以来已花去近千元（含四百元"保送金"——今年嘉祥一中新立的名目）。因搞住房改革，我们住的两间房应交住房租金 240 元（已交）。

还好，你文华姐（还应该包括安平）的确帮了我很多忙。每当我在经济上处于困境时，是她一次又一次地伸出无私的援手。是的，尽管她是我的女儿，是你的亲姐姐，我们还都应该感激她，感谢她！

你不用担心，我和你妈现在生活得很充实，很乐观，也越发对生活充满了热爱和信心。对我和你妈最大的精神安慰，是你们姐妹四人都给我们争气！听说你七月底回来，我们渴望着能早一天见到你。什么时候用钱，望早来信告知。

顺祝

愉快

父字

1993 年 6 月 6 日

105. 致文华

文华、玉华：

孟伟捎的信收阅。

我已于七月十二日早七点许顺利回到莱村的家。

我是随枣庄局组织的一行 23 人的旅游团体乘枣庄局的大客篷到"山东煤矿职工杭州疗养所"的，来去 12 天，所到之处或观光景点，均乘我们的大客篷专车，所以旅游极为方便。

杭州住了七天，之后到绍兴一日游，之后又到苏州玩、到南京玩。此次旅游还是挺有意义的。主要的景点都游览了。每到一处均留影以作纪念。

鉴于经济状况，没敢买大东西，给你们分别买了点小穿着，也算我的杭州之行给你们的一点纪念品吧。

晚几天我去枣庄时，将送春华到你们处，详谈吧。

给玉华的小穿着，等我去时捎去吧。

父字

1993 年 7 月 15 日

106. 致玉华

（1993 年 9 月 11 日）

玉华：

　　你一定在盼望着这封信吧，其实你妈从北京回来的当天下午就催我给你写信，说是怕你挂念。嗨，全怪爸的手懒呀，到今天(9 月 11 日晨)才给你写信，让你挂念了，抱歉。

　　迟到的消息：你妈于六日下午一点安全顺利地到家！

　　当时我刚吃罢午餐，听到一声门的响动，原来是你妈翩然而至，我高兴地迎上前去。但见你妈疲惫的身子，面容却洋溢着兴奋。啊，她从祖国的首都归来，从相亲相爱的两个女儿身边归来，自然是一路再苦再累也不觉得苦累而是满心的欢愉了。当时我想。

　　你妈说，你与你的同学三人送你妈到车上。当列车启动后，她的心还留在北京呢！

　　我看到了你妈和你在北京的一些景点拍摄的照片。摄得好洗得好，我极高兴。

　　你们已进入正常学习了吗？前天接春华从昌平军训基地的来信。字里行间透着春华昂扬的精神风貌。她说，让我们放心吧，军训虽然很苦很累，但她表示一定经受住锻炼和考验。我与你妈看信后很高兴。春华还说，到昌平后共交各种费用 121 元，尚余 80 元。

　　玉华，我和你妈都认为，虽然你年龄尚小，但你的文化知识毕竟是高层次的，社会知识也较丰富了，总之你已经变得成熟起来，所以，我们对你各方面都比较放心。而对春华，我们(当然也包括你)应给予较多的关注。她在社会知识及人际交往方面还幼稚得很。她又在你的身边,你这个当姐的一定注意对她多多关心和帮助。不管生活上学习上均应如此。星期天或周末你要抽空去看看她呀!这就是我和你妈对你的"拜托"了!

　　另外,快到中秋节了,望你们姐妹二人与同学们过一个愉快的节日。

　　放心吧,你妈、我、你哥嫂、骄骄、通通均好,望免念。

　　最后要求你抽空写封信,把你们的学习、生活等情况详细介绍一下,是盼。

　　祝

进步

想念你的爸爸

1993 年 9 月 11 日

107. 致春华

（1993 年 9 月 16 日）

春华：

你的来信早到。读罢信后，我和你妈及全家人都异常高兴。消除了我们怕你的身体经受不住军训之苦累的担忧。更感动于你鲜明的态度："军训……也很有意义……的确很苦很累……我会经受住考验和锻炼的。"

今天才给你写信，是为了让你军训结束回校后能见到这封信。

春华，你妈是九月五日晚离开北京六日中午回到家中的。一路风顺，望免念。你妈的这次潇洒的北京之行是有特殊意义的，她感到满意。我们为她能见识见识外面的世界同样感到高兴。你妈所感到"缺憾"的一点是，离开北京前没能再到昌平见见你。她心里一直装着在首都人生地不熟的三闺女呀！

你们的军训快结束了。我们在猜测着，春华一定变得又黑又瘦了，春华也一定变得逐渐成熟起来了。

中秋节快到了。国庆节也快到了。祝你节日愉快。前几天给玉华写去一信，我嘱她尽量在周末或礼拜天多去你校看你，并最好在一块过节。

我和你妈、你哥嫂及全家人均安，免念。

今天又接玉华的信，她是六日入中财并顺利地办好了一切手续。她说，她将以"争强好胜"一以贯之的精神学好研究生的所有课程。

最后，望把你的学习、生活及学校等各方面的情况写信详细介绍给我们。

祝

进步

想你的爸爸

1993 年 9 月 16 日

108. 致玉华

（1993 年 9 月 19 日）

玉华：

九月十日的来信收悉，甚慰。你的信又走到我前头了。我九月十一日给你发的信，想你也已收到。

把信读给你妈时，我发现她的眼睛湿润润的，显然我带着感情读、她带着感情听，动情于你带着感情写的效果。

不，你不应也不必"……而深深后悔。"你妈完全理解你。她反倒认为在北京逗留期间玩得很好，生活得很有乐趣。是的，你妈潇洒的北京之行给她留下了永远的温馨的记忆。

"我这人争强好胜习惯了，大概这两年半的日子也不太轻松。"我首先赞赏你的这种精神。因为唯有这精神才能学有所成，才能实现大志，但我也不愿看到你太疲累，要适可而止。

上次给你的信，嘱你尽量关照春华。这里再加一句：你还要尽量原谅她、开导她、帮助她。中秋、国庆两节一块到来的时候，你姐妹俩也尽可在一块度过节日。不要过于节俭。

前天给春华发一信，她说十八日回校，我的信她应在到校的第二天收到。

现在你妈、我、哥嫂、通通、晴晴（现住这里）都好，望免念。尽管中国的大部分企业经济效益很不景气，但八一矿还是发给了每个职工过节的食油（10斤）、酒（四瓶）、月饼（二斤）、苹果（十斤）。我们这里家家都会过一个充实的节日。

最后要求，不要等到钱兜羞涩时来信，要预告。你别忘给你姐、四妹写信。

预祝

节日快乐

念你的爸爸

1993 年 9 月 19 日

109. 致春华

（1993 年 10 月 12 日）

春华：

节日快乐！

来信收悉，甚慰。接你信恰逢中秋节这天，你的信无疑给咱们家庭的节日生活增添了许多的欢乐气氛。

咱全家高兴地祝贺你在军训期间经受住了锻炼和考验，从而也提高了觉悟，增长了才干。

知道你们同宿舍的七位同学"相处很好"，个个学习刻苦、成绩优秀而且多才多艺，我为你感到高兴。高兴你能和这许多有才华的同学相处，对你个人的各方面的提高将是极大的促进。变压力为动力，迎头赶上并超越别人才是你的奋斗目标。这也是我的希望。

你们的课程设置显然是根据"现代化人才"的要求而设置的。社科系培养出来的人才应该是能掌握各种知识的通才！你说是吧？

北京的(其实何处不如此！)生活费用较高是肯定的。这一点你完全放心，我们绝不会担心你浪费的，只希望不要亏待自己的身体。

接你信的次日汇去百元，望查收。

晴晴已来此多日。你妈及我们全家均安。向华的学习，据我所知，她现在抓得很紧，她清楚个人的前途。望你放心。

另外，不知你校做贷学金这项工作了吗？你最好也申请，根据咱的家庭状况，我看批准申请没问题。如填家庭经济状况调查表，应如实填写：家庭五口人(父亲、母亲、二姐、四妹和你)，父亲工资 200 元，人均 40 元。

祝你

快乐、进步

父字

1993 年 10 月 12 日

110. 致玉华、春华

（1993 年 11 月 4 日）

玉华、春华：

你们俩于上月中旬（10 月 13 日、10 月 19 日）分别发给我的信，已先后收到。因我最近一段时间工作太忙，事多，所以迟迟没有给你们写信，你们一定等躁了吧。

我和你妈为你们姐妹二人能够在周末或节假日经常聚会感到高兴，放心了许多。春华毕竟是初进京城，能够得到二姐各方面的指点、帮助，应当说是一种幸福。我们也深深地相信，玉华一定能够当好其妹的"参谋和顾问"。天底下，再没有比亲姐妹之情更真诚更深切的了。

我为春华能在 1100 多名新生中入选 150 名的英语快班感到高兴。这证明，春华的英语水平还是有实力的。我同样相信，春华的各门课程的成绩，都是未来全班第一名的实力雄厚的挑战者！

关键是执着的追求和"非我莫属"的自信心！玉华和春华都具备这种心理素质。这是顶顶重要的。

你们二人的学业都极重，别忘记，身体是第一位的。只有健康的身体才是学习好的保障。我绝不希望你们为了节俭而亏待了自己的身体。再说，我们也绝无什么大的困难。你妈和我在此向你们进言：为了保证健康的身体，你们一定要多吃些有营养的食品。每个星期天，你们在一块改善一下生活。

我最近忙一些。一是为你嫂的"超生"问题，我曾两次回家办理证件（已办成）；二是校对《煤浪花》小样，现在这件事也完了。昨天我去枣庄把小样直接交给了印刷厂。此书由中国华龄出版社出版，纪念毛主席诞辰一百周年。计划 12

月 15 日在薛城（矿务局所在地）召开首发式。

上月中旬给你邮去的《工会通讯》（内有我的一篇谈家教的散文）收到了吗？

你妈及我的身体都很好。你哥、嫂、天骄、世通都好。小晴晴长高长胖了、聪明多了，就是太淘气了点。嗨，淘气是天真活泼聪明的象征，若是呆若木鸡，那才让我们大伤其神呀。对吧？

暂写至此。再见。

祝

向着目标走

父字

1993 年 11 月 4 日

111. 致玉华、春华

（1993 年 11 月 13 日）

玉华、春华：

你们好！已入冬多日了，想到北京的天气一定较我们这里更冷，望你们注意随时加衣呀，千万不要冻着了。

本月五日给你俩发一信（那封信寄到中财玉华。因你俩每周都能见面，故从上次信都是写给俩人的，并准备交叉发信）该是收到了吧？

玉华 11 月 3 日和春华 11 月 5 日发给我的信，我是十日从枣庄回校后一并见到的（我在枣庄住了一星期，校对《煤浪花》清样）。见到你们的信，是我，是你妈，也是咱全家人最感欢乐的事！

我倒十分同意玉华的"现在似乎知足了许多"的想法。老实讲，我对你的学业是最放心不过了。我想，已读硕士研究生了，确实没必要再像读高中读本科时那样地拼命了。人应该知足。我希望你也能放松一点（我说"放松"，主要指心理上的放松，也含不再"争强好胜"之意），当然，导师所交给的一切任务，都应尽力圆满完成。

春华的期中考试有些课程已考完了吧？ 21 日考英语，等所有成绩出来后，望一并告之。我及咱全家人（也包括玉华）都盼望你旗开得胜！我同样坚信，我聪明的春华一定会不负众望的。

你们的钱快花光了吧？下月初准备汇 200 元，预告。

咱全家人都好，望你们莫念。

向华是本月十一日开始期中考试，等成绩出来后（包括在班内及年级的名次）我告知你们。玉华的毛裤，文华已从兰陵捎来，晚几天寄去。

顺祝

心情舒畅

父字

1993 年 11 月 13 日

112. 致春华

（1993 年 11 月 23 日）

春华：

挂号信已收到一个多星期了。因近来工作太忙，故拖到今天才给你写信，才填写贷款申请表上的有关项目，让你久等了。

天气骤冷。从电视上知道北京下了一场特大的雪，我和你妈十分挂念你们的冷暖。

上周六（11 月 20 日）给你汇去壹佰元。

星期日（11 月 21 日）给玉华邮去一包裹，内有你的皮夹克、玉华的毛线裤，还有两袋饮料等。

考虑到你和玉华每周都能见面，所以我给你二人写信或寄东西，往你或玉华处寄一人即可。在此说明。

关于"学生申请贷学金表"还款栏目里，我的意见是前三条里，填写一、二条哪条都行。

关于和同宿舍或者和班内同学的团结问题，我以为你在信中所论及的"……要想彼此理解很深也是很难的。"这个认识很深刻，也是很正确的。人们的修养、思想觉悟、认识水平不一，所以，对别人的看法会不一样，这是很自然的，也是正常的。俗话说，智者见智，仁者见仁，就是这个道理。切不可大惊小怪。但我想，作为个人还是严以律己、宽以待人为好。经常地注意取人之长、弃己之短，团结大多数，对别人多一点理解，多一些谅解。你说对吧？

我劝你心胸要开阔些，对任何人和事，要落落大方，处之泰然，不去斤斤计较。送你两句名言：人活着都不是抽象存在，是互为环境的。有各种各样的矛盾,有对抗性的,也有差别性的。

世界上最大的是海洋,比海洋大的是天空,比天空大的是人的胸怀。

望你能以名人之言自勉,严格要求自己。

期中考试的成绩下来了吗?我盼望着你的好消息。

向华的期中考试成绩总分 610 分(大体如是)居本班第四名,居年级三十名左右。成绩显然不理想。且看期末考试成绩吧!

天骄的期中考试成绩让人满意,语、数平均 94 分。

另外,你妈及我身健体壮,全家人平安。

望免念。

祝

愉快

父字

1993 年 11 月 23 日

113. 致玉华

（1993 年 12 月 5 日）

玉华：

你 11 月 27 日的信收悉。知你及春华都好，甚慰。知春华比从前胖多了，你也同前一样的胖，我与你妈更为高兴。春华的英语考 79 分，我以为这成绩并不差，何况这一次仅是期中考试。以后，仗是有得打的。而且我相信，春华在以后的每场战役中，会越打越漂亮！其实，你们不满足于"60 分万岁"的进取精神，已令我感觉十分地满意了。

最近才知道，向华的期中考试成绩总分 610 分，较同年级的最高分 730 分，差 120 分之多。其学习实力的悬殊可谓大矣！她的物理只考 38 分。嗨，真是不看不比，沾沾自喜；一看一比，相差万里；不比不知道，一比吓一跳啊！

隆冬将至，怕晴晴冻着，你妈已将晴晴送兰陵。安平及你姐都好，望免念。安平前天来看我们，今天早饭后已回兰陵。你姐和安平都说："玉华还没给俺来信呢！玉华的学习还能比春华更忙吗？"我认为，你应该常给姐写信呀，她是非常关心你们的。对吧？

你这封信说春华收到了百元汇款。给你寄去的包裹收到了吗（只比给春华汇款晚一天）？11 月 24 日，给春华的挂号（内装学生贷学金申请书）收到了吗？盼告。

上次春华信说，她放寒假是 94 年的 1 月 17 日，不知你什么时候放假。你们姐妹二人放假的日期差异不太大，就最好一块离京。

你妈和我及全家人都好，放心。

骄骄的学习也较勤奋。晴晴的口语能力很强了，会说许多话了，看电视时，常模仿荧屏人物,念念有词,且手舞足蹈之。非常惹人喜爱。个头也明显长高了。还是一样的善眉善眼,可棱角分明的唇角透着一股子刚毅。有一次你妈和他发生了意见"分歧",俩人相互不"答理"以示赌气和挑战。小晴晴靠在屋内墙角,一声不吭,嘴撅得能拴个小叫驴。我在一旁偷喜,后来还是你妈采取妥协方针,才化干戈为玉帛的呢!在那近半个小时的时间里,晴晴的"志气"发挥得淋漓尽致,让大人见状为之好喜好笑。一个两周岁的孩子,不哭不闹不言不语以沉默作为"示威"的武器,我倒以为这个性格怪可爱的。

祝你姐妹
进步、欢乐

父字
1993 年 12 月 5 日

114. 致春华

（1993 年 12 月 26 日）

春华：

　　我首先应该说一声"抱歉"——台历"12 月 7 日"一页明白地记载着"接春华 12 月 2 日的信"，而今天是"12 月 26 日"，就是说，接你的信已二十天了，我心实在不安！

　　不过，我还是希望我的春华能原谅我。没能及时写信的原因，实在又是我太忙啊！我的确一直在想念你，也的确一直在想着给你写信。

　　就不谈我忙的细节了。因为明天我又要去枣庄参加历时三天的"枣庄市第二届文代会"，我必须在会前给你写信，不然又要拖到猴年马月去了，那就等于又欠下了一笔厚债。实在于心不忍了。

　　我及你妈还有你哥、天骄都极为兴奋地欣赏你在校园雪景中的照片——简直美极了！红润的面庞成了一个圆，这实在是我们做父母的最大的期盼啊，胖了，是我们的女儿身体健康的象征呀！说明我们的春华没有饿着啊！说明我们的春华精神状态一定不错嘛！我和你妈感到一种莫大的欣慰！

　　春华，时间过的真快呀！期末考试临近。我想，你又一定正在投入紧张地迎考复习之中。我及咱们的全家人在此送你一句话：祝春华努力登攀，再上层楼！并望你为取得学习上的优异成绩，而尽量吃好、睡好，保持最自信最乐观的心理状态。

　　已又近一个月没收到玉华的信了，不知包裹收到否？你们姐妹二人放假能一块回来吗？望回信说明。

　　咱全家平安，免念。

　　祝
一往无前

父字

1993 年 12 月 26 日夜

115. 致玉华

（1993 年 12 月 31 日）

玉华：

　　接你 12 月 22 日的信,看罢甚感欣慰。我对你信中所谈的所有"观点"(用"观点"一词是否确切?)都是赞赏和支持的。诸如,你替父母操心而及时地给春华以帮助(包括适当地"训"其缺点、错误),不能再像从前一样"死读书"等等,都是正确的做法。事实上,"读死书"对今天读高一的向华来说还是有积极意义的话,那么,读到研究生的你则应该更注重丰富一下自己的生活和实际工作能力,适应社会、适应人际的能力等等。当然,这一切都应建立在一个真才实学的基础之上。未来的社会,肯定对那些学有所成者、通才者倍加重视。

　　接你这封信的当天上午给春华发去一信,想她已收到。春华的主要任务我看仍应放在"读死书"上,她必须以取得各科成绩的优异为能事。

　　我近来到过几次枣庄,参加了几次会议:《煤浪花》首发式、枣庄市作家代表会、枣庄市文学艺术工作者第二次代表会等。每次到枣庄都去看望向华,给她捎吃的、穿的。她现在对自己充满了信心。这让我极高兴。我给她的依然是肯定和鼓励。最近她们高一的一次三科竞赛、全年级(300 多人)排名第二十三位,显然有了进步。

　　到枣庄开会时,挤时间到了兰陵一趟。你姐、安平、晴晴都很好。我让你姐看了你给我的信,她说:"玉华说给我来过一次信,我怎么没接到呢?"你姐盼你的信。你姐和你安平哥都说:"玉华、春华放寒假后,千万到俺这里来住吧!"他们想你们之情溢于言表。

　　晴晴长高了,又白又胖又俊,又听话,很惹人喜爱。他聪明过人,常说一些让大人感到惊讶的话。如有一次晴晴的奶奶在厨房洗涮时差点儿跌倒,晴晴闻声,跑到他奶奶跟前,惊慌地说:"哎吆!把我吓死了!"喜得他奶奶逢人就夸小晴晴会疼人,懂事!

小通通自然也让人喜欢了,长得长胳膊长腿,白生生的脸蛋,六个月的时候,大人架着就能迈步走了。

现在举家平安。你妈自然最爱看有关北京的"报导"(电视),也最关心北京的天气预报。似乎"北京"这个词,她最爱听,最感亲切。是呵,她心向北京,情系女儿。说实在的,这也是她精神上的一大支柱啊!

祝

进步

父字

1993 年 12 月 31 日

116. 致春华

春华：

你和玉华元旦愉快！

来信收悉。很巧，接你这信的前一个小时给玉华发去一信，所以给你的复信就没太急，拖到了今天（周日），才静下心来给你写信。

前一时期工作实在太忙，给玉华的信已介绍了个大概，就不重复了。但纵然是最忙的时候，我与你妈也时刻在想念着远在京都的两个闺女的学习、生活以及饱暖……你和玉华常是我与你妈闲聊时的话题。一谈起你们姐妹，我们就来神了，心里就升腾起一种充实和欣慰之情。我这些年来一直有这种感觉：最愉悦的时候，是给儿女们写信；最感欣慰的事情，是阅读儿女们的信件，包括要钱的信件。每当这种时候，我的心田就进入了一种亲情融融的境界，再没有比这更让人感到幸福的了。

春华，期末考试临近，我自然希望你能取得优异成绩，但我同样希望你心理放松，不能影响了身体的健康。

如果你们元月 27 日乘 263 次车来，我到元月 28 日上午到薛城接你们去（玉华来信说到薛城下车，对吧？）。

咱全家平安，免念。祝你们一路平安！

祝

愉快

父字

1994 年 1 月 9 日

117. 致玉华

（1994 年 1 月 15 日）

玉华：

　　元月五日的来信收悉。又很巧，给春华的信刚贴上邮票、粘上封口，又接你的信。又一次精神上的安慰。是的，我一直有这样的感觉：读儿女的信包括要钱的信都给我增添许多的乐趣和欣慰；给你们写信的当儿，也是我的心境最感幸福和快乐的时候。唯有在这两种情况下，也才让我进入人世间最美好的纯真亲情的思想境界。也只有这时，平日里感觉到的"世态炎凉""人情薄似纸"的愤慨心理消失得无影无踪。我越发信奉弗洛依德的那句名言：人生三大精神支柱：事业、婚姻、子女。我体会，这三个方面应是相辅相成、密不可分的。而能够理解父母爱心和苦衷的子女，所给予父母的精神"寄托"，是其他任何方面所不能替代的。

　　你不负海英盛情邀请准备到济南作短暂停留，我当然既同意又放心的。只是希望你尽量在 30 号能到家，不要太拖后。咱们全家人盼望着早点见到你们呢！而且你们来家后的日程也很紧。你文华姐早就对我们要求：玉华、春华放寒假一定到兰陵来住！小晴晴几乎能用"比较懂事，惹人喜欢"八个字来概括他了。小通通活泼的很，也很有"个性"。

　　不知道，上研究生还搞期末考试否？你应尽力帮助与指导春华的学习。多开导多启发，把你在大学四年的学习方法、经验及考试中应注意的事项毫无保留地传授给她。我们为春华感到高兴！春华在学习上的搏劲，我认为是不亚于玉华而高于向华。更何况她得天独厚——有你这个高材生的二姐作后盾呢！在春华的同学中间，恐怕有这个条件的为数不多。在此也希望春华树立信心，凭借实力,努力搏击,一展风采,取得优异成绩。

我们是二月五日放寒假。现在你妈精神特好,你嫂她们也从老家回来了。近一时期咱们的家庭是处在和睦的最佳状态之中。

祝

进步

父字

1994 年 1 月 15 日

118. 致向华

向华：

你妈回来说，你们那个班学风较差，自习课较乱，也影响了好学的学生的情绪。

对此，我为你深表不平，也深感同情。

我想，班里的纪律不好，恐怕还是少数人所为。大部分学生是愿意学习的。其实，害群之马，天底下无所不在，也不足为奇。不过这种害国害家害人的家伙最终还是害了他自己。

我考虑，你在这种并不优良的环境中学习，倒是锻炼个人品格、意志、毅力的绝好机会。希望你主观战胜客观，化消极为积极，处乱而不惊，把握住自己学习的方向。并祝你愉快地面对令人不愉快的人和事，以沉静的心态搞好自己的学习。

考试在即，还望你吃饱、吃好、睡足，以百倍的信心、千倍的勇气、万倍的沉着，战胜你前进的障碍。心底迸出一句豪迈之语：

明日的辉煌，非我属谁？

父字

1994 年 1 月 21 日

119. 致春华

（1994 年 3 月 3 日）

春华：

近来学习紧张，思想愉快？为念。

你的来信已收到四五天了，到今天才回信让你久盼了。实因为我们刚开学也挺忙。我把信朗读给你妈妈听，我发觉她眼里一直闪着泪光。那些环生的险象一幕幕如在我眼前闪现。我与你妈都庆幸，我们的两个闺女总算如期平安返校。其实，乘火车之难之苦本是意料中事，但车厢里发生一些大打出手的情景，我却极少见到。但你们经历了，连我都感到可怕。也难怪，现在不安份的人尤其是不学无术的年轻人，惹事生非的多起来了。社会治安也差，几近失控。所以今后望你们多加小心。不论身处何地，首先要懂得和学会保护自己。接你信的隔日也收到了玉华的信，玉华也谈到了车厢里发生的事以及她在薛城火车站所采取的果断而成功的爬窗的举措。

关于我的身体状况，一句话：安然无恙，体壮健康。拍片的结果：没事。望你们不用挂念。

菜价贵了，这也属于正常现象。这是通货膨胀造成的结果。一切都会水涨船高的。不过，我们还有这个心理和经济的承受能力。望你们放心。

向华是正月十六去枣庄，她的成绩，还没捎来，不知道。

春天真正的来了。在枝头，在河边，在田野，在行人的脸上，到处都流泻着春韵。这也是人的精神最容易得到舒展的季节。所以，我与你妈每天晚饭后，踏着月光到田野、到西边的公路上游逛。

我们生活的很惬意。

给玉华的信，明天写。

祝

愉快

父字

1994 年 3 月 3 日

120. 致玉华

（1994 年 3 月 6 日）

玉华：

　　近来可好？学习紧张？思想愉快？为念。

　　你的来信早在 2.28 收到。今天（3.5）才给写回信，又该说"迟复为歉"了。春华的信先于你的信两天到。她在五页的长信中详细地讲述了从在薛城钻窗上车到学校途中的"险象环生"的大致过程。读着春华的信，犹如读着马克·吐温的《哈克历险记》，似身临其境，感受到一种心灵的颤抖。读过信后，我和你妈感到欣慰和庆幸的是：我们的玉华、春华总算如期平安地回到学校。

　　你们都在挂念着我的身体。我在这里高兴地告诉你们：拍片的结果无任何可疑病状。而且我近来自我感觉特好。能吃能睡，身上有劲，精神状态处于最佳时期。望你们万勿挂念。

　　春华说，现在学校的每份菜价贵了一倍，我以为这本是意料中事。市场经济嘛，人人都在想钱，钱已浸透到每一个角落。国家对商品价格近于失控。县官不如"现管"。不过，你们完全放心，就当前的发展趋势来说，我们完全有这个心理上和经济上的承受能力。

　　你文华姐暨你安平哥、盛晴小外甥于昨天下午来咱家。他们都好。听说，你与春华还没有去信呢，他们盼你们的信。文华细读了你们写给我的信，那神态，似在分享着一份欣慰和快乐。

　　文华给我带来了向华期末考试成绩的消息。成绩单没带来，总分不知道，只知道总分位居本班第六名。较期中的第四名又降了个层次。我仍然认为，向华的成绩一直没有突破，并不属于"不勤奋"而应归于"能力差"。所以，我不能责怪她,也不能对她有过高的要求。

我和你妈事事如意,阖家快乐。

祝你们

快乐

父字

1994 年 3 月 6 日

121. 致春华

（1994 年 3 月 18 日）

春华：

三月九日的信收悉。见到你在昆明湖十七孔桥上的照片，令你妈和我格外高兴。似乎又白胖了些，很精神，很神气！实实在在一个大学生的气质！是吧，我们的三闺女！

能拿上二等奖学金，我们也认为这是一个好消息。我和你妈只希望，你千万不需懊丧，更不必"气愤"。毛泽东词云：莫道昆明池水浅，观鱼胜过富春江。牢骚太盛防肠断，风物长宜放眼量。对吧？

生活的哲理告诉我们，要允许失败。失败乃成功之母！你们学校的德智体的三项量化考核法是正确的。这个办法完全符合培养大学生整体素质的教育方针。希望你在今后的学习生涯中能重视体育锻炼，争取德、智、体全面发展。

至于评几等？当然评上一等为好。但我想，还有比"一等"更重要的，那就是在评选结果面前所表现出来的风格、品格！所以，希望你切不可"因小事"而"乱大谋"，要振作精神，迎接新的挑战。

我十分欣赏和支持你们的联谊宿舍活动。我以为这是增长知识、开阔视野、增进友谊、丰富校园文化的一种有效的活动形式。对此，我要向你们以及你们的联谊宿舍的同学们表示热烈而真诚的祝贺！

再者，今后你在与同宿好友的接触中，也要落落大方，不能因为家庭经济条件差而该花的不花。只要不是浪费，虽不去"大手大脚"但也不能"小手小脚"。适可而止，入乡随俗为好。

前几天给玉华汇去一百元，以方便你们周日相聚时的改善生活之需。晚几天想给你们寄些笔记本之类。

最后高兴地说，你妈与我身体、生活都很好，免念。

别忘记给你大姐写信，以不负她对你们的关心及爱心。

祝

愉快

附向华的信

父字

1994 年 3 月 18 日

122. 致玉华

（1994 年 3 月 19 日）

玉华：

前几天又接春华信。见了春华游览昆明湖在十七孔桥上的照片，你妈及我尤喜。春华似乎较在家时胖了点。显得特别精神和神气！你也该给寄张近照。见照片如见真人，一样的欣慰，一样的温馨。

前几天汇去百元，想已收到。

春华信上说，她因体育分稍差而不能得到一等奖学金，只能屈就二等。看来，她似乎有点"委屈"甚至"气愤"。你应该开导她。我给她去信说，能拿二等奖学金，对我们仍然是个好消息。毛泽东词云：牢骚太胜防肠断，风物长宜放眼量。德、智、体三项量化考核作为评优的标准是正确的，符合培养大学生整体素质的教育方针。春华今后应加强体育锻炼才是。生活就是创造。生活的哲学告诉我们：要允许失败。失败乃成功之母！要正确对待生活中不顺心、不顺眼的人和事。这个道理，你们可能比我更明白，但说起来容易做起来难，包括我本人在内。望共勉之。

另外，望你们常给你大姐写信，给她以鼓励和慰问。她是非常非常疼爱你们的。

近来，你妈及我身体健壮，生活愉快，望免念。

顺祝

快乐

父字

1994 年 3 月 19 日

123. 致玉华

（1994 年 3 月 27 日）

玉华：

　　3 月 18 日的信收悉。接你信的次日又收到了春华 3 月 19 日的来信，真是慰甚幸甚。上次我同时发给你俩的信是 3 月 19 日。看来这几封信在旅途中"失之交臂"。春华说，她最终拿到的是一等奖学金。早知如此，我上次写给你俩的信，也就不会在"正确对待"上大做文章了。显得你们的爸爸我好像比你们的"觉悟水平"高多少似的。你说对吧？不过，也好，在对待奖学金等级这件事上，再次证明了你们的爸爸对问题的认识不是更全面些吗？至少我还有点自信心。你们相信吗？看来，一份努力一份收获，这话永远是正确的。春华获得一等奖学金，再次证明了这个颠扑不破的真理。春华差一点让体育成绩作阻，使我和你妈都同时回忆起玉华上大学时也出现的类似情况。还记得吧，玉华？有一次你的体育成绩是良而不是优还玄乎过"一等"呢。而且还招来了你对体育老师的"非议"。结果如春华这次，还是以最后的笑声而消除了那颗"委屈"的心。话又说回来，一等奖不给你们又该给何人呢？问题不在资金的数目，而在于对一个优秀生的整体素质的肯定。我想。这个结果，对春华也肯定是一次最好的鼓舞和鞭策。努力吧，"如愿"和"成功"总会对"努力"和"勤奋"给予厚爱的！

　　我为你感到最为高兴的是，你的知识已派上了用场，有了"用武"之地。并且你的知识"价值"已得到并越来越得到社会的承认。并且，对个人的"自身价值"也有了一个明确的认识。我在少年时就请人写过一个条幅："金美玉美不如文美，油香肉香莫若书香"，"书中自有黄金屋，书中自有颜如玉"。我在今天愈加信奉这话的哲理。这和今天所呼吁的"教育为本"、"人才为基"实乃异曲同工。实言之，"报酬"倒其次，重要的是"验证"和锻炼！再说，"有偿"也有个时间过程。你也想投投稿，这个打算极好。你已具备了这种功底，你要完全地自信。如果在学研期间能有二三篇论文发表在报刊上，这对你将大有用处。我的经验：最好能找一位理论权威推荐你的稿件。

我为你感到高兴的是：你终于有了入党的要求并准备递交申请书。我高举双手赞成！老实讲，由于历史的原因，我没写过申请现在已很痛悔。但我却坚信，我绝对够得上一名党外的布尔什维克。我在组织上虽没入党，但在思想上和行动上却是几十年如一日跟党走，为党的事业勤勤恳恳忠贞不二。但是，我今天却认识到，仅是思想上入党还是不够的，而应该在组织上也是一名党员，那才对个人的进步更有益处。现在我多么希望我的孩子们能早一天投入到党的怀抱，也算给我弥补了缺憾。我希望你向组织靠拢，向你周围的党员学习，以得到他（她）们的帮助。要知道，入党需有两名党员做你的入党介绍人。正如你在信中说的，你的觉悟已足够了，我信。我也希望春华也要有积极向党组织靠拢的迫切要求。

另外，你和春华始终如一的好学精神，在任何时候都具有实现自我的进取精神，我永远是坚信不移的，从没有过丝毫的怀疑，我和你妈从来都不担心。春华和你的性格一样：好强、争胜，她也有自己的宏伟目标——考研究生。所以，我对她一向放心。我同时也接受你们关于我对向华的态度的批评意见。相信，向华会由现在的学习一般走向明日的辉煌的。她的智力不容怀疑。前些天我去枣庄并专门到她学校找她。她变得很有信心，说："我们的数学、物理课换老师了，这两个老师教得好，听得明白。"

我与你妈两人的身体都很好。而且生活得很愉快。我们很注意锻炼身体，几乎每晚都到外边公路上散步一个多小时。我们特别注意调整精神生活，"培养"欢快轻松的思想情绪。为"尊重"你和春华对我的关心和"嘱咐"，我现在基本做到了少吸烟少喝酒，你妈对我的"行动"也很满意。亲爱的孩子们，我不会辜负你们的厚爱的。

接受你的建议，学校春游时，我一定带你母亲同游。不过，由于矿上经济太拮据，已不大可能远游；我想就是到近处也要去"散散心"。

附寄的函授"广告"已看过。你还真是个有心人呢！不过，我这把年纪且已到了退休的时候了,我只想学点知识但不奢求什么文凭了。还是那句旧话:寄希望于孩子! 只要你们学有所成,就是对我最高的奖赏、最大的安慰了。随信寄去一包裹,内有笔记本若干和文华送给春华的一件漂亮的夏衫。望你分给春华一塑皮本和"备课本"若干。告诉春华,这次不另给她写了,望她体谅我近来太忙。有几篇学校的"遵命"文字待我去写。

你和春华都要给你大姐写信,再忙也得写。你俩先分别报告一下你们的喜讯。

附寄《中国教育报》的一则报导。

祝

欢乐

父字

1994 年 3 月 27 日

124. 致玉华、春华

（1994 年 4 月 9 日）

玉华、春华：

　　大上周的同一天收到了玉华 3 月 23 日、春华 3 月 24 日的信。还在酝酿着而未来得及提笔写回信之际，又于今昨两天分别见到玉华 3 月 31 日、春华 4 月 1 日的来信。实在让我及你妈甜在心里，喜不胜收。容不得再有半点手懒，不然就积"债"难偿了。于是在这工作时间，来一点不情愿的"假公济私"吧，这是被女儿逼出来的——人犯错误，总得找点"客观"吧？你们说，是不是？并且一封信写给你们二人，也属偷懒之法，望谅解。在此声明：此信寄春华，然后由春华看后传玉华，以避偏倚之嫌。玉华，别忘记，上次包裹是寄你的呀！

　　书归正传。上次信寄来的你们的照片全家人看后都乐不可支。春华在北京植物园骑在鹿上的"玉照"，甜甜的笑容，一副稚态，透着天真无邪的清纯美；玉华在圆明园拍的"玉照"，一扫过去文弱之态，透着昂扬的青春气息，给人以"气岸遥凌豪士前，风流肯落他人后"之势。应该说，玉华的这张"倩影"，是最能体现本人气质不过的了。可以这样说与鹿为伍的春华表现为"鹿"的个性，龙柱旁的玉华表现为龙的精神。不知我的评断正确否？但我自认为没错！

　　春华说，北京的景点门票大涨价，这等高昂的价格确实让平民百姓们望而却步。嗨，其实，这也并不奇怪，这是大势所趋嘛！我与你妈都庆幸，亏了咱们早早去过，所以涨价对于我们没多大关系。再说，即便是最好的景点，也非吃饭、睡觉，非此不可。

　　玉华叫你妈做两件裙子。你妈欣然接收这一重任，并保证按照你们的要求，精心设计，精心缝制，保你满意。

关于向华，我注意到，她近来学习状态较好，信心较足，并确也有了进步。我对她的态度与待你们一样，也寄予厚望。

我的烟、酒均已减半。全属事实。为本人的健康，为免你们的牵挂，我准备进一步"克己"。鼓掌吧！

祝

青春万岁

父字

1994 年 4 月 9 日

125. 致玉华

（1994 年 4 月 9 日）

玉华：

　　大上周的同一天收到了你 3 月 23 日、春华 3 月 24 日发来的信。还在心里酝酿着而尚未来得及提笔之际，又于今昨两天分别收到你 3 月 31 日、春华 4 月 1 日的来信。让我及你妈真是喜不胜收。已经容不得半点手懒，不然就积"债"难偿了。于是快马加鞭地给春华给你各写一信（原打算只给你们俩写一信），以暂平息心中的"欠账"之感。

　　你与春华给我们寄来的两张"玉照"，令全家人看后心中欢喜。春华在北京植物园与小鹿为伍的彩照大展风采——甜甜的笑容，一副稚态，透着天真无邪的清纯美！玉华在圆明园的留影，一扫过去文弱之态，咄咄逼人，透着昂扬的青春气息，给人以"气岸遥凌豪士前，风流肯落他人后"之印象。应该说，玉华的这张照最能体现你本人的气质。

　　春华说，从四月一日，北京各景点的门票大涨价。故宫由 10 元涨至 50 元。这等高昂的价格确实让平民百姓们望而却步。然而，这也并不奇怪，大势所趋嘛！我与你妈都庆幸，亏了我们早早地去过一些地方，所以涨价与咱们关系不大。它涨它的价，咱们是"冷眼向洋看世界"。

　　你说叫你妈做两件裙子。你妈欣然接受这一"光荣而艰巨"的任务，并保证照你提出的要求，精心选料，精心设计，精心缝制，以确保闺女们满意。

　　关于向华，我坚信你的话。她的大脑是聪明的，潜力是巨大的。我最近也注意到，向华的精神状态很好，也很有信心，并确有一定程度的进步。

　　感激你们！我的烟、酒均已减半。为本人健康考虑，也为免你们的牵挂，我准备进一步"克己"。请举起手,为我的信心鼓掌吧!

全家人向你们问好!

用王蒙一部长篇小说的书名作为我对你的祝愿:

青春万岁

父字

1994 年 4 月 9 日

126. 致向华

（1994 年 4 月 10 日）

向华：

　　你妈去兰陵并准备到局一中看望你，我正找信纸给你写几句鼓励的话送你的当儿，猛然发现台历上有你写给我的话。

　　首先感激女儿对我的关心。你说得对，我一定以乐观的精神风貌面对小毛病。再说，我的身体经检查无任何大毛病。现在能吃能睡，身强力壮，望免念。

　　你说日记的事，我倒知道有你记事的塑料皮本。但我决不会去看，也永远不会私自看女儿的日记的。我懂。望女儿永远放心爹的处事"规范"。

　　近一二个星期你玉华、春华姐接连给我写来四封信，封封信都问向华好。她们极关心你的学习情况。我昨天写给玉华、春华的信上说："关于向华的学习，我相信，她会有着极大潜力的。据我最近与向华的接触，发现她的精神状态很好，信心很足，相信她的学习成绩会步步层楼的。"

　　你们的期终考试快到了，望这次的成绩能迈上新台阶。

　　顺祝

快乐

父字

1994 年 4 月 10 日

127. 致春华

（1994 年 4 月 22 日）

春华：

　　正值春季。我想，同样是处在同一个季节，但北京的春天应该是比其他任何地方来得更早，春的气息也会更强烈！我这样说，并不单指它的政治环境，而主要的是因为它的人文环境使然。你一定会亲眼看到，在北国的早春时节，第一个穿裙衣的当属北京姑娘。

　　我们这里的气候，今年变化的差异太大。给你写这信的此刻，已是上午 11 时，我穿着一件厚重的毛衣，坐在办公室里还觉得凉丝丝的。

　　极为高兴地获悉，你玉华姐已上交了入党申请书。并且你也积极报名业余党校的学习，且有写入党申请书的打算。衷心祝愿你们通过自身的努力而如愿以偿。嗨，我可真自惭形秽了。不过，我倒不悲观，心地还是踏实的。我决心当一个合格的党外的布尔什维克。

　　你能亲眼见到驰名中外的卢沟桥，并参观抗日战争展览馆，就比我幸运得多。我常想，人的才干的增强首先是从增长见识中得到的。见广方能知多。

　　晴晴已接来住一个多星期了。这小家伙顶聪明，学啥会啥。他看电视有两大爱好，一是喜欢电视广告，一是喜欢看外语讲座。说真的，晴晴对英语的听说能力满可以超过他外公我呢！

　　我与你妈晚几天打算到枣庄百货大楼为你们选择做裙子的布料。布料，准备买花瑶（人造棉的太差）；色彩，力求浅色、碎花。每件连衣裙需 1.8 米，每米 30 余元，共花近百元。做好后，让人看了，在京不"土"，在乡下不"洋"。保你们满意。

　　最后，我要告诉你们最高兴的事：我与你妈身体健康，都十分的强壮。经检查我也排除了所有不健康的疑点。

　　我的抽烟量，实际上已减为过去的 1/3，每天只抽 6—8 支。我准备做到尽量不抽。为了健康，我一定听你们的劝告，谢谢，亲爱的闺女们。

　　给你正写着信，又接到玉华的来信，真高兴！我晚一二天给玉华回信。

　　祝你

学习进步

父字

1994 年 4 月 22 日

128. 致春华

（1994 年 5 月 20 日）

春华：

你 4.25、5.9 两信均及时收悉。上周六又接你姐玉华的信。甚慰！

近来，我在赶写一篇矿务局十面红旗之一的"八一矿水采工区党支部"的先进事迹演讲材料。此稿已通审。作"枣庄局十面红旗报告团"之用。又加学校初中毕业班毕业考试等工作较忙，于是只好一再推迟复信。嗨，又让你挂念了。

我从来不担心你的学习成绩，也从来不怀疑你的学习热情，更从来不"含糊"你大脑的智力。这已经是被时间、被无数事实充分证明了的，并且还将继续证明我上述结论的不可怀疑性。英语考 69 分只是由于听力较差所致，这没关系。今后加强（强化！）这方面的练习不就迎头赶上了么？数学，始觉难了，是否因为现在的内容本身难度就大；或者还不太适应。我相信，困难是暂时的。而况你还有一个得天独厚的条件——你二姐做你的坚强后盾呢！这位本科的数学课代表一定能给你指点迷津。

要说到向华了。向华的学习有了突破性的进步。这次期中考试，总成绩位居全班第一，可谓实力雄厚，独领风骚！向华的崛起，不是最好不过地证明了你和玉华给我信中说过的话："要相信向华的智力！""在咱这个家庭里没有脑子笨的孩子。"是的，向华终于以她的潜在的实力战胜了自己的对手，从而证明了我原先对她的认识是错误的。但向华的进步与春华在寒假中对她的帮助（亦可说指点迷津）是分不开的。由此，我对向华的前途又有了进一步乐观的想法。高二分科之后，向华一定会更能发挥她的优势，成为年级的尖子是没问题的。

裙子布料已送裁缝店十天了。晚几天做好后寄你。样式是连衣摆裙，尺寸是照玉华信中的要求。布料是花瑶，每米近 30 元，共花了百元。这不叫浪费。大学生了，总不能太"寒碜"。

晴晴在咱家住着。小家伙活泼、聪明，实在惹人喜爱。他对歌曲也有着特别的爱好。一曲"小妹妹坐船头，哥哥在岸上走……"，他唱得有滋有味，而且还伴有动作。小屁股一扭一摆，令人捧腹大笑。我们的盛晴还真有点音乐细胞呢！

老实讲，这几个月里，咱们的家庭应该用"和睦"二字概括之。你哥基本上没出现酒后闹事。这是个好兆头。

我与你妈的身体都很健康，望免念。

你们又"乔迁"新居，祝愿你们同室的同学团结得如同亲姊妹。

祝

愉快

想念你们的爸妈

1994 年 5 月 20 日

129. 致玉华

玉华：

5月6日来信收悉，甚慰、甚兴。

我毫无保留地同意你信中所有的观点。你对人生的"认识"极为正确。"淡泊而致远"这一条富有生活哲理的古训多好，可我们总是"淡泊"不起来。可见，一个人要超越自己是多么艰难啊！真的，世界上许多美好的东西，人对它只能可"望"而不可及，是一个永远的诱惑、永远的梦。人，实现自我，是多难呀。诚如马斯洛所言，在人类的历史中能够实现自我的人是屈指可数的。那我们就永远地追求吧，"追求"也是一种幸福、一种乐趣。是吧？

告诉你一个好消息，我们的向华到底不负众望，这次期中考试总成绩位居全班第一，充分展示了雄厚的实力。向华的崛起又一次印证了你给我信中的话："在咱们这个家庭里的孩子，没有脑子笨的。"当然，向华的进步与你和春华对她的指导是分不开的。特别是春华对她的具体帮助，是向华崛起的重要因素。相信向华高二分科后，更会如虎添翼，成为年级的尖子是没问题的。

裙子已近做好，待做好后立即寄去。样式为连衣摆裙，布料是花瑶，28元一米，买了3.7米。你妈和我都认为：在北京，总不能穿得太寒碜了吧。

晴晴在咱家住着。这小家伙活泼、聪明，惹人喜爱。他的兴趣广泛，对音乐有特殊的兴趣。一曲"妹妹坐船头，哥哥在岸上走，嗯呀，哎呀……"唱得有滋有味，且伴有得体的动作，小屁股一扭一摆，节奏感很强，让人捧腹大笑。真的，如果对这首歌我还能哼几句的话，那首先要感谢晴晴的感染。他对乐曲极为敏感，只要第一个音符奏出，他会马上放下手中的一切，静坐或静立在那儿细听。如果我不知晴晴家庭底细的话，以我这较高音乐欣赏水平的人，也会误认为这小家伙出生在音乐（艺术）世家呢！

关于家庭，我可高兴地告诉你：近几个月里，咱们的家庭可用"和睦"二字概括，你哥基本上没再有过酒后闹事。

你妈及我相处得简直让你"大喜过望"。而且我们的身体都很好。我常常对你妈讲，到了这个年纪，我们应特别注意珍重自己的身体。我还常对你妈说，我们虽然是年过半百的人了，可为了操心于五个儿女的成长，还没过过一天享清福的日子呢。晚几年闺女们都有了工作，幸福的生活在后头呢！

余言后叙。

祝

愉快

附：

读《文艺报》，作者丁元的一首《昨天和今天》的新格律诗品位较高，抄给你。

在昨天与今天之间

并不是省略号一串

在今天和明天之间

也不是破折号一段

应有一行脚印相连

应有一条扁担在肩

想念你们的爸妈

1994 年 5 月 21 日

130. 致春华

春华：

六月一日接你的来信，今天（六月八日）才给你复信，实在是由于工作太忙。

上月27日寄给你们的裙子，当收到。穿身上合适吗？

时间在流逝，这学期已近尾声。你一定在抓紧复习功课，迎接考试？在此，先预祝你学好功课，再展辉煌！也预祝玉华乘胜前进，攀登知识的高峰！

你妈和我身体一直很好。我比去年又增加了体重。全身肌肉结实，自感有力。你妈每天都盼着你们放暑假。放假的时间定了吗？别忘记，你们离京前，一定给你妈买瓶光明一洗黑呀。

这几个月里，我们与你哥嫂相处的也很好，几乎没有发生任何矛盾。你哥也变化多了。对此，你妈和我很高兴，相信你们会更高兴。

晴晴在此住着。小家伙就是太顽皮，不过，可爱的孩子哪有没缺点的。

上月，咱们的国足队曾以4:2的悬殊比分大胜著名的桑普多利亚队，确实让你也让我高兴了一阵子。以为咱们的国足真的有望。然而，新闻媒体给我传来一个失望的消息。原来来中国的"桑"队组成球员，全是老兵残将，是一个"借名"队，无一球员是真正的"桑"队队员。你、我及所有中国观众、中国球迷们大受其骗。

祝

愉快

想你的爸爸

1994年6月8日

玉华:

你六月五日的信早到。今天才给你写回信,又让你等得心躁了吧。

昨天又收到春华的信。你俩都谈到裙子布料的漂亮,穿上舒服、可体。你妈心里甜滋滋的。从选择布料到裙子的样式,是你妈精心地"创作",是她对女儿献上的一份爱心。你们穿上满意,她能不高兴吗?事实上,我最清楚,你妈的审美能力的确很高,我在穿衣这方面常是放心地交给你妈去"裁决"。

刚接你信时,看到"(你)六月底考试后到外面找份工作,干到七月底再和春华一块回家"的话语,我和你妈都不太赞同。以为你和春华放假一块回来越早越好,昨天春华来信说,估计 7 月 13 日左右考试完毕,还有两周的五笔字型实习训练,约到七月底回家。你妈和我考虑:为了春华,为了让春华时时得到你这位做姐姐的爱护、指教,免去我们的牵挂,你姐妹二人还是一块到七月底回家为好。你决心锻炼锻炼,也是好事情,我们只有表示同意了。

不知啥时能看到女儿的译文和论文。译文及论文将编用在何书名或刊物名上,亦望告之。但我坚信,即便是专业性的文章,那表述的语言,也一定是很美的。我相信你的驾驭语言的能力和文字功底!

寄我的冰心谈养生《生命从八十岁开始》一文,看过后你妈与我深受启发。重点语句我已抄录下来。冰心的长寿源于她高格调的"养生"——特别健康的人格!冰心说得好:"我没什么特别的,就是心里豁达一点,从不跟人计较,也不跟自己过不去。生命的每一天都是新的……"

说得真让人鼓舞!这就是冰心的人格!这就是冰心的崇高境界!94 岁的

冰心,如此达观,如此大度,如此冰清玉洁,实在使我们这些后辈钦敬之至。我与你妈也用冰心的话语激励自己、鞭策自己。胸怀坦荡就是养生长寿的宝典,我将永远记取。

小晴晴在咱家玩得挺乐,要等你们放假才能让他回兰陵过一段。咱全家平安,勿念。

代问春华好,给她的信等几天写。

　祝

愉快

父字

1994 年 6 月 20 日

132. 致春华

（1994 年 7 月 3 日）

春华：

你 6 月 23 日发来的信收悉。

近几天一直忙着期末考试工作，为人"作嫁衣"的撰写演讲稿的事刚刚结束。总该喘口气了，才得以有时间给你写信。

你一定正在全身心地投入复习功课和考试。我相信以你的实力，即便不能"辉煌再现"，但总不会太落人后。当不上第一，总会有第二、第三向你招手吧？其实，英雄也有打败仗的时候。在战场上，常胜将军是没有的。这话，好像毛泽东主席说过。考场上也是如此。让别人也当回第一，倒也不失"老第一"者的潇洒风度，你说对吧？

你在来信中，曾提及你玉华姐为你借阅西方经济学及英语书籍，让你自学。我看极好。你在学好功课之余，多学一点别的有用的东西，这对开拓视野，充实、提高自己，大有益处。我们全家支持你本科毕业后考研，你个人更要有这个信心。

你 7 月 13 日考完，再实习两周，已到 7 月底了。玉华来信说，她想打打工和你一块回家。这样，你妈和我也表示对玉华"打工"的赞同。我早有这个想法：为免高分低能，找机会锻炼一下，也不失为上策。多接触一下社会，早做一点实际工作，这对今后走向社会工作会大大有益的。

向华考试完毕，她六月三十回的家，成绩尚不知道，她自我感觉很好。

我们明天（下午）假期正式开始。你妈和我正照你们的盼望天天锻炼身体，并注意保持宽松舒畅的精神状态。我俩的身体都很好。"老年"这个词与我们无缘。我们的思想、精神永远是年轻。我现在的身体状况很好,体重较四个月前明显增加,自觉有年轻时期的力量。望你们免念。咱们的晴子实在惹人喜爱。我认为他的智商极高,超出同龄幼儿的思维能力。他也有令人讨厌的地方,就是用咱们家乡话说"太拦把"。如:有三个小球,分给晴晴、天骄和世通每人一个,晴晴会闹着把别人手里的小球也据为己有。另一个缺点是"独霸(占)爱心"或曰"掠夺感情"。如:有晴晴、天骄、世通跟你妈玩,如果你妈抱一下通通,晴子就不愿意,非叫抱他不可。如不抱他,他也要把通通拉下来。晴晴的这个缺点是否属于"独断"? 我与你妈都想不出对他有效的教育方法。我们盼望你和玉华假期里能想法纠正他这个缺点。应该说,这个缺点对一个两周岁半的孩子来说,不足为奇也不足为怪。更何况这个缺点与他诸多惹人喜爱的优点相比,实在是"瑕不掩瑜"。不过,既然是缺点,还是及早克服好。这项工作就交你俩了。

业余党校学习结束了,想你政治思想觉悟及党的知识理论水平一定有了很大提高。看近期的《中国教育报》,头版有许多大学生入党的消息。我自然想到你——你也应该积极申请,向党组织靠拢,这是咱全家对你的希望啊!

祝

进步

父字

1994 年 7 月 3 日

133. 致玉华

好闺女玉华：

又高兴地接到你返京后的第三封信。正逢你文华姐、安平哥来此,所以你的来信又增多了几个读者,增多了几个关心你想念你的亲人近人的欣慰。我也同时增多了几许"不好意思"——来多往少的欠"礼"之虑。我也还没有给春华复信。自送你走后,我们学校的工作实在太多太忙。开学典礼、教师节、迎国庆以及为迎"45"大庆局矿所举办的演讲活动……凡是文字方面的东西都需要我去做。而且一些领导又善于使用乐于做嫁衣的人,所以我真的成了舍己为人的人了——舍弃了给女儿及时写回信。你和春华都应该谅解我呀!

我十分同意(赞同)你婉言拒绝到母校替苏老师代课一事。因为如代课奔波于那样远的路程,还要疲于备课(虽然每周只两节课)是会牵扯你很大的心力和精力的。我也赞同你谢绝一研究生牵头的编书一事,因为这是无把握之举。更何况无权威领衔的专业书是缺少份量和价值的。我盼望你还是要沉下心来做学问,这是顶重要的。从长远看,唯此,才更利国利己利事业。当然,为了出成果的书,有利于如郭教授所说的推荐"资本"的书和文章,还是应尽心尽力去做才好。

这是一个浮躁的世界,浮躁的时代,许多的人也热衷于浮躁。特别在咱们中国这样一个国度里,权力论横行,这是有悖于人类文明的。我们应该永远记住弗朗西斯·培根在《学术的进展》一书中说过的话:"随之我们就会看到智慧和学问之碑是怎样远比权力或武力之碑更加长垂不朽"。

国庆节又到了,"45"大庆将是一次非同寻常的庆祝。首都北京的节日氛围将会更欢乐,更隆重,更充满国庆味。我们为你们生活在祖国的首都这个世界瞩目的地方而感到自豪和荣耀。祝你节日快乐!

　　你妈及我都好,全家平安,勿念。

　　顺祝

愉快

父字

1994 年 9 月 29 日

134. 致春华

（1994 年 10 月 16 日）

亲爱的三闺女：

你 10 月 2 日的信收到，自然又给我们的生活平添了许多的宽慰。这已经是你本学期的第三封信了。

从各种报导推断，北京的国庆一定是隆重和热闹非凡。所以，我及你妈在为你们高兴。为我们的两个闺女有幸亲身参加首都的建国 45 周年庆典活动而祝福！

应该说，你终于实现了登长城的夙愿。我们为你高兴。特别在秋天（具体说是深秋）长城风大，这可能与蒙古毗邻有关。其实，在我看来，这恰是古长城的独特风光。

玉华趁国庆节之际去石家庄看望学友程怡，这一定是玉华一次有意义的旅行。"有朋自远方来，不亦乐乎？"玉华一准会受到主人的热情款待。一如你暑假到书萃家里。如你所说，你在节日缺二姐的陪伴，不免心里生出"孤独和寂寞"之感，这是极自然的。是否可这样说，别人虽亲，但谁也替代不了一母同胞的姊妹亲情。你说对吧？

另外，我及你妈身体健康，家庭生活快快乐乐，望你及你姐免念。

　　祝

进步

　　　　　　　　　　　　　　　　　　　　　　　想你的爸妈

　　　　　　　　　　　　　　　　　　　　　　　1994 年 10 月 16 日

135. 致春华

（1994 年 10 月 30 日）

想念的三闺女：

这星期一接到你 10 月 16 日写来的信，让你妈和我欣慰之至，也令全家人喜不胜收。真可谓人生处处有坦途，成功不负艰辛人！我、你妈及咱全家人热烈祝贺你再获一等奖学金——这一品学兼优的象征！我们更赞赏你继续努力的学习态度，尤其是学好英语！"雄关漫道真如铁，而今迈步从头越"。毛主席的这一名句是我们对你的最美好的寄语！"人生能有几次博?!"这句在中国体坛最流行的话，对所有的人都是一个启示，一个激励！我这年过半百之人，对这句话，依然感觉亲切、新鲜，并时常以此来鞭策自己。尽管我本人没博出多大道道，但我的"搏击"精神还是有的。直到今天，我在繁忙的工作中，还是不服老、不服输、有追求，总想干出点样子来。如果说，我没有学出点名堂、干出点名堂的话，至少有一半是受家庭与社会的局限造成的——读到高中，由于家庭经济困难不得不辍学，之后到了工作岗位又因家庭"成份"而不得重用，到了国家政治清明、兴旺发达之时，我已人到中年。老实讲，我这前半生实在是历经艰辛与坎坷；痛苦与欢乐相伴，绝望与希冀共生。所幸，值此民族振兴、国家发达之时，而我的孩子们大都成器。这实在是我的最大慰藉与幸福了。过去、现在和未来，我最大的心愿就是把你们姐妹培养成材。我的心愿一定能够实现，而且大部已经实现。这也是我及你妈最牢固的精神支柱！

你一定很挂心家里的情形吧？我高兴地告诉你：家中一切平安顺利。首先是你妈和我的身体都很健康。我们相处得极好。家庭生活充满了欢乐气氛。

北京的天气一定很凉而近乎冷了吧？你妈预测，今年北京的冬天一定比去年冷，所以你妈怕冻着你，又知你没有毛裤，她已拆掉了她多余的一件毛衣，正托人为你改织毛裤。等做好后寄去。

我们盼望着寒假时看到三闺女披肩的秀发，那一定是极美极美的。

另告知，向华和天骄的学习都明显的有了进步。

祝你和玉华

愉快、进步

想念你们的爸妈

1994 年 10 月 30 日

136. 致玉华

玉华：

本月五日、十三日分别给你和春华发一信。

本月十六日左右又收春华寄来的"贷学金"表格。

昨天给春华汇去百元。

近几天，你妈看中央电视台的天气预报时，特别注意北京的天气情况。知道近来北京天气特冷，望你们注意添衣服。

兹给你们姐妹二人寄去衣物及一点饮料之类的东西。

祝

愉快

咱全家人平安，勿念。

父字

1994 年 11 月 21 日

137. 致春华

想念的春华闺女：

你 11 月 7 日的信早到。你 11 月 22 日的信今天接到。内云知悉，甚慰。

接你 11.7 的信后，我于 11.14 给你邮寄一个小包裹（毛线裤）并附一信。不知收到否？怎么你 11.22 的来信没提到？望查收。

我上次给玉华去信时曾谈到北科大学生工作部给我的来函，对你的评价极高，令咱全家人深受鼓舞。

一个人贵在进取精神。看了你这封信后，对你的不甘平庸勇于进取的精神深为感动。期中英语考试成绩虽居班首，但你仍能正确对待自己，从中找出自己的不足——听力较差，并决心攻克自己的弱点，争取更大进步。这就是进取精神的具体表现。在此祝你在今后的学习、工作等各方面，均取得更大进步。还要严格要求自己，给自己提出高标准、高目标，做一名合格的现代大学生，做知识渊博的<u>通才</u>！

11 月 20 日局一中召开家长会，我去参加了。向华的班主任老师对向华的评价还是较高的。会后，我鼓励向华，期中考试成绩居本班第二名也是文科两个班的第二名，已让我很高兴了。我劝向华不要在名次上过于计较或过于看重，更不要在学习上操之过急。向华的态度也很端正。

天骄学习较往大有进步（成绩及学习态度）。这次期中考试成绩居全班之首，其中语文 99，数学 100，潜力很大。

你妈及我身体强健，咱全家平安，也望放心。

顺祝

快乐

你的爸妈

1994 年 11 月 28 日

138. 致玉华

（1994 年 12 月 15 日）

想念的闺女玉华：

你发来的信及 200 元汇款于本周一同时收到。读着女儿的信从心底感到宽慰。收到女儿学余代课挣来的钱，令我们做父母的心情尤为激动。

其实，我和你妈一直有这个想法：玉华代课挣的工资除个人所花之外，再能解决其三妹春华的生活费用已经大大减轻父母的经济负担了。就是玉华节省几个钱，而且又在学习期间，我们也不忍心花孩子的钱。况且现在咱家里虽不富足甚至无存款，但绝对没有外债。但是，你寄的这 200 元确实排上了用场，解决了由于我矿拖欠工资眼看需借钱花的困境。用你妈的话说，玉华送来了及时雨。

关于你下学期的实习和毕业去向问题，我与你妈都相信：玉华一定有能力有办法去处理好。不过我还是建议你：最好早和"想去"实习的单位的领导人见见面，联系好。毕业分配，我以为到公司更能锻炼人，更能利于提高工作能力和业务水平，更有前途。留大学任教也很好，也会大有出息大有作为的。至少在著书立说上是如此吧。我在近一二个月内就注意到《中国教育报》等新闻媒体关于北京市增收城市容纳费的报导。如你在信中所讲，研究生至多交纳一万元，对咱来说，绝不是个了不起的数字。我们有能力解决。其实半月前，我就对你妈说，能留北京，莫说一万，就是两万，我也一定给玉华解决。一月前，我去枣庄在向春老师家做客，谈起你留北京工作可能需交一万元容纳费的问题。向春老师毫不含糊地说："拿一万块钱，不是大问题。这个数，小侄女两年就能挣出来。舒之，到时候有困难，找我！"所以，在此我可以让玉华你放个心。关于春华以后毕业去向问题，也绝不会成问题。到时候车到山前自有路。

今天又接到春华的来信,说新园没去北京你们那里。我想他一定又接到你五舅的电话催他速返家了吧? 前几天你妈曾回老家探望。你妈说,新园要服兵役。你妈说,俺玉华给她舅和姨买的礼品没能捎走,真可惜! 我回答,心到神知就行了。我要给她舅去信写明,只能是新园失信(食言)。

春华来信说,她也要去做家教了。你妈和我就是有点担心春华别耽误了主业——学习。不过,我们也同意春华的认识:"这也是一次锻炼自己的好机会"!

另外,我及你妈身体健康,精神快乐,全家均安,免念。

顺祝

欢乐

你们亲爱的爸妈

1994 年 12 月 15 日

139. 致春华

（1994 年 12 月 16 日）

春华：

你 12 月 11 日发来的信收悉，慰甚。接你这信的前一刻刚发出了给你二姐的复信。

新园电话说去北京你们那里，结果没去，让你苦等了一天。很可能是新园又接到你五舅的催他速回的电话，来不及去你们那里了。

本月初，你妈曾回老家探望了一趟。听你五舅说，新园要当兵去。新园给你去电话时，是刚从老家回他工作的水泥厂结算工资去。或许，新园已经成为光荣的人民子弟兵了吧？据玉华来信说，听说新园去你那里，玉华还给你舅及姨买了礼品呢！新园的食言又让你和玉华买的东西不能如愿，挺遗憾的；不过我对你妈说了，反正心到神知就行了。

你要去做家教，实在让我及你妈有点担心——春华，你可千万不要误了学业呀！我也赞同你的认识："这是一次锻炼自己的机会。"

艺术体操考试成绩不佳，你可千万不要产生什么情绪。以后注意加强这方面的锻炼就是。你说的很对，成绩不好，主要是由于身体的协调性不够和乐感不强造成的。我以为身体的协调性又是随乐感而来的，所以我建议你应首先加强乐感的锻炼。

我与你妈身体健康，万事顺心。免念。

祝

欢快

你亲爱的爸妈

1994 年 12 月 16 日

140. 致春华

（1994 年 12 月 30 日）

春华：

先祝你新年快乐！

你 12 月 22 日写来的信收悉。

时间过的真快呀，这个学期在忙忙碌碌中又即将结束了。你的信首先给了我这个强烈的感受。其实，你妈比咱更盼望学期结束。她盼望早一天见到想念的女儿们啊！而我们呢，总有干不完的工作，学不完的功课。所以倒有点害怕时光流逝得太快。你说，对么？

你玉华姐的信也已收到。正如你信中所说，她是元月 21 日来到，而你要在元月 26 日来到了。许多同学同乘一列车，确实减少了途中的寂寞。也减轻了我们的担心。预祝你和你的同学们一路平安，一路欢乐。只是你没说清楚到滕州还是薛城下车。（信中提到"有两位也在滕州下车"），很可能在滕州下车吧？我好去接你。

玉华来信说，"哪次车还不知道，你们也不用接我。"由于玉华没有到滕州的具体车次，也就不好去接了。

"不摔跤是学不会滑冰的。"这话极富哲理。生活也是这样。吃苦、锻炼、考验，这六个字对一个人，不管是学业或是事业，都是成功的要素。

期末考试和你的四级英语统考都迫在眼前，相信你一定会取得成功。

你妈及我和咱全家人平安顺利，望勿念。

大上周，我及你妈一同到兰陵住了一宿。你姐、安平、晴晴都好，也望免念。

顺祝

快乐

想念你的爸妈

1994 年 12 月 30 日

141. 致玉华

（1994 年 12 月 31 日）

玉华：

先祝新年好！

你 12 月 21 日写来的信收悉。时间过的好快呀，这学期眼看就要结束了。我也接到了春华的信。大概由于我们一天到晚总有干不完的工作、学不完的功课吧，所以倒有点害怕时光流逝得太快。你妈的感觉可能就与咱们不太一样。她老盼着快快放假早一天见到想念的女儿，倒嫌时光老人走得太慢。这不，听说你元月 21 日就要到家，她喜得合不拢嘴，倒计时，唠叨着你来家还得几天。她，一个永远的贤妻良母呀！

你能把要找男朋友的事告诉我们，让我们十分高兴。说真的，作为父母的我们，在这方面实在没有太多的发言权。主要是我们相信我们的玉华绝对有能力选择她应该选择的男朋友。只是我们愿意和你一块探讨一下这个问题。我们的玉华是一个内慧外秀的孩子。以其学识、以其容貌完全有条件找一个理想的长相好的男友。希望你坚定信心，坚定信念，也不可着急。当然也要十分注重人品——人的品质是最重要的。这就是你妈和我的意见。

下学期就要实习了。你毕业后的去向，我在上次信中已谈了我个人的意见，不再多述。我认为只要能留京工作，这是第一位的。有许多事情，你要主动争取人家的帮助，多拜访多求人。

关于春华家教之事，我同意你的认识。并且我要强调：这绝对是锻炼能力增长才干的好机会。利大于弊。

再则，你妈及我及咱全家平安，顺心，勿念。

向华及天骄的学习均有进步，望放心。

顺祝

欢乐

想念你们的爸妈

1994 年 12 月 31 日

142. 致春华

春华：

近来思想愉快，诸事顺利？

你一定盼我的回信。但我为了给你写一个圆满的复信（你们期待着向华回嘉祥一中借读的事），不得不拖到现在写信。

高兴地告诉你：向华回嘉祥一中借读，办理得极迅速极顺利。三月四日，你妈与安平把向华从枣局一中接来。三月五日（星期天），我与你妈你哥三人乘专车（你哥找的小车）送向华去嘉祥。小车直驶嘉祥一中。把向华的书籍、被褥等等物品卸到看女宿舍门的热情的鞠老师那里。紧接着到了你春立哥家。后又与你春立哥一块到教导主任吴凯家拜访。次日（三月六日）晨读时间，向华就在班主任曹老师的带领下走进了嘉祥一中高二(3)班的教室。

嘉祥一中再次给了我美好的印象：勤奋的学风、严谨的教风、严实的校风。

嘉祥之行，又一次让我强烈地感受到：月是故乡明，水是故乡甜，人是故乡亲。

向华到嘉祥一中后的精神状态极佳。我与你妈临别嘉祥时发现，才一天多的时间，向华已经和同班的许多女生相处得热热乎乎。

事实已经证明并将会继续证明，向华回嘉祥一中借读的选择是完全正确的。

另外，你妈及我身体健康，生活愉快。全家人平安顺利，望免念。

祝你

进步

想念你的爸妈

1995 年 3 月 12 日

143. 致玉华

（1995 年 3 月 12 日）

玉华：

你一定盼望着我的回信。但我为了给你送去一个圆满的"消息"（向华转学的事）才迟至今天写信。你不能怪我吧。

我高兴地告诉你，向华转学之事办理得极顺利。我与你妈、你哥三人于三月五日（星期天）乘专车（你哥找的小车）送向华去嘉祥。到嘉祥后，先去了你春立哥、你书兰叔家里。晚上又拜访了吴凯主任和向华的班主任曹老师。当晚，安排了向华的宿舍——女生宿舍楼。次日（星期一）晨读课，向华就走进嘉祥一中高二(3)班教室正式学习。从踏上嘉祥一中大门的那一刻起，我及向华都强烈地感受到嘉祥一中校园"勤奋的学风，严谨的教风，严实的校风"（嘉祥一中校歌歌词）。

向华的精神状态极佳。我们临来时发现，向华到一中一天多的时间，却与同班的一些女同学相处得热热乎乎，大家对新来的这位灵秀的新同学表现了十分的热情和友好。这次送向华到一中上学，又一次强烈地感受到：月是故乡明，水是故乡甜，人是故乡亲。真是千真万确呀！

这次我与你妈的故乡之行，历时三天（含来去天数）心情特好。给向华交借读费 1000 元。住宿费等共花去近 300 元。你给寄的 300 元又解我燃眉之急。向我伸出援手的还有你哥的 200 元和你姐（500 元），所以你妈及我又增添了一份强烈的感受：天底下的亲情莫过于父母与儿女的亲情。

我非常赞赏你们张国芳老师的观点：一个青年要有所发展，应具有活动能力和闯劲。这也是当代青年的最主要的特点。这是时代的需要。

　　玉华,凡是你认准的,你就努力去追求、去实现吧!我与你妈完全信任你。因为我们早就了解我们的玉华,你在处理所有重大问题时,总能考虑地较周密。你有一颗分析、比较、鉴别能力的大脑。你说得极好:凡事只有经得多了,人才能长大。

　　该收笔了。最后希望你放心,你妈及我身体很好。并且全家幸福。

　　祝

快乐!

想念你的爸妈

1995 年 3 月 12 日

144. 致向华

（1995 年 3 月 19 日）

向华：

　　三月七日（星期二）早晨，我与你妈在嘉祥一中告别你之后，便去汽车站等车，在嘉祥汽车站乘十点的车，到 308 时是下午二点。一路风顺。

　　这次我与你妈短暂的故乡之行，又一次强烈地感受到：月是故乡明，水是故乡甜，人是故乡亲！嘉祥一中学校再一次给了我美好的印象：严实的校风、严谨的教风、勤奋的学风。

　　我们高兴地给予肯定：回嘉祥一中借读的选择，是适时的、明智的。

　　不知你是否已经适应了那里的学习生活？刚到一个全新的学校，一开始很可能有不习惯的地方，这是正常的。有一个适应的过程。在此我再次对你提出希望：树立信心，迎难而进，尊敬老师，团结同学。在学习上遇到困难时要虚心向同学请教或者请老师讲解，一定不要有什么虚荣心。到高考还有一年多一点的时间；我想，每一分钟对你来说都是极宝贵的，所以你要利用好时间（合理地安排时间），发扬雷锋的钉子精神，把成绩再提高一步。

　　你三姐前天给我来信又问你到嘉祥后的情况，她们很挂念你，望你尽快给你玉华、春华姐写信，介绍和汇报到嘉祥一中的情况。春华来信说，她现在学习很紧张，四级英语考试已通过（取得合格证书），现正积极投入迎接六级考试的英语学习，为毕业后考研，还在抓紧自学线性代数和概率等学科。

　　我们都很挂念你，希望你生活上不要太节俭，要尽量吃饱吃好，身体是学习的本钱！星期天可改善一下生活。

　　不知你校五一节放假否？你妈准备五一节前回嘉祥看你去，如你需要什么东西可来信告知。

　　司会勇给捎来了《思想政治目标测试》(高二下册)，你妈去时带走。我对司会勇说，局一中不用给向华订书。望你在嘉祥一中订下学期的书吧！

　　咱全家平安，望免念。

　　顺祝

学习进步

　　　　　　　　　　　　　　　　　　　　　　想你的爸妈

　　　　　　　　　　　　　　　　　　　　　　1995 年 3 月 19 日

145. 致春华

（1995 年 3 月 23 日）

春华：

　　你 3 月 12 日写来的信收悉。我也在 3 月 12 日给你寄去的内含照片的挂号信是否收到？

　　英语考试，尽管你以 5 分之差没取得优秀，但我还要祝贺你——祝贺你以良好的成绩取得了英语四级证书（不是成绩优秀不也一样发合格证书吗？）。

　　看得出，你现在学习任务很重。又要准备英语六级考试，又要自学线性代数和概率，又要上课学习必修课，还要星期天去做家教……望你合理安排时间，有条不紊。

　　三月二十日，向华从嘉祥一中返矿。放了三天假，原因是高三模拟考试。今天上午返校。向华对嘉祥一中的学习、生活已经适应了。她说，嘉祥一中的食堂比局一中的食堂强多了。菜的质量好，且价格便宜，每天生活费 1 元 5 角左右，一月不到 50 元。

　　向华说，她已给你们发了信，介绍了一中的情况。并盼你们的复信。

　　另外，你妈及我身体健康，生活愉快，望免念。

　　祝

快乐

　　　　　　　　　　　　　　　　　　　　想念你们的爸妈

　　　　　　　　　　　　　　　　　　　　1995 年 3 月 23 日

146. 致玉华

（1995 年 3 月 29 日）

亲爱的玉华女儿：

你 3 月 20 日写来的信收悉。慰甚、兴甚。

你在平安公司实习的三周时间里，就得到领导和同事们的认可、尊重甚至赞许，这对一个初涉社会的学子而言，是难能可贵的。也足以证明，我们的玉华闺女"适应性"能力是很强的。这就叫成熟！成熟，就是表现在工作上独立胜任的能力，以及对世事的洞明，对人情的练达诸方面。你已经被实践证明，让我们做父母的永远信得过！"信得过！"，这是一个人最高的荣誉，它比金牌和奖状的价值更高。你说对吧？

"……到其他单位看看，搜集点资料……"

我相信，你的每一步选择均来自你的正确的判断，所以我不会有什么异议。

《山东保险》和《保险研究》在 95 年第一期载有你的作品，《北京金融》也将发表你与郭教授合写的文章，让我闻之欣喜。我虽然不懂什么金融保险，但我读自己女儿的文章还是极有兴趣的。盼望你以后回家时捎来一读为快。

上周一，向华返矿。她是因高三模拟考试放三天假回来的。星期四上午返回嘉祥。看得出，向华的精神状态极佳。向华说，要我给春华去信时索取《新概念英语》。望你告知春华，把《新概念英语》寄到嘉祥一中向华那里吧。

你妈及我身体好、生活好，免念。

祝

欢乐

想你的爸妈
1995 年 3 月 29 日

147. 致春华

（1995 年 4 月 17 日）

春华：

近来一切均好？甚念。

从接你信的那天(四月七日)算起，又过去十天了(今天是四月十七日)。接你二姐的信，也有七天了。今天才稍有空闲分别给你们写回信，让你们久等了。

这封信首先报告让你们一准感到高兴的消息：即我和你妈从四月一日起开始学习"养生健身操"，并且收获颇丰，自感身心空前良好。谈起"养生健身操"，你一定不会陌生吧。因为"养生健身操"的宗师曾就读于北科大，他的影响在全中国乃至全世界都极深远。你妈和我一块学习，一块修炼，都已取得了一部功和二部功的两个证书。我的这位老同学的成绩特别是"功力"(气感)要大大的高我一截。在学习期间，我与你妈每天晚六点半去八一矿(气功班设在那里)，七点开始，九点半结束，十点回到二工区住处。每天早晨五点二十到八一练功，六点半结束。所以这半个月里我与你妈够紧张的吧，精力却空前的充沛。虽然早晚占去了五个小时左右的时间，夜里睡眠不足六个半小时，可白天我在学校的工作效率更高了。学养生健身操前，我及你妈几乎每天没离开过药片子，而学养生健身操开始的第三天，我们都与苦药片无缘了。修炼养生健身操不仅能强身健体，还能为自己和别人看病。就拿你妈来说吧，她腋部花生米大小的囊肿若干个已有几年历史了，过去每到寒暑假时，玉华都督促你妈到医院检查，你妈也没当回事，没检查过。可学养生健身操的第六天，你妈再去触摸，呵，全都荡然无存了。再说我本人慢性鼻炎许多年，且近年因鼻炎又引起了偏头痛。而我学养生健身操后的第四天，奇迹出现了，鼻炎基本痊愈，偏头痛完全消失。这一切让你们听起来有点玄乎,但的确是事实! 是迷信吗? 不! 这全是科学。养生健身操从理论到实践都具有严密的科学性。这就是"心诚则灵"和"意念力"的奥妙之处。用中医学的观点,人体某个地方的病灶是因气血滞聚而形成的,"痛则不通,通则不痛"。习练养生健身操能使全身的经络畅通。做功时加上意念:排病气、消炎、止疼、痊愈! 在意念力的驱动下,病灶会自然消失。

就简要介绍到这里,你们一定会高兴地支持我们习练养生健身操吧。当然,我们也有经济上的付出,学完这两部功,我及你妈共花费近四百元。这包括两人180元的学费,还购置了四盘练功录音磁带,六本功法书籍等等。我及你妈都认为:值得!

我及你妈愈来愈体会到一个真理:健康,就是幸福! 愿我们全家人身体永远健康!

祝你

永远乐观

想念你的爸妈

1995 年 4 月 17 日

148. 致玉华

（1995 年 4 月 19 日）

我们放心且信得过的二女儿：

首先声明，称呼前的两个定语绝非是溢美之辞，而是我们做父母的对你的真实的感想。

读罢你四月五日的来信更加证实了我们上述的认识是正确的。

我以为你"给自己放了假"的决定是正确的。因为既然"实习对分配实在没有多少用处"那就应该早早结束这种实习。这就是今后应时刻遵循的一个原则：即做任何事情都要有一个目的性，与目的性无关的事要少做或不做。你恰到好处地结束了在"平安"的实习，到图书馆遨游知识的海洋，多学一点知识，从而丰富自己、充实自己，这是个宝贵的机会。

"现实"，是一面镜子，也最能教育人。

"社会中事，实在太复杂玄奥"，在分配问题上"对谁都不能抱太大希望"，这实在是明智的见地。说明你对社会、人事的认识越来越成熟起来。当然这里面有个思想方法和处理方式问题。要做到"不抱"又"得抱"。这就是有枣无枣三杆子。

我以为你从现在起就要做好毕业（答辩）论文的准备工作。从论文的选题、材料的搜集等方面做好充分的准备。要使导师和专家们从你的论文里看出作者的独创，独到的见地，丰富的思想，扎实的功底。我盼望你的毕业论文的水平能达到学校的一流水平。要有这个信心。

下面向你们报告一个一定会使你高兴的消息：从四月一日起，我与你妈开始学习养生健身操。已经成功的取得了一级和二级两个结业证书。谈起养生健身操,你们可能并不陌生。近十年来,养生健身操可说是风靡北京城。我们的宗师曾就读于北科大(原北京钢铁学院)。你对养生健身操也应该略知一二。从这半个多月的学习中,我深刻认识到养生健身操的理论与实践都具有严密的科学性。可以说是尖端科学的高级功法。通过每天早晚的习练,你妈及我均收获颇丰。体会到养生健身操确能强身健体,延年益寿。就说你妈吧,你早知道你妈两腋部花生米大小的囊肿若干,你在寒暑假多次催促你妈到医院检查,你妈没当回事也没检查过。可是学习养生健身操的第六天,奇迹出现了。你妈无意间触摸腋部的时候,囊肿全部消失了。我个人体会更深。尽管我比我这位"老同学"即你妈习练的差,功力弱,但我在学功的第五六天里感觉到由慢性鼻炎引起的偏头痛已荡然无存。20多年的慢性鼻炎在学完二部功后也基本痊愈。

是有点神乎,但绝对真实。这就是养生健身操的法力!

我与你妈越来越坚信一个真理:健康就是幸福!为了学养生健身操,我及你妈也作出了经济上的付出。包括学费、六本书费、四盘磁带等共花费近400元。我们的体会,为了健康的身体,花这些钱,值!

学习阶段结束了,现在我们已进入了修炼阶段。每天早晨五点多起床,在录音机放出的音乐声中做功一小时(全是静、动功)。每晚在音乐声中练功二三个小时,自我感觉良好。

顺祝

快乐

想念你的爸妈

1995 年 4 月 19 日

149. 致玉华

（1995 年 4 月 24 日）

亲爱的玉华：

　　前天在给春华写复信的当儿，又接到了你的来信，好不欢喜！我过去说过，给儿女写信和阅读女儿们写给我的信，都是我生活中最为快乐的事。读罢你的这封信，自然是又给予了我许多的快乐和欣慰。这是一篇内涵深刻、富有哲理的信件！我头一次最为强烈地感受到我做父亲的幸福与欢乐——啊，我的闺女们竟如此强烈地、那么细致地疼我爱我关心我！

　　玉华，你早该写这封信了，你说的这些"晓之以理，动之以情"，溢满做女儿的感情的话语，我能不爱听吗？相反，你这些言之切切充满人生哲理的话语，只能给人（当然包括我本人）以生活的信心与勇气！是的，我的玉华，当然还应该有文华、春华、向华，你们已经长大了，也成熟多了。这也是我读罢你这信的第一感觉。

　　同时，我也感觉内疚！寒假期间，我因身体的一点小毛病，而表现出那么大的精神压力，甚或想入非非，给你们造成了那样大的心理创伤，实在是我始料不及的。这也暴露了我的弱点：心理脆弱，心胸狭窄。

　　玉华，你的信无疑给我起到了解惑作用："人生的路途上总不可能顺顺当当（身体、事业），可不论遇到任何事情，我们都应该乐观地面对，坚强地面对……"由此，我想起老聃在《道德经》中的一段话："知人者智，自知者明，胜人者力，自胜者强。"

　　我知道，战胜自己是人生最困难的事情，也是痛苦的事情，但能够战胜自己也是人生的最大幸福！对吗？

你提到的《提醒幸福》，我想一定是篇绝好的揭示人生哲理的"散文诗"（此类文章的体裁应以散文诗的形式为宜），经你简要的介绍，我可以基本上理解了这篇文章要告诉读者的是什么。咱们国人似乎人为的与"幸福"无缘。不得温饱的穷人，叫"苦"；灯红酒绿的阔人，喊"累"；失败了，要吸取沉痛的"教训"；胜利了，也要头脑冷静、居安思危。一句话，没有舒服的时候。

何故至于斯？我认为，概源于咱们中华民族的传统文化及国人心理素质使然。且想想吧，二千多年前的曾老夫子就大叫"吾日三省吾身"，一直叫到今日的时髦话语"进行反思"，中华民族似乎总是对"否定自己"那么有兴趣。试想，在这种氛围熏陶下成长的国民们，心理素质还能不脆弱？从当前社会各界关注的《夏令营中的较量》一文的讨论愈加印证了这一点。我们确实应该进行"反思"——（正如你信中所言）"我们都应该充满希望，对生活心存感激"，"让生活轻松些，多看到生命中那些亮丽的色彩"。

为了增加一点知识（哪怕单单从这个角度上）我希望能看到原文，不知是什么报纸什么时间的文章，望来信告我，我好从阅览室的报纸中查找。

你要的连衣裙，打算晚几天到枣庄去选择较好的布料——花瑶（你说的人造棉布料太差）较雅致的色彩——浅色、碎花，样式也选择都市流行的。简言之，保你和春华满意！毫不夸张地说，我最有资格做这方面的顾问。

入党申请书已呈上，闻之大喜。而且一写七页纸，足见我女儿爱党感情之深，入党愿望之切，还望心口如一，"说在嘴上，写在纸上，记在心上，落实在行动上。"

顺祝

进步

附《保护人才迫在眉睫》一文

父字

1995 年 4 月 24 日

150. 致玉华

（1995 年 5 月 13 日）

玉华：

五月三日来信收到。怎么，没有见到春华的来信。记得上次我发给春华和你的信的日期是同一天，即四月十九日，难道我 4.19 的信，春华没收到？如果因忙没写倒不要紧，怕的是见不到对方发来的信。望转告春华，收到我报告学气功的信后来过信吗？

学气功、练气功是需要时间的，而且一天都不能间隔，所以必然会影响其他，这也叫鱼和熊掌不可兼得吧！但我觉得值！你可放心，我们不会练到走火入魔的程度——即你说的不能太投入。干什么事情都有一个同理：物极必反，事与愿违，所以要注意"适可而止"。

"人长大是一个渐进的过程。"这话极对，极有哲理，但我想，人在"渐进"的过程中，能做到渐进，必须具备两个条件，即"内因"——加强自我修养，自我改造；还需"外因"——别人的鞭策！所以说，任其自然，往往形不成渐进。你说对吧？

你前封信寄来的毕淑敏的《提醒幸福》，真是好极了！我一读再读，并且读给你妈妈听，送给朋友看。毕淑敏的名字早就熟知，并晓得她是一位很有读者的作家，但我却不曾读过她的作品——因我近年常见到炒她及炒她作品的文章，我的逆反心理促使我不去读她，然而这一次却不同了，在你的推荐下，我一口气读毕，毕淑敏女士写出了人人心中皆有、人人笔下皆无的东西，实可谓大手笔。毕淑敏体会的太深刻了："我们太多注重了自己警觉困难，我们太忽视提醒幸福。"这句话实在道出了芸芸众生的人生的悲哀、悲剧。我在想，如果将毕文的内涵读透，并照毕文的要求提醒自己，那真是一剂延年益寿的灵丹妙药！

我们全家人均好，免念。

顺祝

万事如意

想你的爸妈

1995 年 5 月 13 日

151. 致春华

春华：

你五月四日写来的信及照片两张均已收到,甚慰! 在接你信的头一天刚给玉华发出一信。我给玉华的信中询问,怎么没见春华的来信? 我给你们发信的日期都是同一天——四月十九呀! 谁知第二天就接到了你的这封信。不然,我还怀疑信被人丢失了呢?

你们系改为文法学院,我在四月八日的《中国教育报》上也见到了这条消息。不知你们学习的专业何时改名。

书萃进京找你,足见她对你的同学之谊。你又尽到东道主之责,又足见你敬重学友之情谊。这一切都让我感到高兴。

向华的期中考试成绩,她给你写信告诉你了吗? 向华五一节时来矿住了两天。成绩已揭晓,她对自己的考试成绩很乐观。在年级中（文科班）,她的总分较最高分只差 20 分。这是向华、也是我们大家所始料不及的。这次期中考试,使向华考出了信心,证明了自己是有实力的。这次考试成绩对向华今后的学习一定会起到鼓舞和鞭策的作用。

明年是向华的高考年。向华的志向和理想是报考北京广播学院。我对她抱有信心。此事望你和玉华调查、了解一下,北京广播学院近两年的录取分数线是多少? 每年给山东几个名额? 玉华可找她在北京广播学院的同学了解一下,来信告知。

你六月十八日又要考英语六级,在此祝你成功!"分、分、分,学生的命根!"这话言之有理。望你以乐观的心情、充分的准备、拼搏的精神、必胜的信念,去面对每一次"考关"，迎接一次次挑战。我相信，胜利永远属于坚韧不拔、百折不挠者。

报载：北京市征收城市容纳费的实施细则规定：研究生留京，城市容纳费全免；本科生只收 2000 元。这对你对玉华都是个绝好的消息。

咱全家平安，你妈及我神爽体健，免念。

祝

事事如愿

想念你的爸妈

1995 年 5 月 14 日

152. 致玉华

（1995 年 5 月 27 日）

玉华：

你的蚊帐，你与春华的裙子一并寄去。裙子做好后，叫你嫂试穿了下，挺好看。腰带，你们自己可买。

你的学生证补齐了吗？要抓紧。

我与你妈及全家均安，免念。

前天，又接到春华的信，望告诉她，免挂。

有一个消息，早该告诉你的，可总是忘写；就是你五舅的二孩新园（大号靳兆元）已于半年前到北京市房山水泥厂干"保安"工作，你们有时间应前去看望。

父字

1995 年 5 月 27 日

153. 致向华

（1995 年 6 月 9 日）

向华：

来信早就收悉。因近来我的工作太忙，没能及时写信，让你久盼了。

你期中的考试成绩居全班第二名，既出我的预料之外又在我的意料之中。我及咱全家人为你取得优异成绩而高兴而祝贺！我们并不太看重名次，但从这次较量，再次显示和证明了你的实力——我们的向华是永远属于胜利者的！你要永远保持必胜的信念！这对你是顶重要的。

会考的日期是六月十九日，你必须在六月十七日返矿。望你尽量把理化和历史等科复习好，以迎接考试。

你妈及我暨全家均安，望免念。

　　祝

进步

想念你的爸妈

1995 年 6 月 9 日

154. 致玉华

（1995 年 6 月 10 日）

玉华：

　　你五月二十六日写来的信及内装的照片均收到。我及你妈仔细地"审视"了那张海南之照，给我们的感觉似可用"赏心悦目"一词冠之，你应该（是否）同意这个词语？玉华，你不会忘记我过去说过的话："你（玉华）是让父母信得过的闺女"，即便婚姻问题亦是如此。你要做的一切都不会令我们失望的。过去如此，将来也会如此。所以，只要你喜欢的，我们做父母的也保管高兴。这就是我们的态度。

　　暑假将至，与此相伴的又该是期末的考试，相信你什么时候，什么事情都会给我们带来胜利的喜讯。让精神振作起来吧，扎扎实实地做点学问，扎扎实实地干点事业，应该是我们永远的追求，而"惰性"这个词儿是绝对与我们无缘的，它在你在我们人生的字典里是应该永远查不到的。

　　向华在嘉祥一中，可以说如鱼得水，学习的劲头更大了，进步更快了。期中考试成绩高居全班第二，这又再次显示了向华的实力，印证了向华的功底。"弃燕雀之小志，慕鸿鹄之高翔"这句永远不老的老话应是你们姐妹的座右铭。

　　前几天你大姐暨安平携晴晴来矿，住了几天回兰陵，留下了晴晴让你妈看着，说是等你放假回矿后由你带晴晴去兰陵。晴晴聪明活泼，虽有淘气捣乱之嫌，但更多的更主要的是给我们增添了许多生活的乐趣。"乐趣"的生活之于中老年人实在比山珍海味、黄金翡翠更珍贵，故晴晴住这里，我们何乐而不为?!

　　去信托你办点事，即我的一位同事，他正在自学中文本科，想托你买以下几本书：《中国现代文学参考资料》(高等教育出版社)、《中国现代文学史参考资料》(人民文学出版社)、《文学运动史料选》(人民文学出版社)。我的这位年轻的同事说,这几套书价格很贵,买全需数百元,望你到新华书店看看,如有,马上来信,他好把款寄去。此事望你抽空跑跑书店,以不负他人重托。

前几天收到春华5月28日的来信,等几天再抽空给春华写信,望告。

这学期你没少给我写信,大概五封信了吧,当然,以你妈和我的心情需要天天见你的信才好,但我同时知道,你甚至比我们更忙呀,所以说,我并不认为你的信少。

春华的英语六级考试,不知成绩如何,相信她能够"通过"还是没问题吧?

望你多帮助和鼓励春华,别忘记,她什么时候都比你小,都是你妹妹呀!

你妈及我身体健壮,望免念。

顺祝

快乐

想念你的爸妈

1995 年 6 月 10 日

155. 致春华

（1995 年 6 月 12 日）

春华：

你 5 月 28 日写来的信收悉。前几天给玉华写信时已告知收到你的信了。望她转告你，因当时我较忙，晚回复几天。

今天是 6 月 12 日，就是说你离放暑假已不远，又快到了期末考试的时间。你一准正处于紧张的迎考复习阶段。而且正在迎接六级英语考试。说真的，做学生（不论小学生、大学生），永远是学学学、考考考、分分分！这就是做学生的难处。就如过筛子，经得住考验的留下，耐不住磨难的被淘汰。你是强者，永远做到了迎困难而奋进——这是一条古今中外一切有作为者走过的路！

你应该和你姐相互鼓励，携手前进！

托你买两本书：王蒙的《王蒙小品》，余秋雨的《文化苦旅》。我是从别人口中知道这两本书的。而且我对这两位大家的杂文、随笔有着特殊的喜爱。望你能在京买到，放假时捎来。

这学期，你已做到了自供自给，不知有无经济方面的难处？望信告。

你妈及我并全家均安，免念。

顺祝

快乐

想念你的爸妈
1995 年 6 月 12 日

156. 致春华

（1995 年 7 月 3 日）

春华：

你 6 月 18 日的信收到。

真高兴，看到你对英语六级考试能过"关"的信心和自信。这些年我对你已积累了经验的认识，即凡事你认为差不大离儿的时候，保险能成功！这也许是所有具有谦虚、谦恭品格的人的共同点。对即将取得的成功，在"揭晓"前的一分钟你从不说绝对的话。在好消息被证实之后，你也从不喜形于色。因为你总是向前看——瞄准下一个目标，迎接新的挑战。不断地追求、不断地奋斗，这就是所有成功者之所以成功的根本要素。

期末考试大概正在紧张地进行中。我相信你一定会以优异的成绩向国家、学校、家庭回报上一份满意的答卷。

放假后，你要和一位同学同去泰安同登泰山。我们很支持。巍巍泰山早就是我憧憬和向往的地方。我及你妈以后一定会有机会实现登泰山的夙愿。你这次先我们登泰山，望你们替我带去对泰山的敬意！并带回你游览泰山的收获。

自我六月初给玉华发信，到今天仍没见到玉华的回信。很挂念很想念。望你转告。

向华考完于七月一日回家。她对自己充满信心。

你妈及我心宽体壮。免念。

祝

快乐

想念你的爸妈

1995 年 7 月 3 日

157. 致玉华

（1995 年 9 月 25 日）

十分想念的玉华：

我要首先向我想念的二闺女深表歉意！

你怪意爸吗？我的台历上清楚的留着你这次回北京后已经写来了三封信的记录,而我,迟至今天才给你写回信,3：1,太不公平啦,所以你如果怪意爸,那应该是很自然的,也很合理的。我虚心接受批评。

我在自责：尽管在客观上工作是如此忙,但也不应该让那些"遵命文章"排斥掉给女儿的信呀！

好,在此我就你关心我们的问题以及我和你妈对你关心的事情回答如下：

论文问题：论文从上学期就应该选好题,动笔写了,为何至今"还不曾去问导师"？是否还处在准备阶段(查资料)？我倒替你担心,一挨(?)"交卷"时间逼近,而又草率了对所写论文的讨论、修改过程,以致影响了论文的质量。你从现在起,就应该有个紧迫感了！

工作问题：我倒对"谋事在人,成事在天"的说法不太赞成,而应该是"谋事在人,成事也在人"！我多年来极信仰一句极富哲理的话：所谓命运,就是个人运用大脑的结果！这可以解释为：命运,就是个人"谋事"的结果。所以,我劝你：为了个人的出路和前途,应要主动出击而不是坐等！我就是你的反面教材：我这一生事无所成、不成大器,还不就吃亏在书呆子气太甚,遇事谨小慎微,瞻前顾后,什么都碍面子所致。遇事不愿求人,唯恐伤了自己的自尊心,结果,我的老同学、老同事、老朋友,许多人都比我辉煌的多！我也死心踏地的自叹弗如。我常想,如果我能年轻 20 岁、30 岁,那就绝不是今天的样子。

简言之，教训：缺乏闯劲！

玉华，我支持你大胆地闯吧，何况你已具备了真才实学。

再谈关于我以及你母亲。你不要担心，且也不必挂念，近个时期，你妈及我的身体一直极好，我们将永远感激养生功给了我们永葆健康的法宝，我及你妈也感激儿女们给予的关心和爱戴，你们一个个学有所成则是给予我们的最大的幸福和安慰。

祝

进步

信写完了，又收到你的第四封信，不好意思。永新于十一前回京，相信对你的工作去向极有帮助。

想你的爸妈

1995 年 9 月 25 日

158. 致春华

（1995 年 9 月 29 日）

想念的春华：

你报告顺利返校和中秋节欢乐的两封信均及时收悉。勿念。

你问那次送你走后，你妈及我如何回家的情况。至今忆起，还是别有一番滋味在心头。……载你的 266 次列车缓缓而行，你妈及我向前移动脚步，从窗口艰难地目送你，直至远去的车尾被夜幕遮住我们的视线，你妈和我才蹒跚地离开站台。而此时，站台上送行的人早已散尽。

推出自行车上路时是晚 9∶50。为走近路（比汽车路近 16 华里），我们离薛城回八一矿走的是下道。那条路难行极了，根本不能骑车。推着自行车步行都得小心躲开那些坑坑洼洼，不然就有跌倒之险。走到井亭矿才到了汽车路。到二工区宿舍时，已是次日凌晨一点半。自然是累得够呛。不过，一路上，我与你妈边走路边说话，谈笑风生，却也兴致浓浓。更重要的是，我们胜利完成了送女儿返京的任务，心里充满欣慰和欢喜，并且还得到一次锻炼的好机会。真是两全齐美，焉不乐乎？

我十分赞赏你的锦言：要自己给自己<u>制造</u>压力，自己给自己<u>创造</u>动力，来<u>多学</u>点东西。我以及咱全家都全力支持你考研。你有这个能力。重要的是你必须从现在做<u>准备</u>。

向华中秋节也没放假，可能国庆节回家。

你大姐、安平哥及小晴晴，前两天在咱家住了两天，他们都很好。

你妈及我及全家均安，望免念。

祝

国庆快乐

父字

1995 年 9 月 29 日

159. 致春华

（1995 年 10 月 4 日）

想念的春华闺女：

你回京后分别于 9 月 9 日、9 月 13 日、9 月 27 日发来的三封信均已及时收到，而每次信都给予了我们极大的欣慰！

我所感到不安的是，你来了三封，而我这才给你写第一封——3：1，实在是比重失衡了。谁知道，我如今竟变得如此手懒，真气人！

你二姐已给我来过四封信了，而我也是只回了一封。4：1，更不像话，心里实在过意不去。

也的的确确，开学前后事情太多太忙。我及你妈还回回的盼你们常写信，可因为不能一一及时复信，我几乎怀疑我还有无资格盼你们多来信了。这是我真诚的自责，不过我相信你们总不会和我划比例，总能谅解的吧？

你的邯郸之行，一定会大有收获。至少又多见了些地方，多开阔了些视野，多积累了些生活，你说是吧？

至于你上学期的总成绩，可能排名第五。这个第五依然是汗水的结晶，我不认为是失败，我仍然要高兴地表示祝贺！我倒劝你，不要非夺皇冠才是高兴的事。从某种意义上讲，一个人多经受几次"失意"，那才能更好地锤炼自己健全的人格。好事多磨，一个人只有经得住磨难，经受住考验，那才能够做到人的品质、品格的升华，这是我几十年来思想的最宝贵的总结。

以较高分获取六级英语证书，这就是对个人英语水平的验证。这也是自信的力量，自信的胜利。

咱全家都积极支持你考研。完全相信，胜利永远属于敢于挑战的强者。什么《概率》《线性几何》都会乖乖地跪拜在你的脚下。

9月25日给玉华寄去一个包裹,内装一只德州扒鸡,不知道玉华收到了吗?原打算是寄给你俩国庆节吃的。

你妈及我天天练功,身体强健,望放心。咱全家都好,晴晴在咱家住着,向华在国庆节来家住了两天,她的身体很好,情绪也很好。望你转告你二姐,全然不用挂念。

祝你及你二姐

愉快

　　　　　　　　　　　　　　　　　　想你们的爸妈

　　　　　　　　　　　　　　　　　　1995 年 10 月 4 日

160. 致玉华

（1995 年 10 月 23 日）

玉华：

　　接你十月十二日写来的信，又一周了。

　　这是你本学期发来的第五封信，所以我绝不认为你的"手懒"。从你的学习及应付诸多事体的繁忙考虑，"五"——这个数字已经不小了，倒是我，总有点心理的不平衡，因为我实在做不到每信都复。看来，人世间许多的事情不尽人意，不可能都能满足感情上的需要。我和你妈身体及各方面都好，你尽可放心，少挂念才是。你现在到了临分配的关键时刻，而且还没完成论文的写作，时间对于你极为宝贵和重要。

　　我应该诚心感激小李对你的关照，也许他能在你的工作去向上给以帮助或指点。

　　——我不认为这话说得过早，因为我历来相信我们的女儿，如果我们的玉华信得过的人，那我也应该信得过。

　　你说找工作需要付出自尊心。你的意思是，为了个人的工作，得要求东家，拜西家，得要"锻炼"脸皮，怪不好意思的，所以叫付出自尊心。

　　不对！这不叫或者不能理解为"付出自尊"，这叫"自我推销"——一种自我实力的推销！我过去说过，世界上的所有名牌——不论是产品或人——都是通过"广告"（推销）来展示其实力，又从而成为"名牌"的。

　　你可以从现实生活的观察中或者从读书得来的知识中，得出一个结论：即所有的名人名家都无一例外的靠一个通天的本领：善于推销自己！

　　所以，我劝你也要少一点虚荣心，多一点自信心，要相信自己的实力（真才实学），也要相信自己的能力。

我还劝你，要破除迷信，我这里说的"迷信"，是指"迷信名人、权威"。不要迷信，而是要破除、破除！因为，所谓"名人""权威"也同样是人，是人不是神，没有什么值得迷信的。我对毛泽东的话向来是心悦诚服的，我曾看过他的不少讲话都是劝导青年人不要迷信什么古人、名人和权威的。毛主席曾比喻自己："世无英雄，遂使竖子成名。"毛主席还自喻："我这人既有猴气，又有虎气；不过虎气为主，猴气为次。山中无老虎，猴子称大王。"不要简单认为这是毛泽东的谦逊，不是的，这恰是毛泽东的高明之处——马克思主义的认识论和方法论，唯物主义的辩证法！

毛泽东主席还有一个伟大的哲学思想，叫"长江后浪推前浪，世上新人赶旧人。"毛主席的这句名言又可用他自己说的另一句话诠释，叫做："小人物必然会战胜大人物。"

玉华，毛泽东主席的话你总该佩服吧？我在上面引用毛主席的话，主要是给你讲明一个道埋：为个人的工作去求人或帮忙推荐或毛遂自荐，绝不是什么丢人的事情，所以根本谈不上碍面子，不好意思。这总比竞选总统、部长、厅局长要好意思得多吧？望你也要更新一下自己的思想观念，你说对吧？

另外，咱全家平安，你妈及我的身体更没说的，子晴在这里住了一个月，前几天你姐来时跟回去了，向华的学习让我们放心，你对她的评价（女孩子的虚荣）我有同感。一切望免念。

顺祝

愉快

想念你的爸妈

1995 年 10 月 23 日

161. 致玉华

我们的渐渐走向成熟了的二闺女：

时间流逝的好快呀，上周一（10.24）收到你 10、14 的信，转眼又到了周一（10.31），这意味着，我现在给你写回信，正好距离接信相隔了一个周天，怎能不让俺闺女挂念呢？

你说，你们系与英国一保险公司将于明年春天有一合作项目，从你们四位研究生中出一到两个前去一年。这对你、对我们全家人来说，都是个绝好的消息。我在此向你建议，从现在起，做好一切准备，争取成行！留校任教也是理想的工作。这就是机遇（好的命运）！而命运的实现是运用大脑的结果。你除了把学业搞好（特别是英语）外，在与导师、研究生部领导等人际关系方面也应尽量去处理好。要知道，你给他们印象的好坏也是个顶重要的条件。你说对吧？

你在经济上不用担心。虽属公费出国，但如需家庭资助的话，我将给予充分的支持，我至少能为你筹措一万元人民币兑换外币。

不，这不叫虚荣心，人往高处走嘛！为了事业，为了把自己培养成为国家所需要的建设人才，你早就应该有一个出国深造的"梦"，而现在即是你由梦变为现实的绝好机会了，你一定要有成行的信心与勇气！

玉华，快从"浮躁"的心绪中走出来，而去金戈铁马的搏一搏了！当然，对成行与否也应有个正确的态度，叫做"一颗红心，两种准备"吧！但成行的必胜信念则是绝对应该树立起来的。还记得你上高中时，我曾送给你的话吗？"弃燕雀之小志，慕鸿鹄之高翔"，今天，我仍以此箴言赠你。

我很同意你与郭老师"合作"的态度，你自然懂得郭老师应该是你的恩师，事实上，他对你的培养（扶持）是至关紧要的。

春华给我的信也与你的同时收到，我已于昨天给她发了回信并随寄我的一篇短文，题目是《当听到〈歌唱祖国〉歌声的时候》，望你也能读一遍，我相信，你会从中吸取到什么的。

你寄给你哥的两本书与信同收到。你哥极高兴。

你转告春华，我昨天给她的信刚发出，就接到了北科大学生工作部给我的来函，就是一个喜报吧！辅导员左鹏在春华的"表现情况"一栏里写到："思想积极上进，要求进步，学习刻苦努力，勤奋踏实，成绩优异。关心同学，忠厚老诚，希望今后学习上对自己提出更高更全面的要求，积极参加班级建设，以实际行动带动更多的同学共同进步。"在"奖惩情况"栏目里写到："获一等奖学金，评为优秀三好学生。"

我认为，这是对春华最高的评价和奖赏，不知春华看到这个评语了吗？你可把这封信送她一看，并希望春华再接再厉！

你一定十分关心咱家中的情况吧，我要高兴地告诉你，近来家庭空前的和睦，前天星期日，你哥嫂、娇子、通子和我及你妈一同到滕州城里游览，共进午餐呢！你哥花98元给我买了一双皮鞋，花20多元给你妈买了上衣布料，够破费的吧！更重要的是，我及你妈身体康泰，和谐相处，望你们免念。

另：你文华姐给你寄的毛衣收到了吗？你文华姐刚发的厂服（照我的身材订的）给了我，价值300多元呢，穿上够潇洒的吧？我出发枣庄给你妈买了一双皮鞋（58元），还给你妈买了裤子布料。总之，我们的生活一天会比一天好！暂到此打住。

　　祝

愉快、进步

想你们的爸妈

1995 年 11 月 1 日

玉华：

十一月三日的信收悉。对你信中反映的问题，谈一点我个人的认识供参考。

我极赞同你这个态度："……我真的需要自力更生，锻炼锻炼了。"对于个人的分配去向，有帮手有操心的自然最好，但不论何时何地何事，什么时候都不能低估了"自我奋斗"的意义。试想，你上高中到大学读研究生，哪一道门槛不全靠你本人的奋斗而雄纠纠气昂昂地跨过的？那么今天，为了一个你理想的去向，仍然需要的是个人奋斗的精神。你要坚信自己：完全有自我奋斗的那个能力。而世间上的许多事情的成功，都是靠个人"奋斗"而获取的。不要迷信权威，更要蔑视权贵，"权贵"们固然有权，但我敢断言，他们的智商并不高于你，甚至说，他们某个方面的知识也不见得高多少。我的意思，绝不是鼓励你"骄傲""目中无人"，不，不是这个意思，我是说，当一个人警惕骄傲的时候，可千万不要让"谦虚"过了头。不要仰视一切，更不要俯视一切，而是要平视一切。

我过去说过：人生就是一个绿茵场，随时都有射门的机会，关键就看你脚下的功夫！对啦，脚下的功夫硬不硬，关键又看你"锻炼"的程度了。这种锻炼，实在是开阔视野、增长才干的绝好机会。

你说，你"为导师的事情闹了个不愉快，反正错不在我……"，你没说清楚是和导师还是和系领导还是和什么人闹了个不愉快。我很赞同你，事情过去了"也就不多想了"的姿态。事情就是这样：不管是高兴的事儿，还是烦恼的事儿，该发生的就让它发生吧：既然发生了（特别是不愉快的事儿），过去了也完全没必要再去想它，不然的话，人也就会变成神经衰弱症了。

"现在系里的态度极其讨厌"。我理解这种事情。我们所取的态度,应是见怪不怪。高等学府里也不是一片净土,更不是一片圣土。古今中外、上上下下皆然。资本主义国家如此,社会主义国家亦然!我极佩服薛宝钗开导贾宝玉的那句话:"世事洞明皆学问,人情练达即文章。"足见人世间有多少逢场作戏的"应酬",对许多事情且不可较真。

"和……开始有了些小摩擦。""这都是些正常现象。"看来,你对"小摩擦"这个问题的认识是正确的,即本属"正常现象",不必大惊小怪。你的自我批评,我认为也很实际,也属有"自知之明"。对,是应该多做自我批评,多检查自己的缺点、不足和弱点。我还建议,要学会宽容,学会严于律己,宽于待人。人,总是在与自己的缺点、错误的斗争中,逐渐成熟起来的。也要学会原谅人——原谅别人的缺点及错误,一个不会谅解别人的人,是不会找到永远的朋友和保持友谊的永恒的。人格的力量是伟大的,我想,高贵的人格首先应该具备坦率、真诚、善良、宽容、奉献等优秀品质。《共产党宣言》里的一句名言可以拿来借用:"无产阶级只有解放全人类,才能最后解放自己!"这就是革命导师的胸怀和气魄!

你说:"不知道这个寒假他能不能到咱家,不知爸妈……",我要说,小李在寒假来否,只能取决于他本人。他若愿来,我们全家人都会表示欢迎的。对你要说,只要女儿喜欢,爸妈自然喜欢。这就是爸妈的态度。

顺祝

快乐

向小李问好!

想你的爸妈

1995 年 11 月 13 日

163. 致玉华

（1995 年 11 月 25 日）

让父母永远信得过的女儿——玉华：

上周一（11 月 14 日），同时接到你与春华的信的上午，我给春华邮寄的小包裹（毛线裤）也送往邮局。从邮局回来又接到你们的信，真是双重的高兴。光想着尽快给你写回信，哪知让工作又把复信的事挤到今日凌晨（此时是 11 月 25 日凌晨四时）。凌晨好幽静，端坐在向华的小书屋给你写着"遥祝"的信，心中好甜蜜！

接你这封信后，我与你妈心情很是复杂：为你担忧——为了生计，担任这么多的讲课，身子能吃得消吗？些许愧疚——我们做父母的不忍心让孩子肩负双重压力（学业、挣钱）。总之，我们的心里很难过。当我读到你每周一到北京建筑大学讲八节课时，我发现你妈的眼里闪着泪光，我心里一阵酸楚。你妈和我都希望你少担任一门课，多注意身体健康，也尽量多吃些可口的饭菜。

你哥出差回来后，给我们讲述了他在首都"风光"以及你们兄妹相聚的情形，我们听了极兴奋。

我一直相信你说的话"好强好胜永远都不会让我有安宁之日的。"可以说，这个性格在你身上表现得十分强烈。也正是因为具有这种争强好胜的性格，你在学业上才实现了一步一层楼。但是，我更赞赏你下面的话："……一颗淡泊之心……能屈能伸，永远保持乐观的心境。"常言道，宁静致远，淡泊方能屈伸，这也是我对你所期望的。至于出国之事能否成行，因素在多方面。对此，我是既看重又不太看重。关键的问题是你要打下坚实的基础（学问），力争做个通才。

我和你妈有一个几十年（少说也有二十年了吧）一贯制的宿愿：让我们养育

的儿女都能成才。所以，不论家中经济再拮据，生活再困难，从来不曾在供你们上学花钱方面有过丝毫的含糊。为了不让你们的身体受损，不在思想上有经济方面的任何压力，我和你妈多年前就商定并且一直做到：不在孩子面前谈困难。家里没钱时也不要让孩子知道。给邻居借钱时瞒着孩子偷偷地去借……目的，就是不给你们增加精神压力，放心地安心地在校学习。

当然，咱家今天的经济条件较过去强多了。而且你们一旦需用大钱，我确实也有能力操办出来。所以为了你们的前途，我绝不会因为经济方面的因素而耽误了你们。要言之，我就是有你们上学的钱！还是弗洛依德说的好，人生三大精神支柱：事业、婚姻、子女。应该说，我具备了这三个方面的支柱，尤其是你们姐妹为我们做父母的争了气。我是幸福的，我们的家庭是幸福的。这种精神上的富有和财富是人生最大的充实、人生最高的乐趣。

实言之，我与你妈对你一直是最放心的，包括各方面都是如此。我们同时信任你，不管在任何时候，无论遇到任何问题，你都会有能力正确而妥善地去处理。

向华的学习成绩较前有提高。上周天（11.20）我到局一中参加了学生家长会。向华在期中考试的成绩居全班第二名，文科班级第二名，只有化学一门课不及格（58分）。天骄的学习大有进步，特别是能认真做作业。铅笔字挺工整。期中考试：数学100，语文99，居班内前几名。

你妈及我身体强健，生活有序，家庭（包括你哥嫂等）气氛较往更为祥和。望你们不用挂心。

　　祝
永远快乐

　　　　　　　　　　　　　　　　　　　　　　　想念你的爸妈
　　　　　　　　　　　　　　　　　　　　　　　1995年11月25日凌晨

164. 致春华

（1995 年 12 月 1 日）

想念的春华女儿：

时间过的也真够快的，不觉间，接你 11 月 11 日的来信，又半个多月了。让我着实心存迟复的不安。

我高兴地看到我的春华对问题所持的冷静态度，你愈来愈成熟了。我以为，你对人生的认识有了一个质的飞跃："……学会面对现实，正视自己……"，你这个说法又使我想起毛主席那句英明的话：错误和挫折教育了我们，使我们变得比较聪明起来了！我也极为佩服你的这话：自己才是最可靠的。只有靠自己，才最有希望。这便是你体验了挫折之后的一次思想的升华！这个论断正确极了。我祝愿你，靠个人的努力，个人的奋斗，踏出一条路来，取得明年的考研成功！当然，万一不成功那也不大紧，因为你为此作出努力了嘛。我还是坚信你会取得成功。难度愈大，竞争愈烈，也愈加证实个人的实力。任何一条路在成为路之前，都是坎坎坷坷，布满荆棘的。

这一次你一定要认准方向，选好目标，多向你二姐求教学习方法，多征求她的指导。我在此，再次希望你，一定要做到思想上轻松愉快，荣辱不惊。个人的奋斗目标才是最重要的。

嘱：你及玉华都应该给你们的文华大姐写封信，她想你们，安平、子晴常常提起你们。

我及你妈每天早起练功，身体与精神俱佳，特别报告一个好消息，我已基本戒烟，这两月来每天最多四五支，过去一天一包（20 支），现在四五天不吸一包。

　　祝
进步

　　　　　　　　　　　　　　　　　　　想你的爸妈
　　　　　　　　　　　　　　　　　　1995 年 12 月 1 日

165. 致玉华

十分信任的玉华女儿：

你上月九日发来的信，我正筹划写回信，忽又接上月底发来的信，可值当新账老账一齐还。

毕业分配在即，一切全靠你个人去跑，实在是难为了我们的闺女，你妈及我整日挂念。

"面包总会有的。"我想，不管分配何种工作，只要能留京就行。不论干何工作，只要有能力、肯干，总会干出点名堂。其实，留京工作孰好孰坏，各有各的认识，天涯何处无芳草？关键就在于个人奋斗。

通过这次跑分配，你经受了一次不大不小的锻炼和考验。这对你今后认识生活，认识人生，都会永远有无尽的益处。从你信里看出你已深有体会了。我过去常说，人世复杂，世态炎凉。要学会驾驭生活，这顶重要。

不应该把别人想得太坏，但也绝不能盲目的把别人想得太美好。

当你高兴地去握别人主动伸来的友谊之手的时候，也要留心他（她）明天会偷踢你一脚。

我绝不怀疑"人间到处有真情"的动人语言，我更不是一个怀疑论者。

天才在于积累，一岁年龄一岁心。

也谈小李来咱家与否的问题。

你妈及我一致认为：李永新来与否，并不重要。重要的是你们俩的感情，重要的是你对他认识和了解的程度？重要的是他对你的"真情"能打多少分？重要的是他的人品到底如何？

有一句名言：事物总是在变化和发展中。

你是否做到真正了解李永新？

我们对李永新的了解为零！

对人对事，不能只看表面现象，要透过现象看本质。

"他说了一大堆理由。"这仍是现象，本质呢？只有李永新清楚。

你妈说，得叫咱玉华多长个心眼。

以上说法，仅只主观憶测而已，供参考，绝不要伤任何人的心。

快到寒假了，你爸妈在此向二位女儿检讨，为什么每次去信不问下闺女是否缺钱花呢？其实，现在咱家经济条件好多了，我矿的工资套改从去年执行后，我每月工资伍佰余元，加奖金总共月收入近600元，够可观的了。

随信汇去400元，给你们姐妹俩人作点生活上的添补。

你给你们大姐的信收到，上星期我及你妈到兰陵一趟，文华说她给你们寄去了贺年片。

家中人均安。

祝

愉快

想念你们的爸妈

1996 年元月 7 日

166. 致春华

（1996 年 1 月 17 日）

春华：

接你元月六日写来的信，读毕甚慰。

前几天我给你二姐发出的信里有给你写的一纸信，玉华收到信后转交给你了吗？

我在上次写给玉华和你的信里，可能有些言语失当，不知你们看后有何想法？反正我有这样一种想法：你们能进入大学校门，已经很不容易，已经够光彩够幸福的了；而且大学毕业之后，所从事的任何工作、任何单位，对于绝大多数人来说都是可望而不可及的。在中国，在世界即使发达国家，进入高等学府的也只能是少数人。人应该知足——知足者常乐也！

关于你考研，我及咱全家人都百分之百的支持，关键就看你的成绩考中考不中了。我们同样相信，以你的天资、勤奋和现在的学习状况，考研的把握还是很大的。根据你现在所学的专业，我个人认为，报考社科类专业及法律专业还是有优势的。当然你喜欢金融一类专业，但难度可就大了，要下工夫补学有关专业知识。

向华元月十二日来矿，十四日到枣庄参加会考，十五日返嘉祥，我看学习的精神状态很好。

注意：一九九六年一月九日的《中国青年报》有一篇专题报道《路在自己脚下》很好。我建议你和玉华找来读读这篇文章，这对你们在大学的学习、毕业求职、走向社会都将大有裨益。

到二月九日，我及你妈将一块到滕州站接你。

最后，祝愿我们的春华吃好、玩好、学习好、期末考好！

并祝玉华顺利通过答辩，找一份理想的工作。

咱全家人都好，望勿念。

祝

永远保持最佳精神状态

想你的爸妈

1996 年 1 月 17 日

167. 致玉华

（1996 年 1 月 18 日）

玉华女儿：

前几日的去信，想已收到。

有一则消息（《中国妇女报》一九九六年一月八日一版）是否看到？即国家机关限招、推招女大学生的报道。实在令人愤然！在北京召开的中国政府大势宣传的世妇会开过几月？中国党和政府向世妇会承诺的妇女解放男女平等的堂而皇之的大话余音未消，然而……你看在中国办事多难？

也许，这样的事情，你会比我有更深的体会。

想你的爸爸

1996 年 1 月 18 日

168. 致玉华

玉华女儿：

你元月十五日、元月二十二日相继发来的两信均已收悉，后来那封永新写给我的信也已看过，勿念。

我和你妈天天都在盼望得到你定下单位的好消息。相信这一天就在眼前。作为父母，我们心里一直有一种酸楚感——实在难为了我们的玉华这孩子呀！

前几天给春华信，内有元月八日《中国青年报》头版头条的一条消息的剪报，紧接着又给你寄去《中国青年报》上的一篇文章《路在自己脚下》，你都收到和看到了吗？相信你们读后会受到启发的。

你信中谈到的有希望去的三个单位，我以为哪个都很好。不管哪个单位，对几亿人中的百分之九十九点九九九，都是可望而不可及的，不对，应该说是百分之九十九点九九九的人，既不敢有望更不敢有所求，严格说，谁能成为首都北京的一位公民，那也是有着无上荣光的。我在此谨预祝我们的玉华女儿，成为光荣的一名北京市民！

望转告永新，在此谢谢他给我信中的问候。恕不另纸。

你妈及我及全家均安，望免念。

春华 2 月 8 日返鲁，我及你妈打算 2 月 9 日上午一块儿到滕州站接她，也望转告春华。

盼你归来的消息，并祝

快乐

念你的爸妈字

1996 年 2 月 1 日

春华女儿：

　　你和你二姐的来信相继收到。因忙于给学校写上报材料《努力抓好规范养成教育》，没能及时复信，望谅。

　　你还在挂念我们那晚从薛城啥时回的矿。是发生了点小麻烦，但后来通过关系也就和平解决了。不用挂念。

　　我和你妈把你送上车，当火车徐徐开动之后，我们悬着的心才慢慢沉稳下来。又一次激烈的战斗。我们心里充满了胜利的欢悦。送你走后，你妈和我还在温习着那拼命拥挤的"战斗"场景，回味着一次次送你送玉华时的一次次化险为夷、逢凶化吉的"伟大创举"，心里倒升腾起甜也是乐苦也是乐的感觉。

　　从众男女拥挤上车，令你不自觉地会联想人生——优胜劣汰，人生无处无时不在充斥着竞争、角逐、倾轧……人们从中得到的不应是烦恼，而应该是欢乐；不应当知难而退，而应该知难而进。正如毛主席教导的"与天斗，其乐无穷；与地斗，其乐无穷；与人斗，其乐无穷！"人在顺境时要保持乐观的心态，人在逆境中更应保持乐观的心态。这就是好的心理素质吧！愿你我共勉。

　　我们欣慰地得知你"幸运"地坐在办公席一角，免去"腿功"之累，真为你庆幸。何况又得到"车接车送"。

　　这学期课不太多，你应把"自己的安排"安排好，真正地安排好。为了你个人的奋斗目标，为了全家人的期望，你一定要静下心来，把报考的专业及早定下来，抓紧时间学习，努力拼搏。一定要坚定信心，信心是成功的动力。

　　我没有接到向华的信，也就不知她上学期期末考试的成绩。你和你二姐应操一下心，从向华的实际情况出发，确定报考志愿。我认为报高、报低都不好。但要做到"恰如其分"，又何其难矣！考虑到向华的成绩并非出类拔萃，一味往小范围（北京、名牌或重点）想，恐怕也不现实。我认为设想的范围尽可大点，在确定报考专业的前提下（外语、财会、法律或其他），然后再考虑学校。山东或别省的院校都应比较，权衡一下。

前两天我专程到局一中询问了一下。局一中的领导回答了如下问题：五月中旬报名，六月上旬体检，六月上中旬填报志愿。向华返回一中的时间最好是五月底或六月初。现在局一中高三的学风很好。

咱全家均安。我仍然是基本不抽烟，喝极少量的酒（两盅）。少量的酒对健康绝对有益。

祝你

快乐

想念你的爸妈

1996 年 3 月 17 日

170. 致玉华

（1996 年 3 月 18 日）

玉华女儿：

3 月 6 日的来信收悉。

终于盼来了你工作单位已定的消息，让咱们全家人为你遥致祝贺！我早就说过，在找工作这个问题上又难为了我们的玉华，今天总算"尘埃落定"了，能不让你让你的爸妈让所有关心你的亲友大大的一身轻松吗？还能怪你在前个时期心情浮躁吗？其实从你去年七月底取得国家公务员资格时，我就为你毕业后的去向"浮躁"起来。结局还不错，应该说很理想。我以为你现在应沉下心来，一是好好的休息静等几日，然后才是迎接四月份的考试，论文已经通过，毕业的考试也不会有多难了。

离校而走向北分岗位的具体时间应是几月份？到时候来家住几天更好，没时间回来，我们也不怪，有一句古语叫"官身不自由"，事实亦如此，走向工作岗位之后，那更是"端谁的碗，随谁的管了。"

你回北京后，小李给我来过一次电话，是关于接春华的事。我想，在你这次找工作的过程中，一定得到永新诸多的帮助。在此，向永新深表谢意。

在你即将走向岗位之际，我及你妈在此嘱托你，下一步你还要多加为春华的考研操操心，要帮助春华尽快定下报考专业、选读的书籍，首先春华应树立信心，当然也要做好两手准备：考取或考不取，是否也要做好万一考研不成再留京工作的准备？

春华这次返京前，我和你妈都对春华讲，尽量多往任课老师或系领导那里走一走，联络感情，不能太呆板。望你多开导一下春华，并拿出你的主见，带着春华到春华的老师家里或系领导家里拜访一下，让他们知道，陆春华还有一位在北京工作的姐姐，还有为陆春华操心的"北京人"，这样人家对春华一定会有更好的看法。也可以到春华的系领导那里探访一下春华毕业后留京工作的事情，请他们给予关照。你妈和我都认为，我们的玉华就是比春华有活动能力，也有点心计（不要误会，"绝对"属于褒词），事实是最有力地说明。你的考研——取得公务员资格证书——北分工作，哪一步不是全靠你个人奋斗得来的，你还要为向华高考志愿意向当好参谋。此事，我给春华的信说得较明白，春华会和你商量的。

关于你们对我的烟酒方面的关心，我是知道的，但这次是春华纯属"谎报军情"，她是把"个别"当作"一般"，犯了唯心论的先验论的错误。事实是：近两个月我基本上不喝酒，有时喝也是二三酒盅，量极少。送春华的那天（正月十四日）我却破了戒。原因是我为送春华到薛城，找了矿保卫科的小车。那天下午五点，咱家备好酒菜招待司机及保卫科两位科长，还有一位财务科长。这三位科长准时来咱家，并各带来了烟酒等礼品。我为了陪人家，才开怀喝了几两酒，但绝对没误事，我那天晚上的表现极佳，春华应该清楚，不是我果断采取措施，勇敢地先上了车，然后拉春华，春华不可能上去车。一个醉酒的人是无法做到这一切的，烟，我基本不吸，一天多则二三支。我很自觉，也很知趣，就是我面对几位女儿的关心，我不能辜负你们的期望，你说对吧？

顺祝

快乐

想念你的爸妈

1996 年 3 月 18 日

171. 致向华

(1996 年 3 月 30 日)

向华：

来信收到。

上学期期末的考试成绩位居本班 22 名，年级排名可能在八九十名内，而数学仅为 65 分(满分 150 还是 120 分呢?)这个成绩就不能不使所有关心你的人为之忧愁。

从班内第 2 名到班内位居 22，这个落差实在太大，也不太正常。

我简直不敢相信。

除非出现奇迹，不然，要实现目标，谈何容易？

你找到学习成绩大幅度下降的原因了吗？不客气地说。你现在的实力早已离一类生远去，恐怕连二流学生都算不上。

我需要知道的是：学习成绩跌落的主因是客观造成的还是主观造成的。

我还想知道你各科的分数都是多少？操行评语是什么？

但愿你还能树立信心，更希望你能出现奇迹。

养兵千日，用兵一时，你早该明白这个道理。你 12 年的努力都是为了七月七、八、九的那个目标。你的目标能否实现全在你本人。

父字

1996 年 3 月 30 日

172. 致玉华

（1996 年 4 月 5 日）

玉华女儿：

你回校后的第二封信及时收悉。兴甚，慰甚。

你这次信没有提到永新，倒让我诧异：为什么没有小李的讯息？怎么的。

你同校的一位校友也去了北分，顶会计名额，下一步做保险，似有挤你去做财会之意，以至令你惶惶然。我倒问，他能挤掉你吗？是该生个人的一厢情愿？抑或是北分的意图？叫我看哪方的意图都不怕。问题明摆着，正如你所说："大学、研究生均是学保险"，何况又是金融管理处要的你！所以你不用担心，北分不会随意更改你原来所学的专业，那没道理。万一有所变动，你也要据理力争，绝不能改变你七年所学专业的"用场"。"好事多磨"，我极欣赏你所取的这个正确态度。

"向华报考志愿的事的确令人头痛。"我看更让人头疼的是她现在的成绩。向华开学后给我来信说，她上学期期末的一次摸底考试，成绩令人堪忧。在五科每科满分 150，总分 750 的摸底考试中，她的总分 450，在本班排名 22 位，年级排名跌落到 70 位后了。数学成绩可怜得很：63 分。这个成绩，但愿是偶然的一次。来信说，她正奋起直追。

前几天即清明节前你妈回老家一趟，主要是为了看望向华。你妈在一中住了一宿，拜访了向华的班主任曹老师，并从鞠老师那里了解了一下向华的学习情况。一致的评语是："向华学习用功，就是比不上她两个姐姐（自然是春华和玉华了）头脑聪明。"我早有同感，真是英雄所见略同。你妈对我说，这次摸底考试（三月二十一日考完），向华已知道一门数学的成绩：95 分。我听后为之鼓舞，提高了 32 分，有进步！不过我思之，丑小鸭要变成白天鹅，那需要一个艰苦的历程呀！

不过从向华的整体实力来说，考本科还没大问题，专科有较大把握。是否我的期望值太低了？但我一定"尊重向华的意愿"。

使我受到最大鼓舞、也最振奋的是你对春华充满信心的话："春华现在学习还算带劲……对春华考研我很有信心。"

我要的就是这句话。这也是我的感觉。又一个英雄所见略同。但愿春华的信心比我们更坚固。

另告：与这信同时寄春华的信，内装《中国青年报》4 月 1 日版的一张剪报《特告：97 届研究生考生请注意!!》，望你注意帮春华选购需学的书籍。

我们全家人平安。你妈和我很注重身体的锻炼与营养，望免念。

顺祝

快乐

想你的爸妈

1996 年 4 月 5 日

173. 致春华

春华女儿：

　　已接到你二姐的第二封信，尚没见你的信。不慌，忙学习是正题。给我写信，早天晚天无碍。只要你为考研努力拼搏，身体也棒棒的，那我就放心了。

　　你二姐给我的信中说："春华现在学习还算带劲……对春华考研我很有信心。"对你考研我早有信心。对你考研我与玉华又是英雄所见略同。坚信你绝不负众望。（写完上边一行字，一学生送来了你刚寄我的信）

　　读罢你六页纸的信（不对，是五页）欣慰之至。首先验证了我的信心是有充分根据的："……我对考研这个目标，还是有相当大的信心和决心的。"

　　我又一次受到极大鼓舞。我又一次得到心灵的抚慰。还有八个月，调整好状态，这是极重要的。试想国奥队又一次饮恨吉隆坡。而人家韩国队以 3：0 大胜中国队。除了技术因素之外，还有一个重要因素，就是人家状态好、士气高。我还劝你：为了实现考取研究生这个既定目标，在这八个月里，要做到潜心读书，荣辱不惊。我也赞同你所选的专业。

　　向华的学习有了进步。前几天即清明节你妈去嘉祥看向华，得知向华在最近的一次摸底考试中，数学 95 分，总比年前的 63 分好多了。报考志愿，还要根据下一次摸底考试成绩。我一定尊重向华的意愿，绝不干预她的志愿。

　　书不尽意，此祝

快乐

　　　　　　　　　　　　　　　　　　　　　　想你的爸妈

　　　　　　　　　　　　　　　　　　　　　　1996 年 4 月 6 日

174. 致玉华

（1996 年 4 月 18 日）

玉华女儿：

你 4 月 9 日发给我的信一准和我 4 月 7 日发给你的那封信在邮寄途中"擦肩而过"，打了个时间差。就是说，你收我的那封信（收你 3 月 31 日的信的复信）应早于我收你的这封信两天。

读了你的这封信后我和你妈异常高兴。一是高兴你的"学位授予仪式"（叫"毕业典礼"似不妥）已举行完毕，一是高兴你有了满意的工作。

你的穿硕士服戴硕士帽的照片，我们看了又看，特别让我羡慕！我羡慕你的高学位，我羡慕你的学有所成。"研究生"！这在我少年和青年时代就极为羡慕、极为憧憬的东西，永远的离我而去。但我的女儿却为我圆了一个梦！应该说，我对你的祝福、祝贺以及我为女儿所获学位的欢欣绝非一般，而是具有深层的意义！

我及你妈欢迎客人光临寒舍。如果客人有时间来山东的话。

你不是说可能 26、27 号回家么？尽量说准哪天起身，我与你妈好去滕州接你们。最好在你们起程前一二天让永新从单位给我来个电话（学校电话号码：〔略〕），来电话的时间最好在 25 日上午八九点钟。

还记得区号吗？（〔略〕）

又一次听你说：春华学习得很好，你对她的学习放心。我对她明年初的考研更充满信心了。

上封信，我向你们介绍了向华的学习成绩。她三月底的摸底考试情况尚不清楚。

我和你妈近来很注意调理生活（饮食的、精神的），每早做功，每天晚饭后到野外散步半小时到一小时。免念。

是的，我还要继续努力做到达观开朗，不去计较一些事情。为了我个人的健康，也为了不负在外女儿的关心，我也要尽力做到你们对我的要求。放心吧。

我及你妈在满怀信心地期望着远方的女儿能工作得有出息，学习得有出息。

上次给你和给春华的信都介绍了向华上学期期末考试的情况。你们接我那封信后，会知道对向华的报考志愿实在让人头疼。但我们也应尽到责任，尽到参谋的责任。

原说春华为迎考研抓紧学习，暑假不再回山东了。近来我对你妈多次说，暑假时，我让你妈到北京看闺女去！让你妈在北京住上十天半月。望你们早作思想上的准备。这也是我们做父母的支持女儿安心学习和工作的实际行动。

顺祝

一路顺风

想你的爸妈

1996 年 4 月 18 日

175. 致向华

（1996 年 4 月 23 日）

向华：

来信收到。我应该肯定你这次学习成绩有了很大进步，不只是分数上的，更主要的是精神上的——你对"胜利"充满了信心，这是最重要的，也是难能可贵的。我在与你二姐、三姐的往来信中都高兴地赞许你这种知难而进、不灰心、不丧气、不退却的强者精神。

说实话，我对分数和名次历来不是看的很重，就是说，我对你们的学习成绩所持的态度是：允许胜利，也允许失败。你姐给我的信中谈到你时说了这样一句话："一切事情都会有一个圆满结果的。"我极欣赏玉华这种乐观主义的态度。

上次你妈去嘉祥一中看望你时捎去的我给你的信，或许是言语有些激烈，或许是有点无的放矢，望你不要介意。看了你这次信末尾的一句话："放心，我不会在这儿做些与学习无关的事的！"好一个惊叹号！看来我聪慧的女儿又耿耿于怀于老爹了。其实，你应回忆一下呀，我何时何地有过对你的不信任呢？不，而是相反！我那个短信，只是表示了我对你由俯首称臣（第二名）到跪当小卒的不理解（第几十名已不属大臣之列了）。我所说的"不理解"绝无它意，只算作一种"恨铁不成钢"的气愤话。总之，你不应介意于我信笔拈来的一句话，对吧？

96 年 4 月 18 日《中国青年报》四版有一重要讯息《96 高考重点难点解题分析》（录像带）征购。我已给玉华去信，让她在京买《数学》录像带两盒（240 元），她五一节前来时捎来。如玉华买到，我在五月中旬（一中老师说，五月中旬需返校，因到那时会经常填各种表格）接你来后（准备专车接你）借个放像机放给你看。

我还花二元钱给你买了做数学题专用的"多功能快速绘图仪",高考时一定能排上用场。

毕业照片洗好后连同底片一并寄来,到邮局要用挂号寄,以免丢失。

祝

学习进步

思想愉快

父字

1996 年 4 月 23 日

176. 致春华

（1996 年 5 月 28 日）

春华：

首先要望你谅解——原谅爸的迟复。让你挂念了。

邮寄照片的信是 5 月 4 日中午收到的。玉华、永新走前也见到了。心想玉华返京后会告知你家中已收到信及照片，我也就怠惰了回信的节奏。随后是盼玉华、永新回京后给我的信以及寄录像带——迟迟不见，望眼欲穿地盼到 5 月 21 日。从 5 月 4 日送她们返京一直到 5 月 21 日，半个多月呀！还有为向华返回局一中的事，我及你妈到枣庄、去嘉祥，而且多次去枣庄，实在忙的够"水平"。因此，拖到今天才给你写信，你不会生气吧？

那两张照片，一张在北京植物园留影，一张在宿舍拍照，都极精神。毫不夸张地说，让外人看了真以为是电影明星呢！植物园照的那张特好。其实，明星又有什么神秘？我们的春华就是，只不过不是电影明星罢了。谁敢说不能做别的什么星。

我代表向华要感谢你了，你配合永新演了一场"邮寄录像带历险记"。

我和你妈，当然还包括玉华最关心也最寄希望于你的是明年元月份的考研。祝愿你以最好成绩如愿。

你最关心的一定是向华的学习情况及她准备报考的志愿。详细情况已给玉华的信中写明，玉华会转你阅读的，在此不多写了。不过，向华总的情况不容乐观。她对填报志愿的态度，让你妈气的流泪，让我气的沉默，你看到我写给玉华的信便知。在此，望你立即给向华写封热情鼓励的信，特别鼓励她：只要在高考前抓紧复习，会出现奇迹的（特别是数学）。

我及你妈很好，免念。

我现在是极少量的酒，基本不抽烟了（一天不超过三支）。我及你妈都在实践我们心中的格言：健康第一！

祝你

快乐

想念你的爸妈

1996 年 5 月 28 日

177. 致玉华

（1996 年 6 月 15 日）

玉华女儿：

5 月 29 日给你的那封挂号信，该收到了吧？

也真令人费解，记得 5 月 4 日晚送你们走后，我和你妈盼呀盼，盼你们的来信，而一直盼到 5 月 21 日才见到你寄给我的"寄物单"。而那张寄物单从北京至滕州的途中足足"走"了拾多天。好一个有中国特色的现代化了的邮政机制。让人好不气恼?！但愿我的"挂号"信也属于"走"得慢，而绝不会是"走"失。我实在珍惜写给女儿的那封长信，那里面凝聚了我这个做父亲的献给女儿的一份真情啊！

6 月 11 日上午给你的电话，你是否对于我的快节奏的几乎有点咄咄逼人的话语不舒服？

切莫误会！对上次"电话"有必要作一些解释与说明。那个电话，我在电话前写了一个讲话提纲，目的是为了在通话中节省时间，节省时间就是节省金钱。虽然是我本人不花钱，但使用"公家的"时间长了也不好意思呀！所以给你打电话前，我给我要说的话定了个基调：语速应是快节奏的，语言力求简洁、精练；并且在对方"质疑"时，不能作过多解释……

你看了这个解释后，应该释疑了吧？并不是我这个当爹的搞"专制主义"，让人理解的去执行，不理解的也必须执行。

关于向华高考志愿的问题，我是充分尊重向华本人的意见的。甚至，我把你及春华近年来对向华报考志愿的一些谈话视为"律条"。我极清楚你们厌恶这个"煤"字及"矿"字的。但我要说，这是你们的偏见！老实讲，并不是我对"煤矿"情有独钟,但我更清楚的知道,我与煤矿结缘 38 年来,从某种意义上说,是煤矿"照亮"了我前行的路。许多人一提煤矿,总与"黑暗"划等号;而我却认为煤矿即是无穷的光源,我们的采矿人即是当代的普罗米修斯啊!

这能是说教和唱高调吗?不,这是所有与煤矿有过缘分的人的共同的感情情结。

更何况向华所报中国矿业大学的专业一是英语,一是会计学。我想这两种专业与北大、复旦、南开大学所设的这两种专业绝无两样!

关键还是向华的实力。向华的实力,如果她是地方考生的话,报考中国矿大,至少差两个层次(台阶)。

我在电话中对你说了,向华的第三次摸底考试成绩是她三次中最好的,居局一中文科考生第一。但局一中的第一名金牌的含金量不是 24k 的,而是 12k 的,抑或 6k 的。我把向华的这个局一中文科第一名同市三中的文科第一名作了比较,好吓人。枣庄市第三中学文科考生第一名的成绩竟是 629 分。一样的试卷,相差如此悬殊!向华的成绩在枣庄三中文科考生中居第 41 名,在枣庄市(含滕州市)文科考生中位居第 197 名。市三中高三的一位班主任老师,即咱的同乡同宗族的陆远征明确地说:"向华的成绩根据去年的招生情况只能报专科。"这话极中肯也令我们失望。

有比较才能正确地鉴别。我是在进行了纵、横的比较之后,才作出了实事求是的最佳选择:报考中国矿业大学!因中国矿业大学招枣庄矿务局定向生。向华若和地方考生较量明显的力不从心,而和煤炭系统考生较量,就属于技高一筹了。所以说,向华若能考上中国矿大,实在是因了矿山职工子女的福分。

不知上述说法,你能同意吗?

还是我在电话中讲话的意思,既然作了报考中国矿大的选择,就应该认为这是最佳选择,我们都应鼓励、鼓舞向华为考中矿大而努力拼搏!

祝你

工作顺利

向春华问好!

想念你的爸妈

1996 年 6 月 15 日

178. 致春华

春华：

你6月12日写来的信收悉。

我们都十分关心的向华高考志愿的事情,我已在前两天写给玉华的信中作了详细的阐述,相信你也会见到那封信或玉华能够告诉你。

我实在不愿听到你们对向华过高的估计(或曰评价)和对向华过高的期望值。她和你和玉华高三时的学习实力简直不能相比,和你和玉华高中时的成绩绝非是一条水平线上,而是差距太大,即便和地方上的今天的高三学生相比,她仅算作二三流群体的学生。

关键是向华的学习状态极差。她既缺少激情又缺乏韧劲。第三次摸底考试总分520分,其中语文86分,数学121分,外语132.5分,政治99分,历史90.5分。"原始分"总分居局一中文科第一,比第二名的赵海波多2.5分。而现在是根据"标准分"计算的,结果向华在枣庄市的文科排行榜上是197名,而局一中的赵海波(向华下的第二名)竟位居第147名。原因就是赵海波的五科成绩均匀,向华的语文分数太差,拉了名次。数学成绩上去了,语文成绩下降了。原来的优势又变成了劣势,有点太不稳定了。

关于你考研报什么专业的问题,我以为是到了当机立断定下来的时候了,怎么还在优柔寡断、莫衷一是? 你没有征求我的意见的意思,况且我也真不懂,是纯外行,所以无权发表建议。但"意见"还是有的。我的意见就是你在给我的信中说的"……重要的是……较有把握考取。"

再好的专业考不上或没把握考上,都是不可报考的。兴趣(或爱好)是一回事,能力则是另一回事。我知道,就我个人而言,走上工作岗位已38年,坐过科室,下过煤井、挖炭、教学、开机器、看大门全干过,就是从来没考虑过自己的"兴趣"或"爱好"。组织上也从来没有也不会考虑你的兴趣、爱好。调你去,你得去;不调你走,你就得原地踏步走;也不会给你解释,更不准你本人"解释",一句"工作需要"全概括啦。我体会,个人的兴趣、爱好也不是一成不变的,而是随着时间的推移,工作性质的变动,不断地发生着变化。这是真的。

顶顶重要的是,不论学什么专业或做什么工作,不在于哪项专业的差别,不在于哪个工作的优劣,而在于你能不能拿出成绩,而在于你那项工作干没干出"气候"? 要说当前和未来最热门的专业是法律学而不是会计学。想在仕途上有所作为的专业是思想政治教育。当然考法律竞争最激烈,考政治教育对你最有把握。叫我看,也许古人的那句话是对的:生当做人杰! 不知当否,望三思。

　　祝

快乐

　　　　　　　　　　　　　　　　　　　　　　　　　　想你的爸妈

　　　　　　　　　　　　　　　　　　　　　　　　　　1996 年 6 月 19 日

179. 致玉华

（1996 年 7 月 3 日）

玉华：

首先望原谅。给你的这封信，是准备随春华之信寄春华学校，让春华再转交你。

何也？经验告诉我，"北分"单位那个邮递管道太不畅通：给你 5 月 29 日的挂号，我不是在 6 月 11 日给你通电话时你说还没收到吗？6 月 15 日我又给你发了四页纸的信，今天是 7 月 3 日了，还是泥牛入海。这不是钢浇铁铸的证据吗？

你在给我的一次信中，曾说到给我打电话，打不通，这又让我丈二和尚。我们这里从区号到单位号没改变呀！还是……

真不明白，李永新曾在过去给我来过两次电话，都接通了。李永新也曾在去年寒假里给你来过电话，不是你在我的办公室里接的吗？

那么，李永新要的电话号码不是你给他提供的吗？怎么如此忘性。

你应该知道我给你们打直线电话很困难。原来去的地方，人家管理制度极严，实在不好意思。所以我只能希望你们利用你们单位的方便给我主动来电话。

李永新和你一块儿于 5 月来山东前，曾两次单独给我通电话，且还收过他的大礼，而今也只字不见了，想来他一定很忙。不过，我倒有点挂念他，他弟弟分配何处？

总不该是我神经过敏吧。

此祝

快乐

想念你的爸妈

1996 年 7 月 3 日

180. 致春华

（1996 年 7 月 3 日）

春华：

6 月 23 日给你发去的信，收到否？

那封信主要谈了向华高考和你考研报何专业的一些我个人的感想，如果有引起你不愉快的话语，当算我没说，也望你原谅。

重要的是不要引起误会——还记得吧，本学期开学初我在给你玉华二姐的一次信中开玩笑的一句戏言，说你："谎报军情"，结果造成了你的不高兴，甚至于耿耿于怀。在此再说一遍，纯属戏言，绝无反感之意。你想想，当爹的啥时候也不能把女儿对自己身体的关心（劝我少喝酒、不吸烟）当成恶意，即便真的"夸大其词"，那动机还是好的嘛，我又怎会介意？又一次算作解释吧！

不知考研辅导班都报完了吗？咱全家人在此祝愿你为明年元月份的考研，打好基础，届时成功！

你放暑假后，学习任务那么重，且有实习任务，你妈担心你没时间回山东了。如果实在不能回家，我在此愿告知你另外一个好消息，你妈打算在公历 8 月中旬去北京旅游半个月的时间，你们该高兴地欢迎吧！

我们学校今天（7 月 3 日）正式放暑假，还是 9 月 1 日开学。

你妈及我及全家人平安顺利，免念。

向华今早从局一中回来，做大战前的短暂的休整。在此告诉你们向华的精神状态极佳，信心十足，胜利在握。让咱们一块祝福向华在高考中心想事成，如愿以偿！对，别忘记，向华盼你接此信后尽快想法把英语听力方面的磁带和书籍寄来（寄我就可以了，不要往局一中寄）。

向华也盼你们的信，她 7 月底面试英语。

你妈一直牵挂：三闺女生活上可不能太艰苦，正是长身体学知识的时候，一定要吃好喝好。不知钱够花否，来信告知。

顺祝

欢乐

想念你的妈、爸

1996 年 7 月 3 日

181. 致玉华

玉华：

　　为不误你需身份证之事，上周五（9 月 13 日）接你电话的次日（星期六）一大早，你母亲就起程赶回老家寻找你的身份证。你母亲回老家的第二天（周日）就又匆匆赶回矿，实可谓去也匆匆，来也匆匆也！以后可千万注意，有些证件（也不只此）一定要留心存放好，以防用时手忙脚乱。

　　听你妈说，好像春华也没身份证。如果属实，当尽快办理，以防以后用时，如你这般手忙脚乱。我这样说，恐怕让你不高兴了？

　　你们的挂号信，可能今天中午能收到，等看后，再给你们去信吧。

　　由于你我经常电话联系，因此你和春华及我们家中的情况能及时通报，所以双方自然就减少了写信的麻烦，我以为这对双方都方便。

　　再有三个多月的时间，春华就考研了。我们全家都坚信春华一定会以出色的成绩如愿以偿。

　　9 月 3 日我及你妈你哥三人送向华至徐州中国矿大。用你妈的话说："我在矿大临来时，交待向华给玉华、春华写信，就忘了交待给家里写信了，不知道她想起来给咱写信否？"今天是 9 月 17 日了，我们盼向华的信，盼得望眼欲穿，却落得黄鹤一去不复返，白云千载空悠悠。也许向华正想着，反正国庆节回家，用不着给家里写信吧？你妈近几天在唠叨向华咋不来信呢，咋不来信呢？其实，这是向华的老毛病了，她几时给过父母一点牵挂呢？我总觉得她什么时候也比不上我的二闺女三闺女。真的，这是我的肺腑之言。我早就发现，向华绝对缺少你们的勤俭、朴实以及孝敬父母之心，她的"小姐"脾气倒不小，娇、骄二气十足。你妈在矿大批评了向华一句"别把东西乱放"的话，竟招来向华的一顿小脾气，惹得你妈回家后提起此事伤心落泪。

我简直不理解了。我们做父母的究竟欠了我们的四闺女多少情？这不是小题大做，更不是危言耸听，实在是四小姐的行为引起的我的感想。

你在电话里说你给春华买双"运动鞋"，不让你妈买，就这样办吧。不过在此我还要赞美你妈对女儿的细心。你妈从北京回来的当天下午，对我说："咱得给春华买双鞋寄去。"

"什么样式的？"我问。

"就是玉华穿的那双运动鞋样的。"

"可以，等买好了寄去。不能再让玉华花钱了，她为了咱实在够艰苦的了。"

"你怎么知道春华爱穿那种样式的鞋？"我猛然发问。

"我在玉华那里时，一天春华拿起她姐的那双鞋审量了一会儿，还穿到脚上试了试。我看春华挺喜欢的。嗨，三闺女再喜欢，怕玉华花钱，也怕咱花钱，她也不好意思要呀！"

你母亲说这话时，我注意到她的眼睛里闪现着薄薄的潮湿。

我的心里一阵酸楚。显然，这是受了你母亲的感染。

你母亲和我都在为一种无形的力量"驱动"着——二闺女三闺女的孝敬之心。

先写到这里吧。再见。

预祝

中秋节快乐

想你的爸妈

1996 年 9 月 17 日

182. 致春华

（1996 年 10 月 28 日）

春华：

你 10 月 5 日的来信早到，内云尽悉。

首先望你谅解和理解的是：由于这几个月来，能经常地与你二姐在电话里"对话"，并且在与玉华的"对话"中每一次都能得知你的情况，所以我给你的信明显减少了也明显地不及时了。如接你这信后，就在一次与玉华的电话中强调指出："春华给我发来的信收到，望你转告春华。"并且每次与玉华通话时都询问你的情况。所以说，你的来信我没有及时复信，或者我没能给你主动写信，概源于此，你应理解。

上次给玉华通电话时，我告诉她：9 月 9 日《中国青年报》三版载有"97 研究生考试资料已出版"的消息，望查阅此报。不知春华看到这个消息了么。该买的一定买齐。昨天我终于找到这张报纸，剪下寄你。

前几天收到玉华汇款 300 元已取出，望免挂。在此，再次告诉玉华，家里不缺钱，平时不要寄钱。连同这 300 元已存银行 1100 元了。我及你妈商定：除每月供给向华生活费外，我们一不节衣，二不缩食，还能每月存 100—200 元，争取明年向华的 2400 元学杂费，不求外援。我和你妈给予玉华的厚望是：供春华上好学，考上研究生。

我和你妈对你的厚望就是沉下心去，学好知识，迎接考研！

顺祝

欢乐

想念你的爸妈字

1996 年 10 月 28 日

183. 致向华

（1996 年 10 月 31 日）

向华：

近来学习一定十分紧张，思想亦肯定愉快，为念。

你妈去徐州看望你，回矿又一周多了，时间过得真快呐。

你妈回来后，眉飞色舞地讲了徐州之行许多所见所闻的小故事，流露出她对徐州对矿大一种深深的亲近感，让我打心眼里高兴。

你妈打算到十一月底或十二月初再去徐州看望你。到底是离家近乘车又方便，去一趟很容易呀！

你妈回来说，向华的老师在班里讲，以后考研究生也不能离开矿大、离开徐州，因为户口在徐州嘛！我不知道这话是否属实？但我敢断言：此话纯属荒谬！一个本科毕业生报考研究生，所报学校和专业不受任何限制，完全由本人自由选择。而研究生毕业后，工作去向更是由本人自由选择了（当然也有用人单位选择人的权利）。就是说，不论你是在矿大毕业的研究生或山大、北大、清华毕业的研究生，都有同等的权利。你有权留在在校属地的自由，也有去海南、广州、上海、哈尔滨、拉萨工作的权利（当然由你个人联系用人单位）。

前几天你三姐给我的信中有这样一段文字："书萃 9 月中旬来过北京，主要是到北大、人大联系推荐免试硕士研究生名额的。书萃在北京呆了一个星期，天天奔波于人大、北大之间。她说，如果联系不成这两个学校的保研名额的话，就只能上山大的哲学系研究生了。"

看，山东大学的哲学系保送生都有可能到北京去上，何况报考哪个学校不更自由吗？

我看，不论在何处上学，根本问题是学到知识。知识就是本领，就是资本，就是资格！

现在许多的人（自然也包括学生）出现了严重的浮躁现象。其实也难怪，当前社会就存在浮躁的大背景。因此，特别是一些青年人（以我在单位接触到的一些青年人来说吧），不求学习、不求上进、追求时髦、混天聊日、胸无大志。

结果呢？现在实行富余人员下岗政策，许多的人慌了手脚。那些原来不勤奋工作的浮躁者纷纷因单位减员而遭淘汰。这次枣庄矿下岗 2000 多职工，陶庄矿也近 2000 人，我们八一矿正在进行中，计划 1000 多名职工下岗。一些下岗职工可自找门路，再就业。但无一技之长的人就几乎永远与"再就业"无缘了。中国缺专门人才，缺高学历人才，中国永远不缺体力劳动者。因此，我以及咱们的全家人殷切希望我们的向华，既不要封闭自己，品尝孤独，也不要赶热闹，慕浮躁。要心中永远有一个远大的目标。做到：冷眼看世界，耐得住寂寞做学问，以此鞭策自己，向着追求的目标奋进！

不知对么，供参考，并祝：

快乐

想念你的爸妈

1996 年 10 月 31 日

184. 致春华

（1996 年 10 日 31 日）

亲爱的春华三女儿：

你 10 月 16 日的信早到，要不是近来工作特忙，收你信的当天就打算给你写信哩！

你的信让我又喜又忧。喜的是：你用智慧和勤奋获取的"全班最优"的学习成绩，含金量最高；你为减轻家庭负担也为自身锻炼而继续做家教的举措让父母最受感动；而且你现在的这位学生又是你上任学生姑母的女儿，证明你"教学"的能力得到验证和家长、学生的赏识，这就是最高的奖赏和荣誉！所忧的是你"焦急却也无奈的心情"，怕你不能正确认识和处理令你烦恼的现实。

春华，从信中我看出了你忧郁的心绪和失落感，并对此抱有同情和理解。但我需要指出的是：你可千万不要陷入一种思想上的误区甚至抵触情绪。这是错误的也是最可怕的。

你可能认为，你凭"实力"完全有资格入选"特奖"和"保送"。是的，你有理由这么认为，但结果却最终与你无缘。为什么？为什么？我和你都会这样千百次地问。

为什么？当我冷静下来之后，终于想通了，问号变成了冒号。从我在政教处多年，每年上报市、局三好学生、优秀班干的工作经验知道，并不把学生的学习成绩作为唯一的评选标准，而是从学习成绩、思想、工作表现等多方面作出综合的评估和权衡。所以，我希望你在这个问题上能正确认识自己，也要正确认识别人；要多检查自己的缺点、弱点和不足，要以己之短比他人之长。只有这样，才能使自己更大步前进。

当然，也不排除领导方面出偏差，在"评选"上有失误。但你应该明白：在任何事情上做到绝对的公正和合理是不可能的。对某些不合理性，是允许的也是客观存在的。所以，我劝你对此要有个全面的认识。

哪怕是自己真的遭受了挫折和委屈，也要心处泰然，正确认识和对待。

辩证法告诉我们：挫折和委屈是一笔宝贵的财富，它能锻炼和考验一个人的意志，培养人的良好的思想品质。从这个意义上说，坏事，在一定条件下会变成好事。要紧的是，一个有理想有抱负有作为的青年，既要经得住顺境与成功的考验，也要经得住逆境与失败的磨砺。对待荣誉，尤其要淡泊，切不可浮躁。

坦率地说，你现在涉世尚浅，所受磨难又少，而且又多是坐的顺风船，听的赞歌多，所以在困难或者严酷的现实面前，产生脆弱的心理，挺不直腰杆甚至倒下，悲观失望（也许我的认识错误），那就大错特错了。小不忍则乱大谋。你应该像你平日里攻克学习中的难题那样，鼓起勇气，迎接挑战，为实现个人的奋斗目标（近期目标是学好知识考研）踏现实而怀未来。

对"失落"所造成的烦恼要尽快摆脱。要学会调整、调理自己的心态和情绪。在困难面前，退缩是没有出路的。社会不相信眼泪和叹息。对不顺眼的人和事，要做到心中有数就够了。对任何事情（满意的和失意的）都要表现出一种豁达与大度，开朗与帅气。信奉一句话：世事难尽人意，但求无愧我心。有诗云：

宠辱不惊，看庭前花开花落；

去留无意，望天上云卷云舒。

以上所述，供你参考，但愿能起到一点催你奋进的作用。

你妈、我及咱全家均安，望免念。

祝你

愉快、乐观

又及：给你的这封信，也让你二姐看一看好吗？也许对她也有点"指导"作用吧，或者征求一下她对你这个问题的看法。

附：我喜欢的箴言——赠春华

人的思想是了不起的，只要专注于某一项事业，那就一定会做出使自己感到吃惊的成绩来。——马克·吐温

人生一世，总有些片段当时看了无关紧要，而事实上却牵动了大局。——萨

马雷

当你不再有闲暇来琢磨自己是否幸福时，你就是幸福的了。——萧伯纳

我们要掌握自己的命运，先建立目标，然后用冷静、执着、坚强、乐观来做我们的向导。——罗兰

我必须承认，幸运喜欢照顾勇敢的人。——达尔文

念你的爸妈草

1996 年 10 日 31 日

185. 致玉华

（1996 年 11 月 4 日）

二闺女玉华暨永新：

来信收悉，内云尽知。

关于你俩的婚事——打算近期登记结婚之事，我及家人全没异议。我及你妈完全尊重你俩的决定。

女大当嫁，男大当婚，此乃常理中的事，我们做父母的只会为之高兴，为之支持，望放心。你玉华应该知道，我们这个家庭固然讲究传统礼仪，然则更多的是崇尚现代文明。让我们放心的是你俩相识已近两载，可以说相互之间有了基本的了解（恕我不用"完全"一词）且彼此都有了较稳定的工作单位，这就是最牢固的基础。

我和永新有了今年五月份和八月份的几次接触之后，感觉还是不错的，应该说永新有着他的许多同龄人所不具备的优点：勤勉、朴实、知礼。并且我早就说过，从永新的字迹中可看出他是个有责任心的人。我想，永新对待工作、对待同事、对待家人，都是有责任感的。这更是当今许多年轻人所缺少的优点。简言之，永新的人品不错，我及家人都喜欢他。当然，人同任何事物一样都是一分为二的，就是说看一个人要两点论、两分法，既看到优点也应看到缺点。不同的是，谁属主次的问题。我上边谈到的永新的优点，那是永新的主流和本质。缺点么，我尚没发现，只是仅仅感觉到某一点——似乎是性情方面的——传统一点，保守一点，甚至迂腐一点。说这是缺点或不足也对，但从某个角度说，也不全是缺点，如"传统一点"并非都是坏事。如我这等年纪的人"传统"和"保守"都是比较重的，甚至有时"迂腐"起来，让别人受不了。我对永新提出的"三点"，是否言重了？

不切处望永新原谅，或者是"无则加勉"吧！

也望玉华在今后的各个方面，经常想一想自己的弱点缺点或错误。知人者智，自知者明。对吧，玉华？

古今中外对婚恋爱情均冠以最美丽的言词，事实就是如此！是的，它是理想的一致，它是心灵的结合，它是患难的知己，它是前进道路上携手并行的战友。它不因岁月的磨难而枯萎，它不因风雨的侵蚀而褪色！这应是所有忠诚、正直人的爱情观。

辩证法告诉我们：生活中有欢乐亦有烦恼，脚下路并不是笔直的坦途。应该理解：人与人之间的言差语错，甚至嗑磕碰碰，这都是正常的、自然的。切莫大惊小怪。重要的是要尽量避免和减少这种现象，而且一旦发生要做到相互地谅解对方多做自我批评。在此，我希望你们要注意学会爱护和谅解！我以为，爱护对方和谅解对方应是一面永远的旗帜！

另外，春华的头疼经过你俩的关心和拿药治疗，不知好了吗？我及你妈十分关心。如果经过服药治疗好转，就不需作进一步检查了；如果不见好转，我望你们二位一定抓紧时间想方设法做进一步检查（做脑电图或 CT 拍片）治疗。我及你妈重托你们了，就算你为了我们，该花钱的花钱，该耽误时间的也得耽误时间。

书不尽意

顺祝

工作顺利

附（转春华）：我国明年招收硕士博士生 5.9 万名

国家教委、计委、人事部不久前发出通知，明年研究生招收规模确认为 5.9 万名。

通知指出，"九五"期间研究生教育将在保证质量的基础上适度发展。1997 年研究生招生总规模拟按 5.9 万名安排，其中国家招生计划为 4.7 万名（硕士生 3.7 万名，博士 1 万名），国家计划外招生 1.2 万名。（《组织人事报》1996 年 9 月 12 日）

想念你们的爸妈

1996 年 11 月 4 日

186. 致春华

（1996 年 11 月 6 日）

亲爱的春华：

上月底给你的信收到否？

前几天接玉华、永新来信，其中说到你又犯头疼症，她们到西单给你买了盒"赛鲨力"，并说经检查不是鼻炎造成的。

上周一（10 月 28 日）你母接玉华的电话，说你服药后没大好转，我及你妈十分关心，昨天我给玉华发信，托她和永新一定精心关照你，或者做脑电图或者做 CT 检查。

昨天下午放学后我回到家里，你妈说，她刚接到玉华电话（咱家里已安装电话了）说春华的头疼经吃了两个星期的药后已基本见轻了，我听后极为高兴。我还对你妈说，再不好转的话，就派你妈到北京看你去。现在好转了，我们全家人都放心了许多。望继续吃药，不能因一时好转就停药，切记。

上星期我和你妈到枣庄逛商店给你买了双鞋寄去，一定会合适的。

祝

愉快

要尽量放松，别超负荷运转。——又及

想你的爸妈

1996 年 11 月 6 日

187. 致向华

（1996 年 11 月 8 日）

向华：

来信收到。你写这信时，大概还没有收到我在 10 月 31 日发给你的信，那是一封写了五页纸的信。

生活补助与贷款总算发下来了。我看金额虽然不大，但这也是国家与学校的一番心意。应该领情。要说倒霉似乎也有点：眼看到手的特困生补助变成了贷款，而贷款吧，又是七人中较少的。向华，我和你妈还说呢，天底下哪有绝对合理的事，我望你千万不要计较，千万不要埋怨任何人，千万不要去多想，千万不能为此区区小事而烦恼。如果在这件小事上想不开，会影响自己的学习和进步，很不值得。再说，咱家也不是多困难，学校不给一分钱，我们照样供你上学。你二姐昨天给家里打电话时，给你妈还说哩：我们有能力让向华吃好、穿好、学好！

你说需要英汉字典，就叫你姐帮你买英汉词典。我认为凡是有利于学习的工具书，该需要的一定去买。不要怕花钱。我看，徐州新华书店有英汉词典的话，就不要叫你二姐买了。你可在徐州买。叫你二姐买，邮寄也不方便。

我最近就去滕州市城里给你买收音机（照你们辅导员老师说的买，并尽量买好的），这月底你妈去看你时带去。

亲爱的向华，你可放心，只要对你学习有用处的，你就自己做主大胆地去买吧。我及你妈一定会坚决支持。

昨天玉华来电话时还说，给你写好了回信，因投递困难（距邮局远，说叫人捎又不礼貌）还没寄去。

先写到这里吧。

　　祝你

快乐

想你的爸妈

1996 年 11 月 8 日

想念的玉华暨永新侄儿：

你们好！

你妈上周六去徐州看望了向华，在矿大住宿于次日下午返矿。

你妈说向华学习的劲头挺大，让我很是高兴。向华对你妈说，矿大对定向生每生每年收取千元定向生费，还说，她给你去信，意在向你们求援。你妈当时就批评了向华：家里有钱，不该给你二姐去信要钱，你二姐也不宽裕……

在此对你重申，向华所需千元费用，我已到银行从存款中取出，下周六（12月 7 日）你妈再亲赴徐州送款。

随信寄去我的支气管镜检查记录单，请你和永新尽快想方设法请一心肺名医看一下这张记录单，并请医生根据此单作出指示。

请你们向大夫询问：

1. 此血管瘤有无危害？会不会自动消失？还需要除掉吗？

2. 患者今后在生活上需注意哪些事项？

望你们接信后抓紧到著名的医院、著名的大夫那里咨询一下，然后挂号信或电话告知。

祝

快乐

你们的爸妈

1996 年 12 月 3 日

189. 致春华

（1997 年 1 月 6 日）

想念的三闺女春华：

新年好！

许久没给你写信了，甚至给你寄鞋的当儿，包裹里都没来得及夹一纸信，我这个做父亲的真够手懒的。你当原谅老父的粗心为盼呀！

其实，每周玉华一二次给家里来电话时，她都详细介绍你的情况，你妈或我也都从多方面询问你的情况。

你二姐说，你的学习一直特忙，几乎没有上街买东西的时间。

你二姐也每每传来令我们对你牵挂的消息。如一个月前说你又犯了头疼病呀，半月前又说你得了感冒啦。这虽是平常的一些人的多发病、常见病，但之于紧张备考的我们的三闺女，却令我及你妈揪心的疼痛。你妈及我总是在电话里热切地对玉华讲：玉华，你就等于替你父母操心、想方设法，抓紧给春华检查治疗！玉华听到我们的上述说法，每次都坚定地表示："当然了！我懂。我会处处关心她的。请爸请妈放心！"玉华还把每次给你买药治疗的情况一一告诉我们。

你大约服"赛鲨力"后的半个多月，玉华来电话时说你基本好了，后来又说你患了感冒。上周来电话时说你又有点头疼，学的东西记不住。

对于玉华说你总感觉学的东西记不大住的说法，我在电话里大声对玉华讲："望告诉春华，不要为感觉记不住而烦恼。要相信自己。啥叫记不住？是学了一百记住一百才叫记得住么？不，天底下也没有这样的天才。是学了一百个问题记住五十个或六十个问题，而对一百个问题来说叫记不住吧？我要说，这不是个人的记忆力差的缘故，这叫正常现象！要知道别人一百个问题只记住了三十个四十个问题。人家都不苦恼,春华更有理由乐观!"

又一次,我给玉华通电话时,我对玉华大声讲:"我最担心的是春华的心理状态上的不足,要调整好心理状态,千万不能存有精神上的压力……"。

不知玉华把我对你讲的话都告诉你了吗? 我的话,对与不对仅供你参考。但迎接考研或者在元月 24 日、25 日、26 日三天的考试过程中,要具备正常的心态,去掉压力是至关重要的。

去掉压力的一个重要方面,就是要对考研有个正确的认识。你知道,原我们二校的张金魁三次考研,终能如愿。张金魁原是个技校毕业生,后来自学中文大专,隔着本科学位直接考上研究生。去年分配我校教初中的魏君正,又是个心高的青年。他是去年毕业于中国矿大专科经济法专业。虽然也没上本科大学,今年他却报考复旦大学研究生法律专业。用他自己的话说,今年先试一试自己的实力,目标是三年考中。

我举上边二人的实例,只是说明,只要追求执着,定能实现理想。但一定具备平常心态,消除心理障碍。

祝

成功

又及:北科大学生工作部寄来的你的成绩报告单令全家人欢欣鼓舞。"加权平均分 89.99",校级优秀三好学生,祝贺你!

想你的爸妈

1997 年 1 月 6 日

190. 致向华

（1997 年 3 月 14 日）

想念的向华女儿：

来信收到，甚兴，甚慰。

读过你的来信，让我高兴的事太多了。

首先给我显明印象的是，你的钢笔字有了明显的进步，字的间架结构较为规范。我对照了你高三和大一上学期写给我的信，简直判若两人的手笔。

你的革命史和计算机这两科考试的成绩也让我高兴。87、73，这两个数字一定包含着我们的四闺女许多的汗水和艰辛。人不能一口气吃个大胖子呀，总得一口一口地吃。我多次说过分数要看，但不可看重，重要的是能力和水平。

尤为高兴的是，你选学钢笔书法。这对一个有知识的人来说，写一手漂亮的钢笔字，简直太重要了。我相信，一两个月后，你的钢笔字将会出现一次飞跃；半年之后，你会超过你二姐和三姐的。我对你有这个信心，你更要树立这个信心。

总之，我对你的学业越来越充满了信心和希望。

昨天（3 月 10 日）北京玉华电话，又给我们送来了振奋人心的令我们全家欣慰的消息：春华的考研总分是 354 分。虽然录取分数线还没下来，但玉华说，根据往年的录取分数线：320—335 分，春华的这个成绩是没问题的。并且，为了"双保险"，即万一考不上研究生也要留北京工作，你二姐和永新经过这一两个月的努力，终于为春华在北京找到了接收单位，并且已经签订了合同。我想，当你得知这个消息后，也一定会受到莫大的鼓舞！

我为女儿考研悬着的这颗心总算落下了大半。对她考取的信心有了更多的依据。

你在家里时，还记得我拟定的一篇散文的题目么：《目标正前方——写在女儿考研录取之际》。我坚信，春华将以被录取的事实让我写就这篇文章的。在我认定这个题目《目标正前方》足以能表达我心中的主题时，清朝大学者蒲松龄的名言跳入我大脑记忆的屏幕："有志者，事竟成，破釜沉舟，百二秦关终属楚；苦心人，天不负，卧薪尝胆，三千越甲可吞吴！"

我想，蒲翁的这个长联送给我们的春华，真是再恰切不过了。有志者事竟成，天不负苦心人。今天我把它拿来送给我的向华，也一定是最恰切，并且受之无愧。在此，预祝你学业有成，继续努力！

向华，给你的信刚写至此，电话铃骤然响起，是你二姐的声音。又一个好消息报来：春华的考研名次居报考中央财经大学财会专业的 240 名考生中的第 11 名。该校招收 12 名财会专业生，你三姐恰在其中。幸哉，幸哉！

给你写这信的最初打算邮寄，后与你妈商量，决定让你妈亲自去徐州看你，顺便也好把磁带捎来。

祝你

快乐！

又及：你二姐在电话中听你妈说星期六到徐州去看你，她让你妈转告你：她最近特忙，所以没抽出时间给你写信，望你谅解。并说，春华自回校后因准备各种考试（四月初还要参加考研复试）忙于学习，也没抽出时间写信，也望向华谅解。

想你的爸爸字

1997 年 3 月 14 日

191. 致春华

（1997 年 3 月 18 日）

我想念的争气的春华女儿：

你 2 月 23 日的信早到，为兴为慰。

还望原谅老爸迟至今日才给你写回信。

是不能再用"工作特忙"或"经常与你二姐通电话"之类的"客观"来搪塞或化解自己的懒散及不够关心的错误了。

最近的半个多月来，咱二工区的家和北京市行玉华办公室，可以说成了一条名副其实的电话热线。有时是你二姐直接给我们打电话，有时是我到"公司程控电话室"直接给你二姐去电话。通话的中心话题围绕着你接收单位找到了吗？春华的考研成绩下来了吗？春华进入了 12 名之列了吗？如此等等。

几乎每次与玉华通话前，我的心情都又稳实又紧张。稳实的是，对你的考研被录取的可能性比较有把握，紧张的是怕出现万一。

但每一次与你二姐的通话，都给我们传来振奋人心的消息。三月初，你二姐在电话里说，给春华找到了接收单位，并已签订合同；三月十日玉华在电话里说，春华考研成绩下来了，总分 354 分，这个成绩不错；三月十三日玉华在电话里说，春华今天到中财大查了分数，名列 240 考生中的第 11 名。我几次在电话里说，望玉华带着春华早一天拜访导师……

春华，写到这里，我要道一声：祝贺你考研成功！

这也将意味着我在春节前就拟定好的题为《目标正前方》一文的正式动笔！

你考研的成功，再次给了我许多的启示，蒲松龄的那个著名的长联，再一次在我大脑记忆的屏幕上显现出来：

"有志者，事竟成，破釜沉舟，百二秦关终属楚；苦心人，天不负，卧薪尝胆，三千越甲可吞吴。"

这就是真理！你以你个人的实践印证了这个真理的牢不可破。

从你二姐的学有所成中，我再三再四地感受到：一个人只要把握自己，坚定信心，向着追寻的目标努力，就一定会无往而不胜，夺取一个又一个的胜利！

全家人向你致意，并向支持关心及给你全方位援助的玉华致意。

此祝

快乐

你的爸妈

1997 年 3 月 18 日

192. 致向华

（1997 年 9 月 9 日）

向华：

首先预祝你中秋节愉快！

近来学习一定十分紧张，可不要忘记锻炼身体呦，为念。

恐怕你一直在惦记着你妈送你的那天下午，你妈从徐州返回到薛城下车后，是否赶上了去滕州的汽车？现在你应该完全放心吧。你妈在当晚的 7:35 就回到了我们二工区的家。甚至在你妈刚出现在我的面前时竟给了我个愕然——哪里想到，她回来得这样快！

英语磁带是否录制完了？我专问了侯老师，他说录制二、三册的。注意，如果录制了一、四册的，洗去重录就是了。

你哥问你们学校是否出售全套的初中英语磁带。有的话，可买一套初中英语磁带捎来，是刘泰然用的。

顺祝

进步

父字

1997 年 9 月 9 日

193. 致春华

（1997 年 10 月 6 日）

想念的春华女儿：

　　首先让我和全家人祝贺你国庆佳节玩得欢乐！祝愿你在新的学校、新的学习天地里愉快和奋进！

　　接你的来信已有十余天了。读过你的来信，让我和你妈高高兴兴了好一阵子。虽然在你二姐和我们的电话里，我和你妈能从你二姐那里及时地了解你的情况，但总不如从你的书信里得到的"欣慰"更直接更强烈！

　　亲爱的春华，你能有今天，靠的是你个人的奋斗！证明了你是一个有出息的青年。人，应该是不断地从低层次向高层次迈进，不断地充实自己，这样才能成为一个对社会有用的人。今天你从北科大走进中央财大，这是你的又一次新的飞跃。这次飞跃远比你当初从嘉祥一中走进北科大时更高级！盼望你在新的学习环境里学一身本领，将来成为国家的栋梁之材！

　　你在信里说："……大家实力都不弱，像我这样的应该是基础较差的，也只有尽力弥补差距了。"我特欣赏你的这句话。记得你在 93 年进北科大后给我的第一封信里也说过类似的话儿。这个话儿，对你来说不是谦词儿，而是一种对客观的认识。我敢说，只有能正确地认识自己也正确认识别人并立志迎头赶上的人，才会说出这个话。在我的记忆里，你从上小学而初中而高中而大学，我还从来没听你说过一句"人不如我""我比人强"之类的话语。结果呢？上小学时你是班里第一，上初中、上高中时你的学习成绩也是班里和年级第一名，四年本科你得了三年第一，只有一次你屈居第二；大学毕业，你荣获优秀毕业证书，这就是一个谦逊者的风采！这就是一个虚心好学、不甘人后者的风采！这就是一个有较高人格和品格的人的表现！

会计师考试成绩下来了吗？我很想知道。导师确定了吗？听说你住的宿舍是新楼 601 号，对吗？

我和你妈及全家人均安。特别是我和你妈，为了健康，最近又开始增加了运动量。我们的身体结实，望免念。

最后，你妈让我写下一句话，作为此信的结束语：春华，天凉了，你要注意多穿件衣裳呀！

祝你

快乐！

想你的爸妈

1997 年 10 月 6 日

194. 致春华

想念的春华女儿：

思想愉快起来了吗？甚念。

你写于 10 月 11 日的信我于 10 月 20 日收到。大概是你写好信后没能及时送邮局发出才迟迟来到吧。你二姐 14 日来电话时曾说你们已给我发了信，结果从接玉华电话起我就天天到学校查询，盼得好焦心呀！

读过你俩的信，又给予我另一种欣喜——我读信时，实实在在地注意到：你俩的字，还写得真帅、真好！我头一次自感不如了。坦率地说，过去我对自己的字还真有点"感觉良好"，以为我的硬软笔字在有文化的人中，居一般人之上，甚至还有点儿自我陶醉呢！今天在我认认真真地作了一番对比之后，才发现闺女的字远远超过了我。客观地作一番比较吧！我的字是"潇洒"有余，法度不足。虽也能纵横驰骋自由舒展，但总感觉有失严谨，说白了有点侉叉。玉华的字就没有我字的缺点，就整体而言，给人一种娟秀流畅之感；美中不足，就是字的个头有点偏小，但瑕不掩瑜。春华的字呢，不止我说，这次信让我们二校喜爱书法的孟、冯二位老师看过之后，大加赞赏，说春华的字规范大方，有力度。实在让我高兴，让我再一次领略到下面这句话的真谛："长江后浪推前浪，世上新人超旧人。"

再回到你信中提到的问题吧。

我认为，跟哪位导师，你二姐所说极是："谁带都一样，只要你自己能学到东西就行了。"事实正是如此。自己沉下心来做学问最为重要。我没进过大学校门，对研究生做学问，导师能起多大作用不得而知；但我凭直觉认为，会计学这个专业不同于理化专业，理化专业"功夫"全在实验室里，即从书本（理化）到实验

（具体操作），从实验到理论；其中导师的具体指导的作用极大。而会计学这个专业就不同了，是从书本（理论）到书本（理论）。对专业知识的取得（占有）全指望个人的努力学习和钻研，导师的作用不太紧要。那真是应了一句老话："师傅领进门，修行在个人。"所以望你千万要不得什么不平衡的心理。要消除思想障碍，只有潜心做学问才是将来求职的讨价还价的唯一的筹码！

现在再向你谈一点咱家的情况。我要说情况良好，自你们返校后，家里呈现出安定团结的趋势，你妈及我的心情一直很舒畅，身体状况也很好。我和你妈一直认为，对我们来说，增强健康意识，提高生活质量是最为重要的。在我及你妈的感情生活中，我对自己提出了更高的要求。我及你妈都力求做到我俩在共同生活中其乐融融，其情融融。能得到这么多女儿的时时刻刻的爱，是做父母的最大的幸福！

前几天我在和你二姐通电话时谈到，我没有写东西的笔了。原来我在北京带来的派克圆珠笔（一支白色的送给了向华），已干枯无墨了。你二姐说她再送我两支。并且我对玉华说春华说送我一支金笔（优秀毕业生的奖品）是我最盼望的。我喜欢用那种笔。望你们在不久的将来邮来为盼。俗话说得好，要想善其事，需先利其器。我历来喜欢有一支得心应手的钢笔。我给你写这信用的是原学校发的三四块钱一支的"美工笔"，很不好用。没办法。

前几天你二姐来电话说，要双棉拖鞋，她的那双找不着了。你妈立即赶做了三双女拖鞋，说是有你的一双。等包装好，给玉华寄去。

你二姐说，六月将去法国，那可是个好去处，是全球为数不多的观光胜地之一。你二姐真幸运。

祝你

愉快

想你的爸妈

1997 年 10 月 23 日

195. 致玉华

（1997 年 10 月 24 日）

想念的玉华女儿：

你及春华写于 10 月 11 日的信我于 20 日收到，大概是春华把信没有及时去邮局发出，才姗姗来迟的吧，让我好等。

我及你妈为你有机会出游法国感到高兴，众所周知法国巴黎是世界少有的旅游胜地之一呢，你去那儿一定多留影珍存起来，也让我们以后分享一下呀！

我十分赞赏你的这个观点："反正什么时候都老老实实做事，老老实实做人，这个道理颠扑不破。"事实永远证明，老实人得人心，老实人经得住时间的考验，不要怕一时一事的不被少数人理解，这没关系，日久见人心嘛！今年的七八月份你处在一次人事变动中，你当时可能有点进取心受挫的感觉，我却认为是理所当然，原因是：第一，你资格太浅，仅仅参加工作一年多；第二，还缺乏考验，这需要时间。所以我认为不被提拔实属情理之中。

记得春华在八月中旬返京之前，我曾托春华转告你，记住蒲松龄老先生的话吧："有志者，事竟成，破釜沉舟，百二秦关终归楚；苦心人，天不负，卧薪尝胆，三千越甲可吞吴！"不要急于"求成"，多磨练一下自己的心性，从长远的观点来说是大有益的，有时也可作一点自我安慰：陋室容我静，名利任人忙。

但做人要掌握原则，把握分寸，小事糊涂，大事清楚。人应看重自己的人格，可以吞下冷落，但不能吞下轻蔑与侮辱，要善待自己，善待别人，挺直腰杆做人，生活会对你露出微笑。

告急！上次电话里我已谈到我缺笔用之事，给你写这信的笔，还是原来学校发给我的三四元一支的"美工笔"，太粗，写出字来难看，没办法。

你要的棉拖鞋,你妈赶做好三双,有春华的一双,另一双你可送人,还同时寄去床沿上的围子三条,给春华一条。

祝

欢快顺心

春华作为我家的第一名中共党员,为我家增光添彩,我们衷心希望我们的玉华能步春华后尘,早天投入党的怀抱里。

——又及

你的爸妈

1997 年 10 月 24 日

196. 致向华

（1997 年 12 月 10 日）

向华小女儿：

两封来信均已及时收到。因为接你上次信后，光盼等你和周霞同学在 12 月初来家，所以未及时去信。你这次来信，说因迎接一些学科的考试，不能兑现如期回家的诺言了。说真的，倒让你母亲和我有些失望。因为我们盼了这么长时间了，等闺女来，也等周霞同学来。让我们用真诚和热情来接待不嫌咱家贫的你的同窗好友！你们因迎接考试而投入紧张的学习，这比回家更重要。

从来信中看出你在政治上的上进心很迫切，这是让我最为高兴的。但不能怕麻烦，不能怕繁琐。俗话说，好事多磨就是这个道理。在此祝你继续努力，严格要求自己，多向组织靠拢。争取学业、思想双丰收，早日成为一名光荣的共产党员，为咱全家人争光！

你上次信还说给你大姐写信。我和你妈在兰陵住了七八天，到 11 月 26 日中午离开兰陵，也没见给你文华姐的信。前几天接春华的信，她也讲你这学期只给她去了一封信。看来都很盼望你的信。这是一件大好事，特别对你来说是如此。但我发现你却很少与你姐通信，对我也是如此。你是万不得已才写封信的，这我完全看得出。不知你是手懒还是学习太忙。我常常回忆起你二姐参加工作前上学的那些个年月，每一个学期她至少给我发五封信，最多时是一学期给我写七封信。春华呢，似乎和玉华达成的默契，每当我收到玉华信的时候，春华的信总是紧步后尘，跟踪而至。而且两个人的信，都写得很长。多年来，我深有感触地多次对同事讲，我人生的最大乐趣其中有这样两点：一是接读闺女们信的时候，一是我给闺女们写信的时候。每当这时，我全身心地会感觉一种极大的愉悦。

这就叫亲情！

这又让我想起大闺女每次来矿都问我：玉华、春华、向华来信了吗？一听说来信了，就催我赶快把信拿给她看。等她专注地把信看完了，还不大满意地说："咋不把信写长点？"似乎信长到一时半会看不完，她才能看个"够"。

我完全体会文华的心情：信虽然不是写给她的，但"信"毕竟是她妹妹们的心声，她想从这些熟悉的笔迹中寻求一种幸福感。

这就是亲情！

古人云的"家书抵万金"。我想其本质就是由于亲情的关系。如果抛开亲情二字，"家书"也只是家书而已，何来抵万金之说。

在这里我要坦率地指出：我早就发现，你是很懒于主动给你几个姐姐写信的。我知道，你的几个姐姐哪个不对你十分的关心——不只是思想感情的，也包括物质经济的。而你连一封短信也不该给予吗？还是深刻地思考一下主观的原因为好。

向华，我上边的话也许让你看了很不愉快，但我希望你即便一时想不开也不要耿耿于怀。我相信：我这些中肯的话语对你一定会起到永远的益补的。

天气变得很冷了，望你注意饮食注意穿衣。

我及你妈身体健壮，生活愉快，免念。

祝你

学习进步

想念你的爸妈嘱

1997 年 12 月 10 日

197. 致春华

春华三女儿：

你 11 月 26 日写给我的信收到。甚慰。

知道你"现在过得紧张而充实"，我及你妈更为高兴。

上月初，我及你妈回老家住了拾余天，走了几门亲戚，串了一些邻居的家门，深感："月是故乡明，人是家乡亲。"这也正是你的感触："嘉祥和枣庄相比，还是前者更亲切。"

家乡的人在与我们的家常话中，不少人知道你和玉华都在北京上学或工作。一些和"文化"有点沾边的人透露，当年对于你在嘉祥一中被保送上大学，曾成为一时的"热门话题"呢！我和你妈闻之，亦不无自豪之感。

对于你的"感觉比本科时充实了许多"的话，我尤为高兴。"感觉"常常是一个人精神状态的直接因素。这也是我这个没进过大学校门的人所不能想象的。我原以为上研会比上本科时更松散，哪知道你"过得紧张且充实"。我还认为，你的这个感觉，正是你积极、健康、向上的一种心态的展示。足以证明，你的思想、知识、修养都有了新的提高。

在此，我及你妈殷切寄希望于你：珍惜机会，学好本领。真正成为具有报国之志、建国之才、效国之行的一代新人！

以下再谈一下我给向华写信批评她不能及时给家里给她的三个姐姐写信的事。我把给她的信抄一段给你，不知我这样批评对否？

"你上次信还说给你大姐写信。我和你妈在兰陵住了七八天，到 11 月 26 日中午离开兰陵，也没见到你写给你文华姐的信。前几天接春华的信，她也讲你这学期只给她去了一封信。看来都很盼望你的信。这是一件大好事，特别对你来说是如此。但我发现你却很少与你姐通信，对我也是如此。你是万不得已才写这封信的，这我完全看得出。不知你是手懒还是学习太忙。我常常回忆起你二姐参加工作前上学的那些个年月，每一个学期她至少给我发五封信，最多时是一学期给我写七封信。春华呢，似乎和玉华达成的默契，每当我收到玉华信的时候，春华的信总是紧步后尘，跟踪而至。而且两个人的信，都写得很长。多年来，我深有感触地多次对同事讲，我人生的最大乐趣其中有这样两点：一是接读闺女们信的时候，一是我给闺女们写信的时候。每当这时，我全身心地会感觉一种极大的愉悦。

"这就叫亲情！

"这又让我想起大闺女每次来矿都问我玉华、春华、向华来信了吗？一听说来信了，就催我赶快把信拿给她看。等她专注地把信看完了，还不大满意地说咋不把信写长点，似乎信长到一时半会看不完，她才能看个'够'。

"我完全体会文华的心情：信虽然不是写给她的，但'信'毕竟是她妹妹们的心声，她想从这些熟悉的笔迹中寻求一种幸福感。

"这就是亲情！"

我在给向华的信里还直接批评她"懒于写信"，不仅仅在于一个"懒"字。把不写信的理由仅仅归于一个"懒"字的话，未免太轻描淡写了。不知向华收到我的信后将作何想法。

前几天你二姐给我们通了电话，在电话里由于我的耳背听不清对方的话，而且也受着电话的"时限"，故不能"言无不尽"。所以我晚几天有空再给她写信。

天气很冷了，望注意身体。

祝你

愉快

想念你的爸妈嘱

1997 年 12 月 12 日

198. 致玉华

（1997 年 12 月 29 日）

想念的二闺女玉华：

首先让我及你妈为你从美丽的法兰西旅游归来而高兴。

你寄来的两支钢笔早已收到，并且已将其中的一支英雄笔正式投入服役。很好用，不只是写字时的得心应手，也大有一种心理上的满足。

我也早就打算给你写信，但又总被惰性所拖。我们也早就等你的电话，以致（12 月 5 日你给我们的一次电话之后没再接到）等得心焦火燎。心理这东西也真怪，明明知道对方不来电话的原因是因为工作忙所致，但还是想入非非……

今天接到春华寄来的信并你们俩的五张照片，极高兴，又像亲眼见到了真人。你的三张照片中有一张是在你的居室里拍摄的，另两张可能是在国外了。我只是从照片的背景中看出来，你没在照片的背面注明，往何处猜呢？

我和你娘都是理想主义者。虽然已近花甲之年，但我们有时还像小孩一样天真，爱在幻想中生活。我们做不到的事，总希望孩子们做到。人争一口气，货卖一张皮嘛。人区别于其他的大概就在于一个争口气的思想，而且这口气又往往必须由孩子们来争。我就是这样想的。我们总期盼着明天，明天！期盼着明天的一切一定会好起来，好起来！

你娘为你买了双皮棉鞋，已二十几天。因为等你的电话，问 37 码的合适否。可至今不见你的电话，也就至今没给你寄出。还有，你娘想知道，你银行分给你住房了吗？还有，我想知道的，我早在电话里对你说的，我的原先的同事托买的少儿钢琴书籍、磁带、录像带，买到了吗？我们盼知。

　　顺祝

进步

想念你的父母嘱

1997 年 12 月 29 日

199. 致春华

（1997 年 12 月 30 日）

想念的三闺女春华：

你 12 月 20 日的信收到。照片亦如数收到。寄来的你的两张照片让我们看了高兴，但愿真人也如照片一样白胖。做父母的大概有一个共通的心理：看见自己的孩子长得又白又胖的时候，就放下心来了。似乎长得白胖就说明生活没受委屈。然而现代的一些女孩子又为体胖而发愁，千方百计地减肥，多么矛盾。

你们寄来的笔，已收到许多天。到邮局取回家，我便将其中的一支英雄牌的钢笔投入服役。真是"不一样就是不一样"，你看这写出的字就是有点个性，对吧？

你们快放假了，祝你在期末考试中各科成绩出色！

你 19 号到滕州下车，还需要我们接你吗？我及你妈非常乐意到那天去迎接你。

你二姐还是在 12 月 5 日给我们来过一次电话，之后就再也听不到她打来的电话铃声。今天是 12 月 30 日，已有 25 天了！也许人上了一点年纪，容易感伤；时间长点听不到闺女的声音或见不到写来的信，心里就不是滋味。是我们太没出息了吧？我记起了鲁迅先生的名句："无情未必真豪杰，怜子如何不丈夫。"于是我的心又稍微安定了许多。

匆此。

父字

1997 年 12 月 30 日

200. 致春华

亲爱的春华闺女：

你返京后的第一封信早就收悉。我给你的复信却姗姗来迟，诚望谅解。

我确实比过去懒散了许多。迟迟不提笔给你写信就是个明证。可能是年龄渐长的缘故吧。

但心态（或许用"精神"一词更确切）和身体都还是健实的。只是为了让身心都图个轻松，也就不愿动手动脑了。近来看到一些报道：中老年人爱动脑能长寿。为了个人的健康，今后还真得去掉懒散的毛病呢，你说对吧？

你妈和我没事就拿你们作话题，说这道那，以此为乐趣，以此为满足。这大概是所有当父母的共通的心理吧！我及你妈却比他人尤甚！

我们常说，从小到大最让我们做父母放心、顺心、宽心、舒心的，就是三闺女你和我们的二闺女玉华。毫不夸张地说，我们俩人会因有了闺女的孝敬而长寿和幸福的。是你们姐妹几人在诸多方面给了我们诸多的物质的和精神的慰安和赡养啊！

前些年是你大姐，在经济上给了我们极大的支持，以至于你的大学和你二姐的大学得以顺利攻读，也才让我及你母亲少遭了许多的难处。近几年又是你二姐给了我们最为无私的多方面的奉献！你二姐虽然对我们作父母的出手大方，尽量满足我们的需要，但我及你母亲心里最清楚，她自己却是最节俭最节省的呀！她对自己的衣食花销几乎到了苛刻的程度。去年我们在北京的 20 天里，我们的玉华总是想尽千方百计让俺玩好吃好；再加上你不离左右的陪伴我们，使我们的那次北京之行，至今回想起来还觉得甜蜜蜜的。

我对向华却有些失望，而我及你母亲恰恰是对她操的心最多。上学期期末总成绩大退步不知因为什么？我这二年就注意到，她考虑问题从来不为父母着想。

我及你妈近来一切均好，俺俩人的身体也很健康。为了健康，尽量在饮食及生活的各方面科学化，加强锻炼，强身健体。一则是为了我们自身，再则也是为了让在外工作和学习的女儿们少一份牵挂。

我对我现在的这份工作非常满意。领导对我很信任。有时也为他们写点材料。生活充实而且很有规律，精神食粮尤为丰富。我总嫌日子过得太快。

春华，学习各方面又有让我们大为高兴的消息吗？

顺祝

快乐与进步

代问玉华好！

想念你的爸妈

1998 年 3 月 22 日

201. 致向华

（1998 年 3 月 22 日）

向华：

你 3 月 1 日的信早到，迟复为歉。

上学期总成绩又从本班第六跌落到第十，本来这也不是大不了的事，不必大惊小怪的。而况，我这人也从来不单纯的以成败论英雄。但你把这次的成绩下降归结为"题型改变"所致，这就不够有说服力了。这个"题型"对你是个"改变"，难道对别人就不"改变"了?! 我以为改变题型对所有的学生都是公正和公允的。

你有强烈的上进心及入党的要求，这对你对所有青年人都是很可贵的。但我认为，此事不可操之过急。俗话说，好事多磨! 再说，一个人对入党的认识，要首先端正态度，首先做到从思想上入党，那才是紧要的。据我所知，有的人追求了一辈子，最终都没能加入到党的组织里来，但他绝没有因为没能入党而影响一生的工作和工作成就。你现在还是个学生，学生第一位的任务是什么，你当然很清楚。我以为这四年大学生活首先要培养和树立爱国之志，报国之才，建国之行。不把知识学到手，又谈何容易?!

因为你们学校发生了几件令人痛苦的事（如家庭变故、突患重病，甚至少年夭折等等）因而就突发感悟："人生多么短暂，是如此有限……"其实，就你校发生的事，这都属正常，没啥大惊小怪的。你能因此采取积极奋进的态度（不虚度，珍惜生活）这是完全正确的，应该如此。

我还要批评你几句——也许良药苦口会让你不高兴的，但我希望你能正视自己!

也即小事一桩：

1. 你与春华去徐州，为啥把车票丢了？到徐州站花 17 元补票，你不觉得心疼吗？

2. 你不应该和你同宿舍的女孩们攀比。咱也比不起，也没有必要比。其实，我早就发现，某些女人用高级化妆品浓妆艳抹，不是愈抹愈丑吗？那才是真正的催人呕吐。我就信奉古今中外惯用的那句赞语："清水出芙蓉，天然去雕饰！"那才是真正的美呀！

3. 不知你二姐三姐做了哪些对不住你的地方。特别是你和春华在一起，几乎每在一起都有"战事"。当然春华不可能都正确，你的病根究竟在哪里？难道你二姐也对不住你？一次玉华来电话，我让你给你二姐讲几句（我早发现你二姐每次给我们打电话时，你没一次主动去跟你二姐讲话的），你的第一句话就是"你三妹妹说的是假话，我跟你三妹妹打架来！"什么意思？你二姐的三妹妹，你称个三姐就亏了吗？要知道这话让你在千里之外的二姐听见心里是啥滋味呢?!

你总依着你的小脾气说话办事，能对吗？你已经是二十多的人了，为什么遇事光想着自己？

还有比你二姐、三姐更关心你的学习的吗?!

以上的话，我说的不一定都对，也许是完全错误。我在此希望：有则改之，无则加勉。我依然恳切地希望你：心胸再开阔点，生活再简朴点，学习再勤奋点，精神再振作点，信心再充足点。展开双翼扬起风帆，做一名高尔基笔下的海燕！

祝你

快乐与进步

又及：欢迎你的周霞同学到咱家做客。回家时别忘了带茶杯和伞来。

想念你的爸妈

1998 年 3 月 22 日

202. 致向华

（1998 年 4 月 13 日）

想念的四闺女：

四月三日的来信收到。甚为高兴。

看得出，你现在学习抓得很紧，正紧锣密鼓地迎接英语四级考试，这更令我高兴。我相信你的考试成绩绝对有把握，绝对能过关。因为据我所知，你对四级英语考试早有准备。有备无患，一份汗水一份收获嘛！

我及你妈都十分赞同你终止家教的做法。并且认为，不只为了迎考而终止，就是以后也最好不搞家教。原因很简单，我们怕耽误你的学习。而学习，对一个在校生来说，永远是最重要的。社会的发展将越来越证明，没有真才实学的人必定会被社会所淘汰。所以我一直认为（这个观点我过去曾多次对你大姐、二姐、三姐强调过）趁这上学的宝贵机会，趁这金色的美好年华，脚踏实地的多学一点本事吧，那才是根本！你所学的英语专业，毫不夸张地说，是人见人馋的专业，是许多许多的学子和年轻人可望而不可及的专业。向华呀，努力吧！我们全家人都殷切期待着你，相信你，一定会成功的。

向华，出乎我意料的是，我以为你收到我上次的信后，会生我的气的，看来是我低估了你。我上次的信，有些话确实严厉了些，我想你一定会这样想："即使父母说错了，也是对的，因为父母的出发点是好的。"对吧？

你说，你的好朋友周霞同学因五一去盐城而不能来咱家，又让我及你妈顿感失望。

顺祝

快乐

又及：本学期已收到你三姐的两封信，你二姐每周或双周来一次电话。

想念你的爸妈

1998 年 4 月 13 日

203. 致春华

（1998 年 4 月 14 日）

想念的三闺女：

3 月 21 日来信收到，甚感高兴。

你来信首先问到，三八妇女节的时候，我是否对你妈表示了节日的祝贺或问候？我可高兴地说，我对此交了一份满意的答卷！本来一向对此等事情大意和粗心的我，说来也巧，你二姐事前给我提了个醒。三月六日下午五点多钟，你二姐打来电话。在我与你二姐通话的时候，她提到了三八妇女节快到了，让我对你妈表示一点什么。我觉得很对。我甚至认为，这不仅是对待一个人的问题，这是对待三八国际节的认识问题。更何况，具体到你母亲这个人，我从来对她都是尊重和敬爱的呢！所以我不只是口头上的问候，而是精心设计了有意义的节日活动呢！这该是符合了"听其言且观其行"的原则了吧。活动是这样安排的：周六（三月七日）陪你母亲去滕州城里游览并拜访一位老友。周日下午登西山。结果呢？周六那天成行，一整天在欢快中度过；而周日呢，却因天降苦雨而登山不得。当然，我和你妈临时修改活动计划，那天下午变成了"午休加啦呱"，其身心还是得到了健康的保障的。

你说："上了研究生……总觉得时间过得太快，越来越……感叹大学四年时光的虚度。"我倒不认为你大学四年"无为"或"虚度"。你之所以有这种感觉，这确实证明和表明了你本人思想境界的提高。一种对新知识的渴求的紧迫的心理。我想，这对所有有志于做学问的人，都是一种共通的心态。也只有具备了这种危机感、紧迫感心态的人，才能够真正地把知识学到手。对于年轻人来说，像你这种永远不满足自己，永远地给自己施压，永远地给自己提出新的追求的人，是难得的。我也是永远地赞赏具有这种敢于拼搏精神的人。只是希望你注意身体健康，量力而行。

前几天永新来了电话，是你母亲接的。问得挺全面，我虽没在家，但听你母亲说后，心里也怪受感动的。听说你二姐去深圳出差，出差了还挂记着老父老母。又让我领略了一次亲情的温馨（绝非套话，实则真情实感）。

向华来信说，她正投入紧张的学习，迎接英语四级考试。从来信看出，她又有了新的进步。

顺祝

快乐

想念你的爸妈

1998 年 4 月 14 日

204. 致向华

向华：

来信收到。读后心中甚慰。

你已考过的两科，成绩还是不错的，证明你确实努力了，没有辜负我及全家人对你的期望。

你说，暑假期间你要留徐州打工，为的是经受锻炼。我经过认真考虑，并和你妈商量后，一致决定，毫无保留地支持你的打算和实践。我们认为，现在你确实应该以积极的态度去经受点磨难了。这对你今后走向社会参加工作会有益处。我们认为你的打算非常有意义，所以我与你妈持赞同的态度。

你们不是 7 月 8 日考完吗，刚放假的那几天，有机会就先到家来住几天。你回徐州住校期间，我及你妈也可到徐州看望你，在那儿住几天。

另外，我及你妈各方面均安，望放心。你玉华姐每个星期至少来一次电话。前几天你二姐来电话时，正好刚接到你的信，我们就向她报告了你留校打工的消息。她也同意。

还有，你春华姐假期不回矿了。她要积极学习准备迎接十月份"全国注册会计师考试"。这次，她要决心过五门。

祝你

愉快

想念你的爸妈

1998 年 6 月 26 日

205. 致春华

（1998 年 8 月 19 日）

想念的三闺女：

　　今天,我总算得到这个"专心"的时间,给你写这封"迟复"的信,心中禁不住生出了一种轻松感。确实如此。早在 7 月 21 日我就收到了你写于 7 月 13 日的这封信(信封上的邮戳是 7 月 16 日)。从接信之初就"一心一意"地想坐下来写回信,可就是没能如愿。写不成信,又怕你挂念,于是每一次你二姐来电话时,我都请你二姐转告你,说我因为什么什么还没给春华写信,望转告春华,我下周一定给春华写信等等。结果呢,一个"下周"接着又一个"下周",一次次地许诺又一次次地食言,直到今天才去实践我那"宏伟"的"诺言"。在这近一个月里,我为没能及时给你写信,心中一直沉甸甸的。所以,现在真的给你写信了,心里的愉悦且不说,还真有一种"如释重负"的感觉。这叫客套吗? 这叫说好听的话吗? 不是,绝对不是! 这是一个做父亲的对自己的子女产生歉意时所生出的真情实感。

　　现在开始进入正题吧。

　　我衷心地祝贺你的预备期党员已正式"转正",成为一名真正的共产党员了。我们全家都为你高兴! 并祝你不仅在组织上入了党,更要在思想上入党,做一名永远的好党员。

　　我极为欣赏你二姐"告诫"你的那句话:学生时代一定要把该读的书,该考的试,都读完、考完。

　　这话说的真是好极了! 她道出了所有当代有志青年的心声!

　　这是当代有志青年的心愿,也是知识经济时代的呼唤!

　　连我这个退休之人都深受启发,深受鞭策,深受鼓舞!

当然,我和你母亲都是这方面的失败者。我们学历很浅,更谈不上文凭。但,那不完全是我们个人的责任,那是时代的责任、时代的产物和时代的烙印!

我本人就曾因当时的家境艰难而在读高中时痛苦地辍学;你母亲小时候也因当时封建家庭重男轻女,"女孩子读书无用论"的羁绊,而连普通小学的大门都没能走进。

这能简单地抱怨和责备家庭及父母吗?显然是不公允的。如果谈抱怨和责难的话,那只能是时代和社会。

应该说,你们是幸福的。这不仅是指广泛意义上的"你们",而在特定意义上的"你们"也是幸福的,甚至于说是更幸福的。你们生长在这样一个相对好的时代,你们更有着坚定不移支持你们读书的崇文尚礼的父母。你们会也一定会身在福中能知福的。

"知福",应该成为一种动力,成为在铺满知识的高山之巅上,勇敢的登攀者!

记得,当我最初阅读了你的信的时候,我非常激动地对你母亲说"有咱玉华的那句话(学生……该读的……),咱春华在暑假里一定会更加充满信心、更加刻苦地学习,以迎接十月份注册会计师考试。"

前几天听你二姐电话里说,全国注册会计师考试定于 9 月 25 日,我及你妈始终相信,我们的春华在五科考试中,一定能够考出优异的成绩。

虽然我与你通信不及时,但我及你妈无时不在牵挂着你,牵挂着你的学习、生活及身体。我们时常从你二姐那里询问你各方面的情况,而且每次都得到满意的回答。我不能不感激我的二闺女,是她,承担了我们做父母的对你关怀的责任;是她,个人节衣缩食,却一次次慷慨地给家汇款让我们吃好、住好;资助向华求学,又从感情上关爱你,生活上照料你,学习上支持你。由于你们姐妹二人时常见面,也就免去了我们做父母的许多的牵挂。

下面再简略地谈谈向华的情况。向华是 7 月 30 日离徐州回家的。前几天到兰陵你大姐家住了一个星期又刚回来。真是一岁年龄一岁心,我发现小向华渐渐成熟起来,变得越来越善解人意了,让我们做父母的越来越放心了。这主要指向华越来越具备了自理、自立、自律、自强等生活和处世的能力,而且在学习上也是充满了奋斗的勇气和进取的信心。

还得说一说小晴晴。一年前,我曾惊讶于他惊人的记忆力。玉华送他的一套《西游记》故事（孙敬修讲的，共 15 盘磁带），他竟能绘声绘色的一字不漏的全部讲诵出来，那时他不满 6 周岁，脑瓜真如"录音机"。上月，即七月初，晴晴来矿，一次，我突然注意到，小晴晴手捧大部头书，流利且有感情地高声朗读。发音准确，吐字清晰，节奏明快，感情充沛。这一次我又心口如一地惊叹于这小朋友的识字之多，阅读能力之强，朗读能力之高。

何谓天赋？何谓天才？我渐渐从晴晴的身上感触到这两个词语的真谛！

于是，我决定对晴晴进行多方面的综合素质的考察。测试和考察结果令我大喜过望。我忽然想到这个学前班刚学完的小家伙，其思维能力、分析能力、自学能力远远超出同龄的孩子。眼下的问题，是不能再按部就班地读一年级了。他需要跳级，开学就上小学二年级。我从学校借来了小学一年级的一、二册语文和一、二册数学，只用了一个月的时间，他已基本上掌握了小学一年级的全部知识。这些生疏的知识，对他来说，无需去"教"，而仅仅需"点拨"一下就行。他学的结果是一年级的语、数试卷，他总少不了考到 90 分以上。而且，他做答题的速度是惊人的，人家需做 45 分钟的卷子，他最多 30 分钟。

而且更重要的，晴晴的读书，无需靠人催促。人家是把读书当作乐趣而为之。逼和压，对这个年龄段的孩子来说，无异于摧残和折磨。并且，那样做绝对有害。晴晴的学习完全来自于他的自觉和天生的乐趣。

我懂得教育和教学。晴晴的才气来自哪里？是天上掉下来的吗？不是；是晴晴的爸爸妈妈以及我们这些人，对他早期智力开发的结果。儿童心理学家研究证明，人的大脑智力的发育从幼婴开始，到四周岁为智力发育最快，发展最佳期。所以智力的开发和培育以四岁时为最。对晴晴智力的发展、培育，玉华起到了至关重要的作用。我这几年留意到，从三年前，玉华就不断地给晴晴购买小人书捎来，什么看图识字类的书，幼儿英语磁带、故事书、故事录音磁带等等。观有形，听有声，让晴晴从记事起就生活在浓郁的文化氛围之中。再加上晴晴自身聪颖的天赋，使他从小就比同龄的小朋友多知道许多的知识，所以晴晴有今天的聪明才智就不足为奇了。

你二姐去了张家界旅游，大约你接到这信时她该返京了。现在全国人民正为抗洪救灾、赈灾募捐活动积极行动起来，足证抗洪、灾情形势严峻而又严重。

还有一件事提醒你注意，为了给不久的将来走向社会、选择工作增加个人的砝码,你应在研究生学业结束前写一二篇份量较重的论文发表在国家级的有关报刊上。

你不是说国庆节期间能来家小住吗？我们欢迎你！

现在你妈和我万事如意,身体健康,望免念。

顺祝

快乐

并向玉华致意！

想念你的爸妈

1998 年 8 月 19 日

206. 致向华

（1998 年 11 月 27 日）

想念的四闺女：

收到你 10 月 24 日写给我的信都快一个月了，到今天才给你写回信，能不让我的女儿埋怨么？我也自觉不过意了，还望女儿原谅。不过晚去信的原因也不能说没一点客观理由，这个理由就是你妈原打算（早想着）去矿大看你去，可又一直没成行。前两天听你二姐电话里说你要在元旦回八一，所以你妈又犹豫不决起来，所以我得赶快给你写这封迟到的信。

从你的上次信里，我就看得出，我们的四女儿现在上进心更强，追求的目标更高，精神更焕发。你妈及我都极为高兴。前两天你玉华姐给我们来电话时还说呢，向华现在变得越来越懂事了。你二姐还说，春华正忙着积极给向华购买考研的书籍。有志者，事竟成。只要你树立强烈的自信心，再加上百折不挠的奋斗精神，你的考研壮举一定会成功！更何况你还独具得天独厚的条件：你本人的聪明好学加上你两个姐姐的榜样，再加上你父母对你的殷切期望。这就够了，这就是成功的三要素。

你不是元旦来家吗？我们盼你。

近来你妈及我都很好，望免念。

祝

学习进步

想念你的爸妈

1998 年 11 月 27 日

207. 致春华

（1998 年 12 月 8 日）

想念的三女儿春华：

今天下午（12 月 8 日）你二姐来电话，高兴地告知：春华的全国注册会计师考试成绩揭晓：五门全部及格、通过。对此，我及你妈向你致以最热烈的祝贺！

你妈兴奋地说："咱春华就是行！"

我对你妈欣慰地说："咱春华的每考必胜，让我每每联想起一些名言：皇天不负有心人，有志者事竟成，拼搏处处是坦途，成功常伴勤奋人……"

并祝我们的春华永远做到百折不挠，心想事成！

爸妈谨祝

1998 年 12 月 8 日

208. 致春华

想念的三女儿：

你 10 月 22 日写给我的信已收到一个多月了，让我再说一句老俗话，希你原谅。我真不该给你写信这么晚。

歉意之后，我要向你表示祝贺了，祝贺你的文稿变成铅字。这对你是很有意义的。你初试锋芒，就一举成功，这就是一个象征，一个证明。它象征着你所具有的真才实学，证明了文稿变铅字也并不神秘。前几天你玉华姐来电话还讲到你呢。说你潜心做学问，学习抓得很紧。还说你最近又有一篇文章发表在国家级的专业刊物上。在此我再道一声祝贺。看来三篇的任务已完成了两篇，身上的压力减轻了大半，我也为你高兴。以后投稿，我建议是否可往咱们山东的《山东财会》杂志上投篇稿件。这个刊物是月刊。我翻阅了九三年的几本《山东财会》（这几年学校没订），主要的栏目有：财政工作、国有资产管理、财务管理、会计工作、税收工作、农业税征收管、财经法规等。

《山东财会》的通信地址：山东省济南市经四路 158 号《山东财会》编辑部

邮政编码：250001

关于投稿，绝不是有的刊物在约稿启事里所说的不准一稿两投。不对，一稿不光可以两投，也可以三投、四投、五投、六投……有多家采用也无妨。所以，你以后的稿件，要请你二姐给复印若干份，分别寄出，一举数得，不是更好（注意，这绝非违规之事）。再说，一稿数投，全是年轻的投稿者为了提高采用率的一个举措。据我所知，许多成熟的作家或记者就是采用了这种一稿多投的方法。无可非议。

下面我想讲一点自我"解剖"和自我"表白"的话（这并非因为你或你们的什么而发，且不要误会）。我只是随便谈谈而已，这也许是咱们父女之间交流思想、交流感情的一种方式吧。我还打算写一篇较长的文字给你二姐，向我亲爱的二女儿述说一下我心中想说的话。没有别的想法，只是想给两个女儿（暂时还不准备扩大范围）增加一点对老父亲的了解和理解，吾心足矣！为了给下面的话增加随意性，我不打草稿，不结构篇章构架、层次，想到哪写到哪。

活到这个岁数了，我才知道回过头想一想，看一看，总结一下自己，反省一下自己。这对我对我的家庭都太重要了。因为，我以后的路还很长很长（但愿如此！）。在此，我应首先感激与感谢我的二女儿（详情你二姐会告诉你），是她写于10月29日的那封饱含深情的信件，犹如在我的背后"猛击一掌"，使我清醒些许，以致使我萌动了"自省"与"反思"的念头。那是一封充满父女之情、坦陈心声的信。言语沉静且火热，委婉且掷地有声。我一遍一遍地细品女儿的"开导"之后，提笔在信的首页工工整整地写上两个字"真言"！

的确，这是我亲爱的女儿写给老父亲的一语中的肺腑之言。我懂得女儿们疼爱老父的良苦用心。

"……让自己保持快乐的心情和永远真爱的心……"

"……从琐碎的小事中摆脱出来，凡事宽容，凡事忍让，保持平和的心境。"

一点也不夸张，我几乎流淌着感激的泪水咀嚼这些滚烫的文字。老实讲，以往我虽然做不到"闻过则喜"，但一分为二地听取他人对自己的意见，还是有这点觉悟的。而对于他人对自己的"批评"与"开导"，我却是第一次受到这样强烈的心灵的震撼。

这一回我确实该听一听闺女们的话了。春华，你不是写给我及你妈的信中，常常在信的结尾写上一句"祝爸妈笑口常开"的祝愿么？应该说，我有时（而不是常常）愧对三女儿的这个深情的祝愿，反倒有时是"笑口"不开，严肃有加。回想三女儿的祝愿，联系到二女儿的"诤谏"，为了我的家庭，为了妻子和我本人，为了家庭的平和和我跟老伴俩人的健康，我确实要开始新的生活了。这就是我本人首先要做到永远尽可能地保持一个"好心情"——这孕育幸福生活的温床！今天，我不只从道理上知道这句话的涵义，而且在实践中也尝到了它的甜蜜。是的，拥有和保持一颗安详、宁静、平和、澄澈、淡雅、健康和向上的心是快乐人生的根本。我决心在今后的工作和生活中，逐步学会宽容与包容，学会大度与大气，逐渐修炼成一颗忍让之心，仁爱之心，无私之心。

但是我却不能同意也不能接受我的二女儿让我烧日记的建议。她给我的信里说："爸，能不能试试看，把您记录着那些不痛快往事的日记本烧掉……"。

我对二女儿这句话的本意应心存感激，但我却不能苟同。我知道女儿们是为我好。但我需要指出的是，她（是否也包括我的其他女儿呢？）对我过去的"日记"肯定存有许多的误会和错误的认识。其实，我过去的和今天的"日记"完全是一部"公开的书"。毫无半点秘密和隐私可言。它几乎没有半点伤害他人的记录。讲到我的《日记》，不能不讲对人生的体验和认识。人生绝不是一条笔直的路，也绝非只有阳光、鲜花和歌声。人生应该是有欢乐也有烦恼。一个具有"超脱"思想境界的人，应该把欢乐和烦恼都体验为一种乐趣才好。把这两种反差极大的东西理解为一个人的生命的过程，具有必然性，这样就不会把烦恼的事，体验为"烦恼"了。我的日记，从一开始就是想着用文字留下一些生活的痕迹，逐渐形成了记日记的习惯，以致把写日记作为我生活的一个不可或缺的组成部分。《日记》成了我亲密的朋友，成为我心灵的载体。我把快乐写给日记，它与我同分享；我把忧伤写给了日记，它与我共分担。日记还是体味生活的记录。日记教我怎样做人，怎样生活；日记帮我在静寂中洗礼心灵，塑造自我，完善人生。这就是我写日记的目的，以及我的日记的全部的意义！我的女儿呦，再不去提"烧掉"二字好么，它烧掉的岂止是"日记"，那是我的"心"。

日记里虽有一些不快的记录，但我的日记里更多的则是记录下来的幸福和快乐、诗情和画意！更多的则是记录着如下的字样：

"收玉华信，不胜欣慰……"

"终于盼来了三闺女的信件，让我及妻好一阵甜蜜的话题……"

"玉华来电话，我及妻都和她讲了话，约半个小时……"

"好久不见四闺女的信，我及妻心中好焦虑，甚至生出许多的气恼——她的手笔若何如此之懒？难道她心里不想爹娘？下午接向华信，冰释！……"

我把所有带给我欢乐的消息和事件都记在我的日记里。

我也在日记里有时反思和自责。一则日记里有如下的字样：

"我这些年，曾多次对人讲，我五十岁以后，才穿上毛衣。而我穿的第一件毛衣,是我的大闺女买的毛线并亲手给我编织的。大闺女自参加工作后,对父母孝敬心切,对支持她的几个妹妹上学贡献不小,我常常从心底感激她。但是这两年她似乎变了个人似的,脾气变得不让人说,动不动就与我与她妈恶吵恶闹。用她妈的话说'……小华恶 kou'。这样下去,显然会对父女、母女关系造成不利。难道都是小华的责任么?恐怕不一定。我考虑也许与我们对她的过分严厉有关。她已经变成'大人'了,再像十年二十年前那样数落她,也确实让她接受不下来。我也应当考虑自己的责任……"

这类自省自责自我批评自我改造的文字记录很多很多,就是真有那么一、二则写得不当的日记,也不能因"消灭棉袄里的虱子就把个大棉袄给烧掉"吧!你们说,对吧?

我对待我的儿女(特别在你们上小学阶段)确实要求很严格,很严厉。但这是我的治家之道、家教之道。尽管有时严得过分点,但那完全是出于我的一颗圣爱之心、利他之心、无伪之心。完全出于无私之心,是恨铁不成钢,是基于我本人深埋于心底的"寄希望于孩子,寄希望于未来"的伟大抱负;那完全出于我对孩子们的一颗伟大的爱心,以培养良好的学习习惯、生活习惯、行为习惯以及正直无邪的人格品质。而当我看到任何一个儿女的哪怕一点小小的成绩与进步的时候,我都激动和高兴得眼含泪花,甚至幸福得热泪夺眶而出。春华,你们回忆一下是否如此?但我也在这里向你们说一句我心感内疚,并望你们原谅,也是我自我批评的话:就是我有时在管教儿女上有失粗暴和急燥。是的,我不是个完人,我有许多的缺点和弱点,有时也做错事;但有一点我会永远感到骄傲的,那就是我对待任何一个儿女都问心无愧。我做到了一个做父亲的所能做到的一切。我的几个女儿又以她们各自的奋斗精神成材成器,这也让我永远地感到骄傲!我常常想,我的女儿们,没有从我手里得到点滴物质上的财富,但几个女儿的奋进精神和她们坦诚正直的人格品德该是从老爸老娘身上汲取的吧。我庆幸这一点。

暂且打住,下次再谈。

祝你

快乐

想念你的爸妈

1998 年 12 月 9 日

209. 致春华

（1998 年 12 月 16 日）

亲爱的三女儿：

　　给你的挂号信刚发出两天，又接到你"报喜"的函件。虽然上次的信我已向你的丰收硕果表示了祝贺，但展读了你刚寄来的信和载有你文章的《中国财经报》，无限欣慰无限欢快的心情又促使我拿起笔来，向你再次表示热烈祝贺！

　　我以为，五门全国注会考试全部一举成功的意义是巨大的，其巨大的意义并不是"通过"的本身，而是它的象征意义：

　　"只要我们的春华认准的目标，就一定无往而不胜！"

　　你娘说得更质朴："三闺女从小就有个犟劲，干啥就得干成！"

　　雄关漫道真如铁，而今迈步从头越。希望我们的春华谦虚谨慎，戒骄戒躁，像你玉华姐那样，自主、自立、自强！（我始终佩服你二姐，近十年来，她单枪匹马闯京都，并能屡战屡胜。一个纤弱女孩，竟有如此能量，怎能不让人刮目相看！）并预祝你在自己的专业课题上紧跟时代脉搏，大胆创新，取得新的更大的胜利！

　　你的《茫茫股海，谁能信赖》的文章及《中国财经报》上的某些文章，我仔细认真读过。准确地说，我学习了你及有关的几篇文章，感觉挺新鲜。读了几十年的报纸，且也读过数十种报纸的我，之于《中国财经报》却还是头一回。大概是因为有我闺女的文章，马上我的心里就滋生出一种与《中国财经报》十分亲近的的感觉。于是，我总算"啃"懂了一星半点，于是我十分高兴我又增加了一点金融方面的知识。为了读懂你的文章，我首先读了第一版的"新闻分析"：《"琼民源"案告诉我们什么》的文章。

　　从版面上看，你的文章排在了重要位置（三版头条），用美术体大号字竖排的题目《茫茫股海，谁能信赖》八个字极为醒目。而且还加了副标题，可见本版的责编在对这篇文章的排版颇费了一番心机。我考虑，这个题目很可能是编辑给加的，你原文的题目不会这般"咄咄逼人"。我以为，编辑用这个题目的本意是想"先声夺人"，给读者人为地制造悬念，增强了"可读性"。我却认为这个题目与文章的主要内容（或曰中心思想）并不十分的吻合。如你这篇专业及学术性都很强的文章，题目不应带有随意性，不像文学作品那样。这篇文章的要点是"笔者认为，应……采取的对策"，即你提出的"三点"。那才是此文的核心。

你看，我这个毫无"财会"知识的人且敢班门弄斧，搏一笑也。还望闺女指正。

以下摘录毛泽东主席的两段话，作为此信的结尾，也寄托我对闺女的希望。毛主席说：

"自古以来，创新学派都是学问不足的青年人。他们一眼看出一种新东西，就抓住向老古董开战。而有学问的老古董总是反对他们的。……看你方向对不对，去不去抓，学问是抓来的。从来创立新学派的青年，一抓到真理，就藐视古董，有所发明。"

"自古以来，发明家，创立学派的，在开始时，都是年轻的，学问比较少的，被人看不起的，被压迫的。这些发明家到后来才变成壮年、老年，变成有学问的人。"

并问你的二姐好，连上次的挂号信是否也转你二姐一阅。

顺祝

勇往直前

想念你的爸妈
1998 年 12 月 16 日

210. 致向华

（1999 年 3 月 26 日）

想念的四闺女向华：

来信收到。甚为欣慰。

让我及我们全家都来祝贺你，祝贺我们的向华在上学期的期末考试中，成绩优异，夺得全班第二。

第二名，我并没有也不是简单地过分强调或看重这个较高的名次，而是我从这个数字上看到了它更深远的东西。这是一次最生动的象征，它象征着我们的向华其天赋和才气就是不同凡响！这也是一次最有力的证明，它证明了我们的向华在学习上勤奋努力，目标正前方！我们更希望，你能以这次好成绩为起点，树立更坚定的信心，坚信自己的能力和潜力——只要认准了的事情，就有能力去实现。

这学期学业安排较紧张，望在紧张的学习状态下，多注意身体的锻炼和足够营养的饮食。我一直强调，身体是本钱！我一直认为，不论是在校的学生抑或是走向岗位的工作人员，他（她）们之间的较量胜负的关键，除了天赋、勤奋这两个条件外还有两个极重要的条件，那就是健康的身体和健康的心理。你说对否？因此我始终认为，结实的身体加坚强的心理，是事业成功的先决条件。

前几天你二姐来电话说，春华收到了你给她的信。你三姐告诉你二姐，向华在信中教育了她（指春华）。你二姐还说，看春华的表现，对你的"批评"并没表现出反感。你"教育"（春华语）了你三姐什么，不得而知，但我相信那一定是亲姐妹间的善意的"批评"而已。但我认为，这是必要的，是正确的。莫要说亲姐妹，就是对经常相处的同学、同事，及时指出对方的缺点错误，也是正常的，必要的。当然,也应欢迎对方及时指出自己的错误或缺点。这是做人的准则。实事求是地说,你妈和我都认为,你近年来多方面的表现让我们很满意。比方说,尽管你自身的专业学习和考研备战那样忙,但你在假期里却尽力帮助父母做家务,处处表现了"疼"父母。你二姐在给我们的电话里就不止一次地说,向华越来越懂事了。这并非溢美之辞,而是说明了我们的向华在前进中注重自身修养,逐渐完善自己,思想修养提高较快。这是很让我们高兴的事。

另外,你对我们提出的希望、要求,我及你妈十分高兴地接受。我认为这是女儿对我们做父母的衷心的关爱。我们十分认真地讨论了你的劝说,认为很有道理,很益于身心健康。的确,我们再不能做透支感情,透支健康的蠢事了。那样做只能让"亲者疼"呀!

另告:你二姐已被保监会抽调去上海瑞士丰泰保险公司的监督工作去了,时间可能是几个月,已于三月十几日到上海,先住某三星级宾馆。她自己一套房间,有直拨电话。你的电话号码我已告知她了。

你二姐已在上周就寄来了皮鞋,37 码的一双给你留着呢!

顺祝

快乐

想念你的爸妈草

1999 年 3 月 26 日

211. 致春华

（1999 年 4 月 15 日）

想念的三闺女：

你的来信收到，甚兴甚慰。

由于你二姐在京时常来电话介绍你实习的情况，所以对你所在实习单位的情况较为清楚也让我们放心。这完全在我的意料之中。一个具有才气、能力和实干精神的人，走到哪里，都会受人欢迎。我还认为，一个不拒绝"打杂"，不拒绝劳动，而埋头苦干、任劳任怨的人，正是具有较高思想觉悟、较高素质和较高修养的有力象征。这就是你赢得同志信任、领导赏识的原因所在。希望我们的春华继续努力，争取做出更大成绩。

前几天你二姐从上海来电话说：春华实习表现突出，深得公司领导信任，想让春华留那里工作。但又表示他不当家，需经总公司有关领导同意才行。这是一个极好的契机、绝好的机会。如果这个单位经济效益好，又能发挥你的专业特长，有用武之地，我建议你要想办法留下。我在电话里对你二姐讲："关于春华以后的工作去向，还望你和永新给予关照。既然公司缺人并有留春华之意，那就望你和永新替春华多想办法。春华在这方面毕竟涉世浅，不懂得如何'公关'。我的意思是等你以后有机会回北京时，和春华商量一下，先走两步：一是到春华实习的领导那里进行拜访，然后征求这位领导的意见需拜访总公司的哪位领导，最后再去拜访。"

春华，我认为你所实习单位的公司领导是个关键人物。他想为你帮忙，会起到举足轻重的作用。

另外，我和你妈近来健康、快乐，望免念。

祝
心想事成

想念你的爸妈
1999 年 4 月 15 日

212. 致向华

（2000 年 1 月 7 日）

向华：

你紧张的迎考学习让我及你妈一直担心可别累垮了身体，千万注意饮食增加营养及休息好。

在众多考生中，实质上就是智力（知识）、体力的较量！不，还有韧性及自信心及良好心理状态的较量！临场发挥也至关重要！所以一定在考前及考试的过程中，调整好自己的心理状态。

"证明信"随信寄去。望适时送交系领导。

祝你

成功！

永做坚强后盾的爸爸草

2000 年 1 月 7 日

213. 致春华

春华女儿：

从2000年的4月某日，你18年的学生生涯就要结束，而要真正意义地走向社会、走向职业岗位了！我，还有你母亲你姐姐你妹妹都将展开双臂，向你表示热烈的祝贺！祝贺你学有所成，祝贺你继续走向新的成功！

这是一次质的飞跃。角色的转换，似乎对你来得太突然：太措手不及，然而却也是早早的预料之中，早早的运筹帷幄之中。不是么，十八年前，从你步入小学门槛的那一天起，你就为这2000年4月份的某日走进中国建设银行总行的大门做着准备了。为了这一天，你积蓄和磨砺了整整一十又八年。好一个漫长且又艰苦的历程啊！十八年，冬去春来，酷暑严寒；十八年，你勤奋好学，积极进取；十八年，你所虑时光疾，书山无路勤为径；十八年，你常怀紧迫情，学海无涯苦作舟。今天，终于盼来了，盼来了胜利到达彼岸的一天。春华呀，你就痛痛快快地放松和舒展一下身心吧！你就尽情地歌之舞之蹈之吧！而今，你的两鬓染霜的老父亲，两颊爬满皱纹的老母亲，终于为他们的三闺女的成功，让一颗悬着的心稳稳地落下，而且终于又有了一份骄傲与自豪的感觉。

你想过么，从一名学生变为一名国家干部，一定会面临许多的新情况、新问题，甚至会遇到新的严峻的挑战。对此，你做好了充分的思想准备了吗？

记得五年前，你二姐刚刚走向北分行的时候，我曾在口头上"寄语"于她；今天，当你即将走向新生活的时候，我还要对你唠叨几句，以作为我对女儿的"赠语"。

第一，不拒绝做小事。比如每天到办公室上班时，主动地拖地板、擦桌椅、提开水,等等。事小见风尚。事小却能展示一个人的思想境界。

第二,视团结为无价宝。首先做到尊重同志、尊敬领导。胸怀要大些,对自己要求严格些,对别人宽容忍让些,小事糊涂些。对那些逆耳之言,尽量采取"兼听"的态度。

第三,遇事要冷静些。这是一个人成熟的标志。特别是遇到不顺心、不满意的事,切忌心血来潮,切莫感情用事。先把火气压下去,睡一觉醒来处理会更好些。

第四,对工作要有责任心、使命感。切忌马虎、凑合、应付。

第五,在今后的工作和生活中,在不断地改造自己和完善自己的过程中,要不断地总结经验,不断地思考,不断地领悟,不断地提高自己。逐渐地学会去适应环境,并有效地去改造环境。

学一点生活的艺术、工作的艺术、与人交际的艺术,是十分重要的。

以上啰嗦并不一定都对,仅供参考。

永远爱着你们的父亲

2000 年 2 月 12 日

附录篇

父母之爱体现在细节之中

陆舒之

父母对儿女的爱无处不在,无处不有。这份爱体现在细节之中,在经意和不经意之间。一个眼神、一句言语、一个手势……于细微之处见爱心。

知儿女者、莫如父母,爱的质量的高低,取决于父母对孩子的理解程度和对细节的处理水平,取决于处理细节的过程之中。

比如,新的教育理念之一,是对孩子应采取宽容与赏识的态度。正确的理解应该是:宽容不是娇宠,不是放任。赏识不是吹捧,而是有规则有原则的。不然,宽容就变成了放纵,赏识就变成了捧杀。这是区分爱的质量高低的问题。分寸把握得恰到好处,便是高质量的爱,反之,便走向爱的误区。

下面,我将本人在家庭教育中收获的心得写出来与家长朋友交流。

给予鼓励是细致活儿

学校的期末考试,是学生最紧张的时候。面对即将到来的大考,孩子们一是学习紧张,再是心理紧张。此刻,也是家长对孩子最关心的时候,关心自己的孩子能够考出个好成绩。千万别"考砸"了。这种"关心",一般不外乎几条:

一是收买式:"孩子,可要好好学呀!考出好成绩,我给你奖励,要好穿的买好穿的,要好吃的买好吃的!"

二是鞭挞式:"这次你要争取考出好成绩,给自己争口气,也给爸妈争口气,别让别人小看了咱。"

三是威胁式:"抓紧学,好好考,考不好,再和你算账。"

总之,不论收买式、鞭挞式、威胁式,都会给考生心理增加无形的压力,这也称得上"关心"吗？这种反效果的"关爱"，便属错爱。

的确，考试对每一个学生来说，都是一件大事，所有考生都期盼交一份满意的答卷。那种抱无所谓态度的只是个别学生。分，分，学生的命根嘛！所以，每个学生的心里都是忐忑的。家长这个时候多说一句不该说的话，都是不恰当的，都会影响到孩子的情绪，于事无补。

在我身边读初中的小女儿，在每次期末考试临近和三天考试中，我会尽量与她不谈学习或涉及考试的话题。初中生的期末考试，那时是八门课连考三天。女儿三天的考试，我每天赠送一句成语，三天赠送三个成语，而且都是在早饭后去学校离开家门的那一瞬间，轻松地道一声祝愿。

考试第一天早饭后的祝愿："祝你旗开得胜！"

第二天："祝你乘胜前进！"

第三天："祝你再接再厉！"

一句轻声细语的祝愿，能让对方顿感轻松愉快，无需再多说一句话，这就足够了，而且在说这句祝愿话时，表情是微笑的，态度是轻松的，语气是随意的，孩子体会到的是和蔼的祝福而不是郑重的要求。如此，孩子就会心情平稳，无压力地全身心地投入到考试之中，也才可能正常地甚至超水平地发挥。

这就是我们常说的爱是体现在过程、细节之中，于细微之处见真爱。最重要的是，父母应首先做"真爱"的有心人。

洗发中蕴藏的丝丝父爱

我的 5 个儿女小时候，从小学到中学大都是在老家（山东嘉祥）上的学，我则在离家乡二三百里的煤矿上工作。我坐过机关，当过教师，干过近 20 年的生产一线的下井工。在那样一个"抓革命促生产"的年代里，不歇班连轴转、小伤小病不下火线，已成为家常便饭。一是基于"革命需要"，二是为了养家糊口（那时我的工资是一个工作日二元六角整）。莫看工资少得可怜，但对那份"出生入死"、又脏又累又危险的活儿，却是热情万丈。因此，我常年很少有时间回老家与妻子儿女团聚相处。那年月妻子种着 10 亩地，还要照料着 5 个未成年的儿女，受的苦遭的罪可想而知。

每到农忙季节，我尽量请十天八天的假，帮帮妻子，见见孩子。

在老家的日子里,不论家务、农活多忙,我都会和孩子们谈谈他们各自的学习情况、学校乃至老师的情况;仔细地翻阅他们的作业本、作文本;提写语文课本上的生字词,并认真地打分改错,给他们出作文题,对写出的作文,我会耐心地阅读然后写出评语并打分。当孩子们在家读书学习的时候,我也会读书、看报。这叫身教重于言教吧!而且我会抽时间到孩子上学的学校,拜访班主任或其他任课老师,沟通孩子的学习与思想状况,并征求意见以配合学校老师对孩子进行有针对性的教育。我决不满足于对孩子泛泛地提要求,诸如你得好好学习呀,你得做优秀的学生呀,等等。

为了亲近儿女们,每次回老家探亲的有限几天里,我会抽时间为每一个女儿洗头。天冷时,我要用柴禾烧一大锅热水,然后将滚开的水用舀子舀到洗脸盆里,用冷水勾兑到适宜的水温,再亲自动手给4个女儿一个接一个地洗头。那时洗头没有洗发水,用的是洗衣膏。为了将女儿的头发洗干净,我会用洗衣膏揉搓两遍。先将头发在温水里泡一下,抹上适量的洗衣膏,然后我一只手托住女儿的前额,一只手将头发轻轻地揉搓,越搓泡沫越多,污垢基本溶解于泡沫之中了,再用清水冲洗干净。为将女儿们头发上残留的污垢彻底洗干净,我再次抹上洗衣膏,再揉搓,揉搓到一定程度,再用脸盆里新换的温水冲洗头发。冲洗好头发,我再拿干净毛巾将女儿的头发揩干。如此这般,常是一口气为4个女儿另加妻子5个人洗头发,一洗就要一个多小时。我给她们洗得仔细,洗得干净,洗得耐心,洗得开心。每一次女儿们都乐意让我洗,我们都在享受这个过程。

每一次回老家,我还会将孩子们穿脏的衣物、床单以及被褥的里表收集起来,一次大约四五十件,用自行车带到村外南河的排灌站,洗净、晒干。一般需要三四个小时。那时家里没有洗衣机,手洗衣物是个累活。每次我都累得疲惫不堪,但身心却滋润着一种说不出的欣慰。大概,这就是如今常听到的一句话:为了儿女们,为了家庭,再苦再累也会感觉幸福的。

夏天,我们职工每人发一瓶风油精、一瓶避蚊剂,我也舍不得用,都捎回老家,给年幼的孩子用。农村的蚊子多,孩子的皮肤嫩,更需要。

一碗羊肉汤的温暖

对孩子的爱,不是挂在口头上,而是落实在行动上,有的女儿不能在我居住期间回家,我也会抽时间去趟学校。有一次,正上高三的二女儿不能回家,我对妻说,我一定抽时间亲自去县一中,给二女儿送去一份惊喜、一份温暖、一份父爱。

这天早晨,我早早地起床,骑上自行车到几里外的集市买菜,按照头天晚上和妻商定的计划,买了2斤鲜羊肉和一些疏菜,给女儿煮她喜爱的羊肉汤。

妻紧忙着,将煮好的羊肉捞出大半盛进保温瓶,又添满了羊汤,这是给二女儿的,家里只留下小部分的羊肉。给女儿的那份实际上是两个人吃的。从到县城读高中,二女儿为了节省,每顿饭都是和另一位要好的女生合吃一份菜,所以从家里送羊肉汤应该有那位女同学的份儿。

一切准备停当,已是上午10点种。我骑自行车上路,要在学校12点午饭前赶到距离30里外的县一中。不巧的是,那天天公不作美,狂风大作,又是逆风而行,车轮每转一圈,都要费很大的劲蹬。我决心已定,必须在开饭前赶到学校,让女儿和她的好伙伴吃上热腾腾、香喷喷的羊肉。我紧握车把,使劲地蹬呀蹬,蹬不动了就下车推着走一段路,然后再上车骑一程,终于赶到学校门口了。巧极了,刚走进校门,就听到"铛、铛、铛"的下课声。瞬间,同学们从不同方向往食堂奔跑,我赶紧四处张望,看见女儿正不慌不忙地向食堂走来。我快步迎上。女儿见到我喜出望外。

看着二女儿和同伴大块朵颐,我的疲惫和劳累早忘得一干二净。

(摘自 2013 年《少年儿童研究》第 3 期)

写在金婚之时

陆舒之

又到公历 11 月 3 日。

这是我和妻子登记结婚的纪念日。

真是白驹过隙，恍惚间，我和妻结婚已经五十年了！五十年婚姻，人称"金婚"，好一个美丽的名字。

五十年，整整半个世纪。有多少感触难以忘怀，有多少欢乐和艰辛值得记忆。

结婚登记前后的故事

让时光返回到五十年前的日子吧！

那年，即一九六二年，三年自然灾害刚刚过去，全国人民依然大饥荒。当时的我，在枣庄矿区的某煤矿当矿工。一个月的工资四十来元。那时物资紧缺，物价高昂，微薄的工资勉强能混饱自个儿肚子。眼前的婚姻大事，面对的也只能是寒酸和尴尬。

从单位请过婚假，身上也就带着我刚领的一个月的工资。一路上花去车票、饭钱、糖果钱，回到家身上还剩二十八元零几角钱。

父亲问我：你来家结婚，带来多少钱？我照实回答。父亲面露难色，说，嗨，光等你带些钱来办喜事哩，这些钱哪里够用。你也知道咱家里弄个钱多难呀。我满心羞愧，吱唔着说：我没积蓄，跟工友去借，人家也都困难，我也不好意思张口。结婚登记头天晚上，父亲把我叫到跟前，从兜里掏出一沓一元张的毛票儿递给我，难为情地说：这是我从大队会计那里借的二十块钱，你明天登记照量着花吧。

第二天，我早早起床，整理穿着。说来寒碜，身上穿的还是打矿来时穿的半新不旧的蓝卡其学生装，内穿旧衬衣，旧裤子。那年头，还没见过什么秋衣秋裤，毛衣毛裤呢。

已是立冬时节，天气骤冷，衣着更显单薄。我就硬着头皮向闯关东回来探亲的邻居大哥借了一件高领棉大衣穿上。脚上的鞋倒是新的，来前在单位抓阄买的一双上海产蓝帆布帮、半高跟胶底鞋。鞋的前头尖尖的，人称"火箭鞋"。高领棉大衣，火箭鞋，这身打扮立时"时髦"起来，自我感觉也舒朗不少。

可是在去登记的路途中，走着、走着，心里突然有些忐忑。

我和妻本属父母之命、媒妁之言的传统婚姻。之前在媒人家里见过一面，名为"相亲"。彼此连句话都没说，何谈了解？！更担心出现什么意外。以往常听人说，谁谁家的闺女，爹娘包办硬逼着去登记，结果走到公社民政，又说不同意啦。

走在乡间坎坷不平的路上，一颗心也在七上八下。步行十八里路，终于走到嘉祥县老僧堂公社民政办公大门前。我和妻一同走进民政办公室。

即将成为妻子的她。可以用"漂亮"二字形容。她不高不矮的身材，头上包着红蓝条格的棉围巾衬托得白皙的鹅蛋脸庞更加俊俏，闪光的眸子含着笑意。

两人递交了本村大队的登记介绍信。民政助理员查看过介绍信，又详细逐个询问我们两个的姓名、年龄、同意与否？我和妻都一一作答。

一问一答进行很顺利。民政助理员在一式两份的《结婚证书》上，工整写下我俩的姓名、性别、年龄等。

双手接过《结婚证书》，我心里好一阵温暖和踏实。

从媒人提亲，就遭到妻哥的反对。妻哥说，妹妹是预备党员，嫁到这样富农成份的家庭，会受外人的气。幸亏岳父岳母力挺。岳父和我伯父是世交，对我家比较了解，教训儿子：什么成份不成份，人家就多那几亩地才划的成份。我知道人家是好人家！岳母更是菩萨心肠，听说我打小是个没娘的苦孩子，心生慈悲，态度坚定，说啥也不能散。

此刻，我心中所有的担心都化为云烟。

走出公社民政，我和妻子及陪同的妻的二嫂、我的表叔便一起走进供销社百货门市部。

供销社百货门市部按"结婚登记"购物规定,只卖给一面镜子、一把暖水瓶、一只洗脸盆、两块香皂。我们购买了上述商品,还配给卖给了两瓶杏仁蜜面霜、两瓶护发油、八尺蓝士林布。合计花费二十八元零几角。

买东西时的两个细节,让我至今难忘,永怀感动。

选布料时,妻看中了一款蓝士林布,问,多少钱一尺?售货员回答:四毛六分。妻的二嫂忙问售货员,有比这好的布吗?有!售货员一边回答一边伸手指着一块布料:这块布好,华达呢,七毛五一尺。妻的二嫂伸手摸着华达呢布,嘴里夸奖:华达呢,多厚实呀,还是斜纹的,他二姑,就买这块布吧。妻不为所动,吩咐售货员:蓝士林布,给截八尺。二嫂又支招:他二姑,那就再截八尺华达呢吧,好做裤子。"不要啦"。妻以不容商量的口气说。我如释重负。

售货员结账的算盘刚打完。一旁的表叔突然插上一杠子,问售货员:"能多卖给一把暖水瓶不?"售货员点了一下头,"好,就多卖给您一把吧。"我心里猛的一紧,暗自埋怨表叔添乱。一把暖水瓶五六块钱呐!表叔看出我的不快,但话既出口不好收回,就转向问妻:金平,还多要把不?出乎我意料的是,妻爽快地回答:"不要啦,有一把就够啦。"

五十年过去了,结婚登记那天发生的故事,成为我永不磨灭的温暖记忆。

几天后,我们举行了俭朴而隆重的迎娶婚典。新婚不到十天,我便只身奔赴几百里外的煤矿上班去了。

之后的许多年,我和妻过着聚少离多的两地生活。妻子在家种地,我在煤矿生产劳动。一年相聚的日子也就一两个月。

和妻子儿女在一起生活的快乐和幸福,分居两地时的魂牵梦萦,成为我们那些年至深的感受。

因为心中有爱和希望

感谢上苍,让我娶了这样一位知我、疼我,勤劳、智慧又善良的妻子。在艰苦日子里,她为我分忧解难为家庭为儿女操心费力;在贫困岁月里,我们患难与共,恩爱有加。我们生育了一子四女五个孩子。孩子多,负担重,日子更艰辛。但我们压根没有觉得累赘;相反,我们总觉得,孩子多,希望也多。孩子成为我们的希望和寄托。

上世纪六十年代末到九十年代初,这二三十年间,是我家最为困难的时期。为操办一家人的生活费、孩子们的书费、学杂费,我和妻子尝尽了囊空如洗、四处借钱的窘迫和尴尬。讲一个小故事。

一九八九年秋,我送二女儿玉华去北京上大学。从北京返程乘火车,到达目的地滕县火车站时是凌晨四点多。而早晨六点半才有去矿上的公交车。从北京来时,火车厢内拥挤、闷热,我出汗多,嗓子眼早干得出火,所以下车后第一件事就是找水喝。我在候车室四处张望,终于看见从大门口走来一位老太太,一手提暖水瓶,一手拿着两只碗。我喜出望外的走过去,先问了声几分钱一碗?因为我心里清楚,兜里就只有八角零几分了,回矿的汽车票就是八毛。"几分钱碗?你说少啦,俺卖的一毛钱碗!"老太太似有不平,将"一毛钱碗"四个字说得掷地有声。记得过去五分钱碗,怎么又涨价了。"一毛钱碗",让老太太说得我兴劲尽扫,这碗水是买不起了。当时真真切切感受到分文钱难煞七尺汉的滋味。

那时妻在农村老家种着十亩地,拉扯五个年幼的儿女。一年三百六十五天,几乎没有闲天的时候。妻的吃苦肯干在村里是出了名的。有一次老支书当着大伙的面啧啧称赞:"孙媳妇,你还有歇着的时候不?咱村的壮劳力老爷们都比不上你!现在不兴评劳模啦,兴的话,咱村评一个也要评你!"

妻的吃苦能干,我是看在眼里疼在心里的。

妻打年轻就落下胃病,没少吃了苦药,可从来不误农活。那年开镰割麦,妻的胃病又重了,妻强支病体,带领几个放麦假的年幼孩子,坚持将十亩麦子收割完毕。那时可没有今天的什么收割机、拖拉机,十亩麦子全凭双手和镰刀一把把割下来,一摞摞捆起来,一地排车一地排车拉到场里的。

麦收后,我接到妻子病重催我速回的电报。回家后,我得知妻子是叫"活儿"累病的、赶磨病的。妻不只胃病加重,还添了嗓子疼痛、吞咽困难。我骑车带着妻子去五十里外的部队医院就诊。路上,我心疼地问妻:你都病成这样,咱家麦子你咋割来?妻子柔声却坚定的说:不能干,也得干!就是爬,我也要爬到地里!不能人家的麦田净地,咱家的麦子还站在地里,那多丢人!

妻子有闲不住的手,跑不停的腿。白天,忙在地里;晚上,纺棉织布或飞针走线;为贴补家用,增加点收入,妻子还在家院里养着鸡、兔、羊、猪;冬天农闲时,妻子还要做点"小生意",骑自行车到离家三十里地的红运镇贩鸡蛋。一只鸡蛋能赚一两分钱,一趟买卖能挣五六毛钱。

妻在宅院里养的十几只安哥拉长毛兔,倒是生钱的"财路",一斤兔毛卖四五十元,两三个月剪一次毛能有二斤多。养兔、剪毛是件辛苦活,可到供销社收购站卖兔毛则是件伤心事。乡镇收购站随意压级、压价、压斤量不说,还想收就收,不想收就不收。

我的妻子就遇到过这种境遇。

一天,妻子上午干完了地里的活,午饭后骑自行车带着二斤兔毛去十里外的张楼收购站。一看关门不收,扭头奔向离张楼十里地的梁宝寺镇,还是关门不收。一时,妻子心里不免紧张,想到在县城读书的几个孩子周日回家用钱怎么办?妻又毫不犹豫的骑车,奔向四十里外的嘉祥县城。皇天不负苦心人,二斤兔毛,卖了八十多元。从县城赶了三十里路,回到家,天已大黑。一下午骑车近百里路,累那是没说的。可妻子常用这样一句话回答:过穷日子,就得有股心劲!

人只有享不了的福,没有受不了的罪。

因为家庭困难,又因妻子多病需经常看病用钱,一九六八年底,我辞掉热爱的教师工作,申请到生产一线当了一名井下掘进工人。那个"政治第一"的特殊年代,身为"臭老九"的人民教师,申请到生产一线劳动,还必须唱高调。至今还记得组织科长听我申请下井当工人,还善意劝阻我,说,你老师当得好好的,为啥要求下井?再说,井下活没有轻省活,怕你吃不消。我争辩:吃不消是暂时,为了将来吃得消苦和累,为了改造个人的非无产阶级思想,所以我申请下井劳动。组织科长接着说:生产一线采掘工区你就别去了,去通风、运搬这类辅助单位试试吧?我主意已决,我就是想到生产一线多挣每天六毛钱下井费。我向组织科长搬出了最充分、最无可辩驳的"理由":我要到生产一线劳动,就是为了锻炼自己,改造自己!

这一干就是一十八载!

掘进工是煤矿最苦最累最危险的工作。掘进迎头,高温多湿,顶板破碎,危险系数很高。工人们光着膀子干,依然挥汗如雨,稍有不慎,都可能被顶板坠落的矸石块砸伤。我有两次被矸石砸伤的经历。一次是右前臂被砸了一个血口子,缝了四五针;一次是后背,被砸得露出了白骨头碴子,缝了十几针。而这两次都因伤口清理不净而感染化脓,至今留下伤疤。其实我算万幸的,没有伤筋动骨,而我同班的工友就有四位牺牲在岗位上,还有一位工友右大腿被矸石砸断截肢。尽管眼见发生这些不幸,可自己对井下这份工作,一天也没动摇过。对掘进工作思想上的不动摇,那已经不是为多挣六毛钱下井费的事啦,那是一种精神境界的升华。"要奋斗就会有牺牲",毛主席的教导,成为我们那时最强大的精神力量,并为做一名矿工感到自豪。

吃得苦中苦,方得甜上甜。

大半辈子的凄苦沧桑,到老了苦尽甘来。

自退休后,我便和老伴投靠在北京工作的女儿家居住,一晃十多年了。我们老两口终日陶醉在天伦之乐的温馨中。在女儿女婿"呵护"下,过着休闲、舒心、快乐、幸福的晚年生活。

二女儿玉华,十年前曾在笔记本里写下她的心声:

"我们一直把父母作为我们的后盾和靠山

可从现在起 当我们走上工作岗位的那一刻

父母对我们将不负任何责任

所要有的,就是我们对父母的责任

让父母居有所 穿有衣 面有笑容

身体健康

我们就要成为他们的保护伞

为他们撑起一片天"

这些文字,让我感动得泪水模糊了眼睛。

金婚之日,回首五十年的风雨历程,有辛酸,更多甜蜜;有困苦,更多幸福!

金婚之日,作为五十年婚姻过来人,对"婚姻"一词的内涵理解更为深刻。美好的婚姻,是两颗心的相印相融,它不因婚龄增长而弱化,也不因岁月的磨砺而变异。美好的婚姻,从来都需两人共同滋养、维护和营造。

金婚之日,我们对"夫妻"这个温暖的字眼也有了更深的感受:夫妻之间要做到相互尊重和爱护、谅解和包容;做到乐于接受对方的优点和长处;也要乐于接受对方的缺点和不足;要比翼双飞,相濡以沫。

正是夕阳无限好,何须惆怅近黄昏。

2012 年 11 月 3 日

我为儿女们骄傲

陆舒之

一个春光明媚的日子,电话里传来二女儿玉华欢快的声音:"爸,向您报告一个好消息,向华考研被正式录取了!"

终于尘埃落定,一直悬着的心放了下来。"哪个学校?"我急切地问。"中国人民大学!"二女儿接着郑重其事地说:"爸,您和妈培养了三个研究生,你们应该感到骄傲!"

是啊,这些年来,我一直为三个女儿的成才成器而欣慰着、激动着、幸福着。记忆像小河开始泛滥蔓延。

1993年是令我难忘的一年。这一年,二女儿玉华大学毕业,三女儿春华则面临高考。那时"读书无用论"依然有一定的市场,但我却一直被一种想法激荡着:"知识的春天就要到来了!"在家人的鼓励和支持下,乖巧的二女儿玉华将别人聊天谈恋爱的时间用在学习上,功夫不负有心人,她以全系第一名的成绩考上了心仪学校的研究生。三女儿春华则凭借着高中三年优异的学习成绩,被保送进了北京一所大学的校门。

大学不是终点。三女儿春华是一个有志向的孩子。上大学后,她一边勤奋学习本专业,一边积蓄力量为考研做准备。财经类专业是当时的热门专业,而会计是热门中的热门,她要考的就是这个会计专业!而她大学读的是行政管理,学科设置中没有考研所需西方经济学、高等数学和会计学,跨专业考研何其之难!她看到了这些困难,但毫不畏惧。她没有大学生常有的放松和懈怠,而是沉湎于西方经济学枯燥的理论和模型里,沉湎于高等数学复杂的推理和分析里,沉湎于会计学陌生的概念和原理里……。大学毕业的头一年,她以班内综合排名第一名的成绩可以保送本校的研究生，但她毅然决然地放弃了，她说她要用自己的手握住命运的方向！1997 年的春天，三女儿在 240 多名报考生中名列前茅，顺利成为会计专业的一名研究生。

1996 年一样令我难忘。这一年，四女儿向华面临高考。这时知识热潮已经来临，国家需要知识人才，社会尊重知识人才，考大学成了千军万马共渡的独木桥。激烈的竞争更彰显了四女儿的颖慧。七月份接到了她的大学录取通知书。

我一直为女儿们勤奋努力、刻苦忘我、不断进取的精神而骄傲；为她们胸怀大志、执著追求、一往无前的远大志向而骄傲！

几年前，二女儿玉华为鼓励她妹妹的学习曾多次说过这样的话："社会和家庭为我们创造了最优越的学习条件，我们在这宝贵的学生时代，要把该读的书读完，该考的试考完。"多年前，我也在给女儿们的信里说过："学习，无疑是一件极艰苦的脑力劳动，谁怕艰苦，谁就无法取得成功。学生生活，无疑也是最艰苦的，青少年应该多经受点艰苦生活的考验。艰苦这个词，之于一个人的成长应该是一笔取之不尽的财富！"

三个女儿在求学的路上，谁也没有怕过艰苦，不管是学习上的艰苦，还是生活上的艰苦，她们都毫不在意，因为她们知道实现人生价值才是引导她们生命的航标。靠着她们百分之九十八的汗水加上百分之二的天资，二女儿玉华和三女儿春华大本四年里，品学兼优，连续四年取得一等奖学金，大学毕业时均荣获学校的"优秀毕业生"称号。小女儿向华不甘落后，以两位姐姐为榜样，勤奋好学，大学四年也荣获了多次表彰和奖励。

依然清晰地记得二女儿玉华给我的信中的一段话："感谢爸妈，给了我健康的体魄、聪明大脑和一颗善良的心；感谢爸妈给了我严格的教育、谆谆的教诲和人生的方向标。"今天，我要说我应该感谢我的女儿们，因为你们，我才愈感生活的意义。我还要感谢这个时代，只有在这个时代，我们这个普通百姓家才能飞出金凤凰！

（摘自 2003 年 7 月 7 日《枣庄日报》）

我的父亲母亲

陆玉华

做我爹娘的女儿,已经 40 多年了。回看过去半生,就像一位旅人,一路跋山涉水,而今驻足回望,青山翠谷,山岚形胜,来路虽蜿蜒多艰,却不觉辛苦,远方即便道阻且长,又能如何? 生活于我,总是那么慷慨大方。

一

上世纪 70 年代初,我出生在鲁西南的一个村庄。一出生,就有一个哥,一个姐;等懂事的时候,又相继多了两个妹妹。五个孩子,就是五张嘴,这样的家庭,注定是贫穷的。

父亲在离家 135 公里外的煤矿子弟小学当老师,1968 年为了多拿工资,主动申请下井做了矿工,如此就是 18 年。等到调回井上工作,父亲 46 岁,辗转煤矿文化楼、图书馆,之后才回到教师岗位,错过了提干、评职称的黄金期,到退休都没评上高级教师,这也是父亲心头的一件憾事。母亲带着孩子们在老家,一个人种十亩地,还要养鸡鸭鹅兔羊等家禽家畜——这不仅能让孩子们偶尔吃顿肉改善生活,还能卖些现钱贴补家用。我先生说,他小时候家里也养过几只鸡,特别有感情,杀鸡时,他和姐姐都哭了,怎么都不肯吃,后来只能把鸡埋了。对于吃喝不愁的城里人来说,鸡是宠物,但对贫穷的农村人而言,这些都是奢望的食物。生活有时就是这么残酷。

贫穷并没使我们的生活少一丁点儿色彩。农村的孩子,除了上课,大部分时间都长在田野里,一放学,就一溜小跑到地里割草。春种夏长秋收,农人们随着时令节气忙庄稼。农村的学校,假期也比城市多。小满过后,布谷鸟来了,麦浪成了金色,学校就放麦假了,孩子们跟着父母起早贪黑,割麦子、扎麦子、脱粒、扬场、晒麦……。秋分之后,是收获的季节,大豆黄了,棉花白了,秋雨有时候也不早不晚来凑热闹,一下雨,就影响收成,所以这个时节是农人们最忙的时候,要和老天爷比速度。学校自然会放几天秋假,让孩子们加入抢收的大军。鲁西南是棉区,棉花从春播后就有干不完的活儿,间苗、捉虫、打权、打药,如今终于成了正果,一席洁白。棉花是一家人的希望,父亲在给母亲的信里,说的最多的就是它了。"棉花地浇了没有?""棉花、玉米地里尽量多施一些化肥。""棉花卖了没?"摘棉花是个细致活儿,此时叶子干了、脆了,特别易碎,一粘在棉花上,就会影响棉花的等级,所以孩子们虽然淘气,但对每一朵棉花,都小心翼翼。庄稼是农人的命根子,干农活是农村娃的必修课。

但我也发现,我家和其他小伙伴家还是不一样。比如和我要好的君英她们,上学就为了多识几个字,下课后除了喂猪喂鸡,还要跟着大人学纺棉、织布、织毛衣,会这些,长大了才能嫁个好婆家。男孩子也多读不了几年书,读完小学都是半大小子,也就是大半个劳力了,大人对儿子说:"别上学了,咱也不是读书的料,别浪费钱啦",于是我的同龄人们就像羊群里掉了队的羊,一个个被现实这条"狼"叼走了。

在我家,学习、读书是本分。上初中、升高中、考大学,似乎天经地义。但孩子们都上学,经济就显得尤其窘迫,每当我们返校(进入初中后我们就在学校住宿了,一星期能回家一次)时,娘总要偷偷地向东邻西舍借钱筹措孩子们的生活费。在我们面前,我父母却说:"咱家不缺钱。只要你们肯学,咱就供得起!"

父亲常年在外,母亲要管十亩地和五个年幼的孩子,家里家外一大摊子事。但不管多忙多累,母亲都咬牙坚持,从不肯耽误我们上学。记忆里只有一次请假。那次,我还上小学,哥哥和姐姐已住校上了初中,生产队安排统一耕地,可我家的一亩棉花柴还像卫兵一样站在地里呢!母亲急得没有办法,向老师给我请了半天假拔棉柴。这是那么多年里唯一的一次。

父亲虽不在身边,但从未缺席孩子的成长,信里总问及我们的学习和需要,给我们寄磁带、寄辅导资料,甚至看到好的文章都剪下来。父亲关心我们的成绩,更关心思想动态。我高一时担心期中考试考不出好成绩,父亲回信开导我:

"一个学生应该看重自己的真才实学,而不应该看重那个'名次'。……你把名次看得这么重倒不好,这往往给个人制造紧张的心理,到了'赛场'上,也不能发挥应有的水平,所以我劝你不要背'包袱'"。在我高考前,父亲想给我寄份剪报,但临寄信怎么都找不到那篇《怎样在考场中取得最佳成绩》了,于是他凭着记忆写下高考当天的注意事项。2000年大妹研究生毕业即将开始新生活,父亲在给她的信里唠叨了五条"赠语",似乎要把他摸索了一辈子的经验都和盘端出,给他的三女儿。比如"不拒绝做小事。每天到办公室上班时,主动地拖地板、擦桌椅、提开水,等等。事小见风尚。""视团结为无价宝。……胸怀要大些,对自己要求严格些,对别人宽容忍让些,小事糊涂些。""遇事要冷静些。……先把火气压下去,睡一觉醒来处理会更好些。""对工作要有责任心、使命感。切忌马虎、凑乎、应付。""今后的工作和生活中,在不断地改造自己和完善自己的过程中,要不断地总结经验,不断地思考,不断地领悟,不断地提高自己"。父亲的信,或开导或督促,陪伴我们成长。

二

我在家里排行老三,在四个姐妹中长得最低调。每次娘带着我们姐妹四个赶集或者走亲戚,总有不懂事的大人指着我问:"这个也是你家的孩子吗?"所以,无论出场顺序,还是颜值,我都没有什么优势。

我猜,是那次父亲给我和哥的命题作文,让他对这个平日里默不作声的二闺女刮目相看的。那是我小学三年级时的暑假,哥哥带我去矿上,到父亲那里小住。这是我第一次出远门,第一次去父亲工作生活的地方。父亲到汽车站接上我俩送到宿舍,布置好作业就匆忙上班去了。作业是写作文,题目我还记得:《在马路上》。我哥长我近6岁,向来调皮捣蛋、打架生事,但在我父亲面前还是绵羊一个。于是两个绵羊咬着铅笔头老老实实写了一下午作文。父亲下班回来,惊喜地发现我的作文有模有样,感情也真挚,比哥哥的"假大空"强多了(父亲云)。

父亲当过语文老师,又热爱文学,每次回家都带着他爱的文学期刊和电影画报,这些书也成为孩子们的读物。父亲喜欢和朋友谈天说地,爱约几个朋友到家里喝酒。边喝酒边聊天，一呆就是半晌。有一次，他们酒喝完了，父亲朋友带来的一部中篇小说，我也看完了，当时我上小学四五年级，这让父亲颇以为傲。

记得暑假的一个晚上，一家人在庭院里乘凉，父亲给我和哥姐三人又出了命题作文《开学前的深夜里，妈妈在给我赶做一件新衣裳》。这个题目，是我家孩子非常熟悉的场景。不管开学前夕还是大年三十的除夕，娘总熬夜给我们赶做衣服或者纳鞋底、上鞋帮。在睡梦中，总能听到娘踩缝纫机的声音，时而快如急雨、时而慢若飞花，"哒哒哒哒"，是世界上最好听的安眠曲。那次作文，我又获得了最好评。

其实，我是个笨孩子，小学时数学一直不开窍。晚上孩子们上床后，父亲就喜欢考我们"龟兔赛跑""鸡兔同笼"之类的数学题，这种题，我清醒时都搞不懂，所以我总紧张着、羞愧着，直到乌龟兔子一起涌进梦里。父亲有一次问我的数学老师"俺家玉华学习咋样？""孩子挺用功的，"老师叹口气："就是有点儿笨……"。

但父亲似乎看不到我数学上的木讷迟钝，仍将厚望寄附于我，将赞美不吝给我。尤其见了亲戚、朋友，父亲就像怀揣着一个不得了的宝贝，必须时时炫耀一番，称赞一番。一次父亲又在中学当校长的姑父面前吹嘘二闺女的作文，姑父沉吟着说："在村里作文好，到乡里就不一定突出了。"父亲颇不以为然："我教了那么多年语文，我懂！"等到两个妹妹上学后，大的带着小的，小的看着大的，一个赛一个的优秀，父亲的骄傲就像大雨天的小河，随时随地都会溢出来……。对父亲的这种骄傲和炫耀，我当时却常感羞愧，因为书上的道理懂得越多，越觉得父亲的这种炫耀是一种浅薄。

后来，我长大了，才慢慢理解，这浅薄是因为爱的浓烈。

三

山东有"男尊女卑"传统思想，农村里更甚。女孩子从一出生，就被贴上了"别人家的"标签。因为早晚都是别人家的，所以女孩子不用读书，学习好坏更不重要，但重要的是她要能干活、肯干活，如果不幸她的兄弟娶不到媳妇，她还要舍身屈嫁，给她的兄弟换个媳妇。

女儿多的家庭，在村里也很受歧视和排挤。我家就是。但父母对我们四姐妹和对我哥没有什么不同,对每一个孩子都竭尽了全力。我上初一时,父亲在信里说:"星星是发光的,玉华也一定会闪光的。要胸怀大志呀!"我高一时表达了为家里经济拮据的不安,父亲在回信中拍着胸脯:"一句话,经济问题,你们放心,我已做好了充分的准备。你们完全不需要为几个小钱而犯愁。"我高二时,父亲透露出他的雄心壮志:"我还愿高兴地告诉你,'经济拮据'这个词不存在于我们的家庭词典里。我愿透一个讯息:我是把春华、向华(注:两个妹妹的名字)和你都排在供上大学之计划。"我和父亲还曾在信中讨论莎士比亚的名言"女人你的名字是弱者",父亲热烈地回应:"你对'女性'的观点,我双倍的赞同!我是一贯能正确认识这个问题的。……别忘了,我们是一个延续了几千年封建社会的民族,流毒还会流下去。就我个人来讲,从来不信这个邪的。女人同样能有大作为……"。

我是村里第一个考上大学的女孩子,算是创了历史的。两个妹妹也相继考上了大学,也都读了研究生。记得我刚接到大学录取通知书时,村里就有很多阴阳怪气的声音,有人说"要是小生(我哥)考上大学就好啦!"有人说"女孩子早晚都要嫁人,上大学有什么用?"这些人总是揶揄我的父母,不存钱盖房子,不会过日子。

我姐从小就漂亮伶俐,爱热闹,读书上不太用功。村里有时请戏班来唱戏,一唱就是好几天,村里的大人小孩都挤着去看。但父亲对我们管得严,只许在家学习,姐坐不住偷着去看戏,还挨了父亲的打。初二时,因一位老师嘲讽,姐就无论如何不肯上学了。爹娘的劝说,在倔强的姐姐那里犹如耳旁风。姐辍学后,跟着娘干农活,每天早起晚归伺弄棉花,背着硕大沉重的药桶在毒日头下打农药。如此月余,一天晚上,姐对我娘悠悠地说:"我就这样一辈子当老农民了吗?"娘听出了大闺女的不甘心:"你是想上学了?"看我姐不说话,知道她动了心思,我娘第二天就给爹打电报。于是爹娘托人联系了另一所中学,姐姐得以继续读书,1987年考上了职业中专。

看我家女孩子读书有出息,不少乡亲也学我父母的样子,供女儿上学,村里陆续走出了一些女大学生。和大妹同班的小英,初三时中专预选考试考得不理想,对学习失去信心,就不想上学了。我娘特意去她家做思想工作:"预选是针对考中专的,你离考高中还有段时间呐!努力上高中,将来考大学,肯定比上中专强!"我娘还开玩笑:"以后你考上大学可别忘了我劝说的功劳啊!"小英重返校园,几年后果真考上了大学,又来到北京工作。她说我娘当年的话让她感恩怀念至今。

父亲对母亲说过:"孩子不是我们的私有财产,他们是社会的,是国家的,要好好培养"。他们和贫穷斗争,和世俗偏见抗争;他们给儿女的,已经超越了当时的社会和那个时代。

四

我 1989 年读大学,正是"读书无用论"盛行的时候,"造原子弹的不如卖茶叶蛋的","拿手术刀的不如拿剃头刀的"。一入大学,同学们都像突然获得自由的犯人撒了欢儿,晚上和周末都聚在宿舍里打牌嗑瓜子聊天,其乐融融。

1990 年 4 月父亲给我的信里也清晰地记录了我的心路历程:

"你谈到想沉下心来读书却又缺乏自控力。我在信的空白处写下了下面的话:'打扑克牌是一种娱乐。为了调剂一下紧张的学习生活,打几把倒也未尝不可。但打起来没完,实在是把宝贵的时间浪费得可惜'自制力对任何人都是一种无情的考验。自制力的强弱,实际上是对一个人有无大作为的一个检验。

"还记得吗? 我在上次信的最后的祝愿语是怎么写的吧?'祝你永不后退!'为何这样写,你该清楚。我已经发现,上大学后,你已经失去了中学时代的那股学习的'犟劲'。不进则退,我希望你'不后退'已经是对你的过分要求了。如不改弦更辙,恐怕大有'日落西山'之势矣。"

父亲的信,就像一声棒喝,惊醒了梦中人。拿全优、过英语四六级、考研再次成为我大学生活的目标。每每我在室友们的欢笑中,背起书包拎上饭盆奔向教室时,大家看我的目光,宛如看一个怪物。读书注定是孤独的,在那个时期尤甚。

不记得什么时候决定的考研了。重读父亲给我的信,发现在我大三刚开学的时候,父亲就说:"我再次强调咱们全家人对你毕业后考研究生的支持。你应该坚定考研究生的信心。"一个月后,父亲又说:"我只希望你有更强烈的求知欲,更大的突破;你的下一个目标应该是研究生! 记住,考取研究生,一定树立坚定的信心,不准半点动摇。"

今天读这些话,还能感受到父亲期盼的热度和力量。那时两个妹妹还在上中学,家里的负担还很重,父母如果多考虑点儿自己,何尝不希望我尽快上班、尽快挣钱?

我常想,父母之爱,就是在你年轻时,指给你方向,给你行动的压力,又因其爱的无私,给了你奔跑的动力。大学四年,我没有过几天轻松的日子,没有享受青春,没有多彩的大学生活,但我却无比感恩父母,是他们在我最想偷懒、放松的时候,让我始终清楚努力的方向,让我在追梦的路上不懈怠,让我有机会拥抱更加美好的未来。

五

时光的齿轮总是在不停旋转,我上大学、读研究生、留京工作、结婚,一眨眼就是二十多年过去了。如今我也行将"知天命",偶尔也会有韶华老去、青春不再的怅惘和失落,但每一次去爹娘家吃顿饭聊聊天,就犹如充了电、加了油。

八十岁的爹娘是两个忘记年龄的人,他们对这个世界依然满是好奇。娘虽然只有几天扫盲班的底子,但喜欢读书认字,在我们上学前,还经常给在外工作的父亲写歪歪扭扭的信。在我大二那年,娘终于与父亲团圆,有了父亲这个有耐心的好老师陪伴,她认识的字也越来越多。为了发短信,十几年前,娘花了两个月的时间跟父亲学会了汉语拼音。有了拼音傍身,娘就像拥有了六脉神剑,在现代科技应用的江湖上耍得很开心。和我们聊微信、玩微信理财、到京东购物、骑摩拜单车……有啥新鲜的玩艺儿,她都要学起来。每次到父母家,娘都会拉着我举着手机:来,快看看这是怎么回事?娘学会了,对学新事物慢半拍的父亲也就跟上了节奏。

我爹说,唉,走在路上,我觉得自己和路上走着的中年人一样年纪呢,但他突然叫我"大伯",吓我一跳!我哪里有那么老呢?!娘接口也说,是啊!俺觉得自己还是小闺女呢!我揽住娘的腰,一起大笑。生活的艰难何曾磨去他们对生活的热爱,他们似乎有青春秘药,连皱纹和白发都美丽动人。

岁月并不总是静好。前年11月起,我有九个月时间持续剧烈头痛,疼到不敢动、不敢呼吸,却一直查不到病因,靠吃乐松去疼片艰难度日。那是我生命中最灰暗的日子。去年3月,因为药物过敏,又得了严重的脓疱病,双重折磨,我终于倒下了,休了病假。因为先生常出差,加班尤多,照顾我的重任就落到了父母身上。这是结婚后少有的一段和父母同住的时光,我又成了他们精心照顾的小宝贝。每天爹娘问我想吃什么,忙着去采买;娘帮我穿衣,给我涂药,给我用热毛巾擦手擦脸;娘每天清晨都小心翼翼地推门问我昨晚咋样疼得轻点儿不,每个夜晚在我睡觉前都握着我的手说"加油!一定要加油!"我知道那段时间,爹娘比我还要煎熬。有一天起夜去洗手间,但下床时我被刻骨的疼痛击倒趴在床沿不能动弹。似乎有冥冥中的心灵感应,爹娘就在这个时刻推门来看我,那是夜里一点。那夜,娘给我按摩,用她温柔的双手给我松解肩膀、颈部和头部,靠在娘温暖的怀里,我紊乱的呼吸竟然慢慢松弛下来。疼痛减轻了,又沉沉地睡去。再次醒来,发现娘正往我枕下塞东西,我讶异地望着她,原来是娘连夜缝的装着朱砂的红布包。在我们老家,朱砂是辟邪的。看表,已经三点多,想来我的母亲一直没有合眼!

写到这里,眼泪滚落,心痛着,又幸福着。哪怕我到了 50 岁,60 岁,70 岁,在父母眼里,我都是他们疼着爱着的孩子。记得七八年前,父亲看出我工作上的压力和不如意,专门找我谈心,郑重地说:"玉华,你能有今天的成绩,我和你妈都非常满意了。我们只希望你今后工作不要太拼了,身体健康最重要!"这句话,我常常想起,每一次,都那么温暖。有父母疼爱,真好。

在人生的旅途上,父母是引路人,看着他们的背影我们学会了如何去爱。父母又是护佑者,即便我们已经足够独立强壮,他们也会默默守望,我们的每一个跟跄在他们心里都会激起惊涛骇浪。想来,天下所有的父母都是爱孩子的。而我却固执地认为,我最为幸运。生活对我向来慷慨大方。

2020 年 3 月 14 日于北京

我的母亲

陆文华

　　听说父亲要出本《家书》,作为家中长女总想写点什么以表做女儿的感恩之情,但凭我的拙文劣字难以表达父母的养育之恩。依稀记事起父母对我们的付出历历在目,涌现脑海。就写写我的母亲吧。

　　母亲一生勤劳、能吃苦。小时候我们是在农村生活,父亲在外地工作,母亲在家带我们兄妹五人。农村实行责任田包产到户,我家分得十亩田地,因为我们都上学,耕、耙、耧、种、浇水、除草、施肥、打药、收割全部靠母亲一人操持。母亲是个要强的人,无论多忙、多累,从没让我们请过一天假、缺过一堂课。我家的庄稼收成也没有因是母亲一个人忙活而减产,每逢麦收和秋收季,和我家田地挨边的三爷爷总是感叹:"种庄稼和生家娘(我哥小名生)相比,我又掉鞋啦(意思落后)。"

　　母亲心地善良,乐于助人。时年我父亲走关系为母亲买了一台缝纫机,当时这在我们村很稀有,母亲很高兴,为此专门学了两个月的裁剪缝纫,于是一庄两头的乡亲都找母亲做衣服,尤其是每年的腊月母亲根本闲不住。母亲为乡亲做衣服从来都是无偿服务,无论多忙、无论多累,只要乡亲们送来了布料,母亲都毫无怨言地收下,白天做不完,母亲就晚上熬夜干,有时我们半夜醒来还能听见母亲踩机子的声音。有人觉得过意不去,送来钱,母亲执意不收,母亲说:大人孩子过年穿件新衣裳喜庆,街坊四邻的咱能帮上忙也是高兴。别人的衣服做完了,我们的衣服母亲只有在除夕之夜加点赶做。街上大人小孩在鞭炮声里欢笑着,我们兄妹围缝纫机一圈听母亲脚踩踏板的"哒哒哒"声。

　　母亲一生坚韧。我上初一时,二妹用我家 26 型带大梁的自行车自己练习学会了骑,而我因胆小而迟迟学不会,父亲为此花了 125 元给我买了一辆 20 型自行车（在当时足够奢侈），母亲也用它学会的。从此母亲无论去哪都会骑着 26 型的小自行车载着我们，每每坐在后座拽着母亲的衣襟问："您到六十岁还能载动我吗？"母亲总是猛地一蹬脚踏爽快地大声回答："能！"母亲六十岁时仍劲头十足地载着我，我依然坐在后面扯着母亲衣襟问："您到七十岁时还能载动我吗？"母亲爽朗的笑着说："我感觉到那时还行。"2007 年母亲从北京回来，我又坐上年近七十的老母亲的自行车后座，她载着我依然是那么自如。我默默祈祷：但愿母亲八十岁时还能骑自行车，但我不会再让她载我。2019 年 11 月 3 日我去北京参加马拉松比赛，在京逗留的两天时间里，母亲和我上街她仍然骑自行车，用她的手机扫码打开共享单车给我骑，七十九岁的母亲丝毫不输年轻人。

母亲好学，善于接受新生事物。用小妹的话说母亲悟性强，和我们的国家一样与时俱进。母亲年轻时只上过一段时间的夜校，即老一辈特有的"扫盲班"。2000 年妹妹为了和父母联系方便给他们每人买了手机，干了多年教育工作的父亲还不会发短信，母亲竟会用拼音发短信，原来母亲的拼音，还是让父亲教会的呢，我们惊叹母亲的好学并掌握的甚好。母亲还每天坐在电脑前写日记，看电视有可用的食谱菜肴也会记在手机上运用于生活中。十几年前还是 2G 手机，后来时兴 3G，现在普遍 4G，母亲有自己的微信、微信支付、支付宝，消费都是手机支付。前几年母亲每晚参加小区的老年舞蹈，他们的舞蹈队表现出色并且小区连年评为"文明小区"，因此还应邀成为中央电视台的《名将之约》的现场观众呢。母亲打电话开心地对我说："我和孙晓梅、崔永元近距离接触了，我还专门带着数码相机拍我们合影呢。"父亲喜欢看足球赛拳击赛等体育竞技电视栏目，母亲会陪父亲一起看并且还挺懂呢。每年的岁末年初母亲都会陪父亲去人民大会堂观看《新年音乐会》，这么高雅的音乐盛典母亲看得听得很投入并且饶有兴趣。

操劳的父亲母亲总算苦尽甘来，哥哥事业有成，三个妹妹硕士毕业在北京都有稳定不错的工作。父母在京长期居住二十年了，如今母亲和父亲相濡以沫，每日里去公园跳老年舞或做老年操或健步快走活动手脚。一年一次出国游，随意国内游牵手走天涯。生活的有滋有味。

母亲，您的儿女永远为您感到骄傲！您的勤劳、智慧、善良，是我们做儿女的永远取之不尽的精神财富！您永远是我们做人的榜样！我们永远感恩您！祝您和父亲活得健康，活得快乐，笑口常开，愉悦人生！

编后语

沁人心脾的馨香

闫业俭

　　二十几年前,陆叔交我几十封家书,让我打印,我欣然应允。打印的过程中,我被信的内容深深感动了。字里行间洋溢着浓浓的夫妻之情,充满着拳拳的父爱之心。从信中我也终于找到答案——陆叔有三个女儿能够在当年"千军万马过独木桥"的高考中脱颖而出,考上名校,并且都成为研究生且学有所成,绝不是偶然的。与陆叔的言传身教、潜移默化的教育分不开的。

　　如今,陆叔将当年寄给儿女的信件大部收集到手,计二百一十三封,准备结集付印。请我帮忙校对、编辑。再次细读这封封书信,我深深感到结集出版的确极有意义,它不再是传情达意的家书,而是教我如何为人、如何育人的工具书,是帮我窥看并铭记那远去的一个时代的纪念馆。

　　拜读了陆叔家书,对陆叔高尚的人品有了进一步的认识。让我从中学到了很多为人父、为人夫的道理。

　　陆叔在信中反复阐明,成才要成人,成人先要有一颗正直、善良的心。对子女,陆叔既严格要求又循循善诱;既是严父又是挚友。

　　细读《家书》,那丰富之内容、深远之寓意、动人之文字,愈嚼韵味愈浓。其精神之财富,犹如取之不尽的宝藏。那燃烧于胸的情感之火,铸就成会说话的文字,无不浸透着一个浓浓的"爱"字。

　　细读《家书》,那些孝敬长辈、敬爱妻子、爱抚子女的信件,正能量诠释着榜样的力量。尤为可贵的,身为教师的陆叔对子女的教育,从来都提到一个思想认识的高度。恰如陆叔日常所讲:"儿女是属于社会的、国家的。绝不能视为私有。"《家书》处处表达了对子女的一种大爱。诠释了育人为本的家教之道。

细读《家书》，彰显了陆叔超前的教育思路、育人理念。从小给子女点亮心中的一把火，指引远方的那束光，让高远的志向、高昂的志气，成为奋进的精神力量。

细读《家书》，处处洋溢着对子女的欣赏与赞扬、信任与放手。常以名人警句、格言，或鼓励或鞭策，引经据典促其不畏艰难、积极向上。

细读《家书》，领略了陆叔"互帮"的教育理念。子女有错不护短；既严格要求、严厉批评；又动情晓理、循循善诱。潜移默化，浸润无声，让"诗书传家"成为优良的家风。而对来自子女们的意见或批评，总是乐于接受，虚心检讨；遇到问题时，总是抱着商量态度，互相探讨。家庭充满了相互尊重、平等相处的氛围。

细读《家书》，你会发现，子女成长历程中，陆叔没有空洞的说教，而是注重细节，具体指导，变为自己的行动。敬畏规则制度，养成爱学习、会学习的能力，获得既自由又自律的成长。

读罢《家书》，让我们油然而生一腔感动，还有满心崇敬。

总之，陆叔《家书》，呈现在读者面前的二百余封书信，无愧于宝贵的精神财富，行云流水般的殷殷话语，不乏富有深刻哲理，极富强烈感染力，读后有种沁人心脾的馨香。

在当下物欲横流的社会中，《家书》犹如一股清流，润泽着读者的心田。愿《家书》能给所有读者带来心灵的启迪，愿更多孩子成为国家栋梁之材。

2020 年 4 月 6 日于枣庄

图书在版编目(CIP)数据

我的家书/陆舒之著.—上海:上海三联书店,2020.12
ISBN 978 - 7 - 5426 - 7221 - 6

Ⅰ.①我…　Ⅱ.①陆…　Ⅲ.①书信集-中国-当代
Ⅳ.①I267.5

中国版本图书馆 CIP 数据核字(2020)第 191942 号

我的家书

著　　者 / 陆舒之

责任编辑 / 郑秀艳
装帧设计 / 一本好书
监　　制 / 姚　军
责任校对 / 张大伟　王凌霄

出版发行 / 上海三联书店
　　　　(200030)中国上海市漕溪北路 331 号 A 座 6 楼
邮购电话 / 021 - 22895540
印　　刷 / 上海展强印刷有限公司

版　　次 / 2020 年 12 月第 1 版
印　　次 / 2020 年 12 月第 1 次印刷
开　　本 / 710×1000　1/16
字　　数 / 370 千字
印　　张 / 27.25
插　　图 / 4 页
书　　号 / ISBN 978 - 7 - 5426 - 7221 - 6/I · 1667
定　　价 / 78.00 元

敬启读者,如发现本书有印装质量问题,请与印刷厂联系 021 - 66366565